炊妞巧手改運

3

完

風文創 963

白折枝 著

風 文創 963

目錄

第五十一章 …… 005
第五十二章 …… 019
第五十三章 …… 031
第五十四章 …… 043
第五十五章 …… 055
第五十六章 …… 067
第五十七章 …… 079
第五十八章 …… 093
第五十九章 …… 105
第六十章 …… 117
第六十一章 …… 129
第六十二章 …… 143
第六十三章 …… 155
第六十四章 …… 167
第六十五章 …… 179
第六十六章 …… 191
第六十七章 …… 203
第六十八章 …… 217
第六十九章 …… 229
第七十章 …… 241
第七十一章 …… 253
第七十二章 …… 267
第七十三章 …… 281
第七十四章 …… 295
番外 …… 309

第五十一章

葉小玖回過神，卻一腳踢在了屏風橫木上，腳下一個踉蹌就往前撲。她驚叫出聲，手一鬆，白色的錦袍便飛了出去，揚開後直接飛向了唐柒文。

唐柒文手忙腳亂地去接她，卻因為離得太遠，已然是來不及了，在跌倒的驚恐慌亂間，她隨手抓住了一根白色的帶子。

「啊！」

好在唐柒文手腳快，沒讓她摔在地上，而是撞進了唐柒文懷裡，臉貼在他的肌膚上，那件白色的錦衣，正巧蓋在了二人身上。

臉上溫熱絲滑的觸感讓葉小玖覺得有些陌生，但因為初春的衣服比較厚，所以她此時眼前一片漆黑，揭開衣服的一角，葉小玖看著眼前那小麥色的肌膚，瞪大了眼。

她的臉正貼在唐柒文的小腹上，而他浴袍的帶子居然是開著的，那、那她方才……抓住的是……

唐柒文在感覺到自己的浴袍帶子被葉小玖拉開的一瞬間，人就已經傻了，可隨即，葉小玖那滑嫩而富有彈性的小臉就貼了上來，讓他渾身緊繃，此時她那若有若無的溫熱氣息，正一點一點地騷動著他的心和某個地方。

「唐兄，小玖。」楚雲青和沐婉兒在前廳等了許久也沒看見他們出來，想著他應該好了，便來尋他。

因為門開了個縫，他懶得敲門就直接進來了，誰知一進門就看見如此勁爆的畫面。

唐柒文衣裳半裸地站在那裡，葉小玖則趴在他懷裡，頭上還蓋著件欲蓋彌彰的衣服，看不清表情，更看不見動作，卻使得整個畫面看起來香豔極了。

「嗯，那個……你們繼續……繼續！」

唐柒文在楚雲青那曖昧的眼神下，臉變得越來越紅，不等他解釋，楚雲青便已轉身出去，還十分貼心地幫他們關上了門。

「那個……我不是故意的。」葉小玖感覺臉都丟到太平洋了，但她現在以一種極其彆扭的姿勢窩在唐柒文懷裡，除非他伸手扶她，否則她是絕對起不來的。

而且從她現在這個角度，可是把唐柒文的腹肌連帶著臉蛋都看了個遍，但還是不得不感嘆一句，在如此刁鑽的角度下，他都還是那樣好看。

葉小玖還窩在他懷裡，一說話，她的唇便會碰觸到他的小腹，讓他一陣氣血上湧。

「先起來！」唐柒文扶她起來，嗓音低沈克制，聽得葉小玖感覺渾身都酥了。

但此時的場合略顯羞澀，她起身後，便在唐柒文那帶有侵略性的目光中，跑出了房間，徒留他一個人在寒風中慢慢平息慾火。

好半晌，唐柒文才深吸了一口氣，關上門後穿好衣服，去前廳找楚雲青。

「唐兄？」這時候看見唐柒文，楚雲青顯得很是驚訝。「你居然這麼快！」

距他離開，不就是一盞茶的時間嗎？

「這不合常理啊？」楚雲青又道：「不過你剛從科場出來，說不定……也算正常。」

楚雲青自顧自地說，聽得唐柒文是臉色鐵青，恨不得一把毒藥把他毒啞了。

「他果真將手伸到科場去了？」

養心殿裡，皇帝楚雲飛眯著眼睛，語氣冰涼，俊美的臉上看不出半分情緒。

「雲崢不是都告訴你了嗎？」楚雲青拿起案上的金麒麟鎮紙掂了掂，然後笑著道：「而且，他還想放蛇毒死唐柒文呢。」

「呵。」楚雲飛冷笑。「還是不夠狠毒，要是我，會選擇直接放一把火燒了！」

楚雲青一噎。這話若是不知道的人聽了，還以為皇兄有多厭惡唐柒文呢！

「好了，這事你就別管了，好好籌備你的婚事就好。」楚雲飛起身。「唐柒文的考卷呢？可找回來了？」

「其他兩張都在，只有策問的被扔在紙簍裡，要不是雲洌及時趕到，多半被收拾了。」

楚雲青從袖子裡抽出考卷遞給楚雲飛。

「汪曰旦是當年左相舉薦之人，我這次暗示翰林院讓他當座主，本是想考驗考驗他，可他終究是讓我失望了啊。」

以汪曰旦現在在翰林院的地位，成為座主至少還得熬四、五年。他不過是看他平日裡為人勤奮廉潔，在朝堂上也敢於和文霆章、邵遠意見相左，據理力爭，便想著趁此機會提拔提拔他。

不過現在看來，一切不過是他在裝模作樣罷了！

嗤笑一聲，楚雲飛接過唐柒文的考卷瞅了一眼，眼中掠過一抹讚嘆。

「你先回去吧，剩下的，我會讓人處理。」

「好。」楚雲青咧嘴一笑，又道：「對了皇兄，這次的婚宴，可不可以讓小玖和御膳房的人一起啊？」

馬上她就要在上京城開酒樓了，他作為朋友，怎麼也要趁著這個機會給她做個宣傳啥的，而且若是有她加入，這婚宴必定出色。

「她本就是御膳房的一份子，你的喜宴，自然少不了她。」楚雲飛沒好氣道。

「那就好，那我回去啦！」

看著楚雲青很是開心地走遠，楚雲飛微微一笑，回頭拿起案上的考卷。

葉小玖有點沒法回神。

聖旨居然說讓她成為喜宴的主要負責人？這可是皇家宴席，代表的是皇家的臉面，讓她一個沒參加過正式宴會的人來參加，是不是有些冒險了？

面對她的疑問，那宣旨的公公是一口一個不會，一口一個相信，而且還說皇上派了香玨協助她，定不會出問題的。

有了香玨的輔助，葉小玖也不忐忑了，思及如今已經和邵遠對上，而唐柒文考取功名，還要些時間，這次顯然是抱皇上大腿的大好機會。她不想一直躲著、藏著，只依靠楚雲青也不是辦法，便乾脆地接了旨。

因為離婚宴差不多還有一個月的時間，所以這幾日，她就跟著香玨好好地了解一番皇室的奢華豪橫。比如在這個時間出現的各種新鮮瓜果蔬菜，各式各類的蛋奶魚肉，以及，那被他們暴殄天物的車軲轤奶酪。

香玨看葉小玖對著那「車軲轤」兩眼發光，不禁捋了捋鬍鬚問道：「怎麼了丫頭？這東西有什麼好的嗎？」

這東西是蒙族進貢來的，說是叫什麼奶酪，但因為御膳房沒一個會做的，所以這東西每年拿過來就是擺著占地方，然後等第二年新的來了，再把舊的扔了。

葉小玖聽他這麼說，頓時覺得心疼得發抖。她來這裡已經整整一年了，可是十分想念她的披薩、起司焗飯、奶酪烤飯，義大利麵啊！

她原本嫌自己做起司麻煩，才一直沒動手做，誰知皇宮居然把這好東西扔了。

忽然之間，葉小玖很想問問，他們把東西扔哪兒了？啥時候扔的？她現在去撿還來不來得及？

「玖丫頭，要不妳給我們露一手？」香玨道。葉小玖明顯知道這怎麼料理，他很是期待她的手藝，也相信她能給他們驚喜。

「就是啊師父，要不妳就露一手吧！」

「是啊是啊，妳就露一手嘛！」

此時午飯剛過，大廚房裡的人也忙完了，算是有一段時間的閒暇，不禁跟著起鬨。之前他們總見元生他們跟著她學菜，之後幾人的做菜方式是十分刁鑽、繁複，常常讓他們摸不著頭腦，所以對葉小玖這個從未露面的呈飲膳使，他們也是抱著許多好奇。

好不容易看見正主了，可不得乘機讓她露一手來大開眼界？

「好，那我就試試。」

在眾人眾望所歸的眼神裡，葉小玖豪氣一扠腰，然後……就對著那個「車軲轤」奶酪發起了呆。

這東西她之前都是用超市小包裝的起司條、起司丁，就算是這樣的，也都是切開的，現在這麼大一個，要怎麼下手將其刨開啊？

「那個……你們誰能把這個弄開？」葉小玖用手指敲了敲，奶酪幾乎沒怎麼發出聲音，可以想見，這東西，很結實。

「要不，我試試吧？」御膳房內一直負責切食材，手勁極大的王麥開口，手裡拿著他那把祖傳的菜刀躍躍欲試。

眾人讓開空間讓他施展，只見他菜刀高舉，做出一副發力的表情，然後一刀砍了下去。

菜刀發出鏗鏘聲，而且震得王麥手疼，可奶酪上頭卻只有一個淺淺的痕跡。

王麥使盡力氣又試了幾次，結果還是那樣。

「這蒙族，是不是在奶酪裡摻鐵了？」王麥甩了甩痠痛的胳膊，很是無奈地朝葉小玖攤了攤手，表示無能為力。

「還有誰有辦法嗎？」葉小玖問。

她總不會悲催到美食在前卻無法享用的程度了吧？她記得有什麼方法能切開的呀！怎麼一時想不起來了？

眾人面面相覷，然後很是默契地搖頭。

連王麥都弄不開的東西，他們幾個想弄開就更難了。

「什麼事這麼熱鬧啊？」楚雲青的聲音從院裡傳來。

他剛從皇兄那裡出來，聽婢女議論葉小玖進宮了就到御膳房，所以特地來找她，卻不想一進來就看見一群人圍在一起，也不知在吵吵嚷嚷地議論什麼。

葉小玖看見楚雲青，咧嘴一笑，忙過來拉著他的袖子，拽著他走到菜案前。

「快快快，想辦法把這個弄開！」這傢伙的功夫，應該可以弄開吧？

廚房眾人見是楚雲青，頓時全部跪地。「瑞王殿下萬安！」

葉小玖愣了愣，思考著是不是也該跪一下。

楚雲青粗略地打量了奶酪一圈，心中有了底，但看了看一旁放著的菜刀，覺得不符合他矜貴的氣質，所以讓身邊跟著的小卓子去取他的寶劍來。

寶……寶劍?!

葉小玖感覺有些難以置信，隨即想到一個嚴肅的問題，她拉了拉楚雲青的袖子，艱難開口。「你那寶劍……乾淨嗎？不會沾過血吧？」

這血自然指的是人血！

「當然沒有，那是皇兄在我十五歲送的生辰賀禮。」楚雲青一臉無奈。

他看起來是那麼不可靠的人嗎？要切吃的還拿砍過人的劍來。

劍是開過刃的，再加上楚雲青的內力支撐，奶酪便被他用蠻力打開了。

奶酪裡面呈淡黃色，顏色十分鮮亮，葉小玖湊上去聞了聞，是一股很清新的奶味和淡淡的酸味，看來品質不錯。

奶酪的做法有很多樣，葉小玖選了比較方便，也是她現在比較想吃的披薩。

在架子上尋了洋蔥、青椒、蘆筍和一塊火腿肉後，葉小玖開始揉麵團。

披薩餅皮的麵團需要發麵，但用尋常的老麵團，烤出來的披薩會有酸味，影響口感，可是這裡沒有酵母粉，她便只能用米酒和糯米粉簡單弄了個酵母。

待麵團發至原來的三倍大，葉小玖將其擀成薄厚適中的橢圓形，在上面鋪上一層薄薄的奶酪片，刷上一層自己調的披薩醬，然後撒上一半切好的蔬菜。

因為之前她教過元才他們西式糕點，所以御膳房裡也是有土烤箱的，將放著披薩的烤盤小心地放進烤箱，葉小玖瞅了一眼旁邊的沙漏，記了時間，直起身來長出了口氣。

這時，她突然想起切硬質起司的方式，是要用小把的刀單點突破外殼，接著便可慢慢將起司鑿開，或是用鋸的慢慢鋸開，根本無須拿寶劍那麼誇張，不禁內心有些尷尬。

稍稍想了下往後該怎麼跟他們說切割的方式，回過神她才看見廚房眾人都目光灼灼地瞅著那烤箱，顯然已經有些迫不及待地想嚐嚐美味。

「小玖，妳做那麼一點，不夠吃啊！」楚雲青道。

這新東西首先要考慮的就是皇兄，可皇兄一吃肯定少不了雪貴妃、皇后、皇奶奶，那這樣一來，還能剩下多少？

「要不，我再做幾塊？」方才做得過於專注，她都忘記人數了。

因為第一次有葉小玖做示範，元才三人也是聰明的，已經把大部分步驟都學會了，葉小玖便直接指導，由著他們做。

等差不多一刻鐘多，也就是二十分鐘後，葉小玖將原來的烤盤拿出來，又在上面鋪了一層奶酪片，撒上剩下的蔬菜，然後再次烘烤。

俞瀾薇見楚雲飛中午沒怎麼吃東西，特意做了幾款他愛吃的糕點要送過去，結果就撞上了也是前來送吃的楚雲青，見他表情，高興得跟獻寶似的。

「瑞王殿下？」俞瀾薇疑惑。他不是中午就出宮去了嗎？

楚雲青一臉喜悅，笑咪咪地道：「小玖今日做了款好吃的，小皇嫂要不要嚐嚐？」說著還晃了晃食盒。

弟弟和愛妃同時來送吃的給他，楚雲飛就是再沒食慾，也得象徵性的吃兩口。可不想楚雲青送來的東西是真好吃，顏色鮮亮、鹹香有味，口感十分好，還帶著一股淡淡的奶香味，更絕的是，這東西居然還能拉絲，扯出好幾寸都不見斷。再加上洋蔥和辣椒之類的配料都是提前炒過的，加了胡椒粉後香味四溢。

「嗯，味道甚佳！」楚雲飛給予肯定評價。一旁的雪貴妃也一個勁兒地點頭表示認同。

楚雲青看著兩人吃得香，口水都要飛流直下三千尺了。

之前葉小玖說這披薩要趁熱吃，這個是她親手做的，他自然要先送來給皇兄吃，所以他只是急急地吃了一小塊就把東西送來了。

這披薩這麼好吃，想必等他回去後，御膳房那些猴崽子已經吃完了吧？

巨大的嚥口水的聲音吸引了楚雲飛的注意，瞅著他那眼巴巴的可憐樣子，楚雲飛道：「要不，你坐下和我們一起吃？」

「好哇！」楚雲青拉開椅子，毫不客氣地挑了一塊最大的大快朵頤。

楚雲飛與俞瀾薇同時瞪大了眼。

你是不是就等著這句話呢！

楚雲飛就看著楚雲青這個來送吃的人，吃得跟餓死鬼投胎一般。

楚雲青和香玨都去送披薩了，葉小玖遲遲等不到楚雲青回來，想著自己把該走的流程了解得差不多了，也告訴他們切起司正確的方法，便打算先回去。

畢竟，她還想著用奶酪給唐柒文也做塊披薩嚐嚐呢！

馬車一路送她出了宮門，就在葉小玖下車，準備租輛馬車送她回京郊宅子的時候，卻看見邵遠站在樹下，一副明顯在等她的樣子。

「小玖！」

因為今日要進宮，所以葉小玖特意穿了一身新衣服。淺紫色襯得她皮膚更加白皙，而那玲瓏的身段，更是讓人看得心醉。

邵遠近乎癡迷地看著她。「我們談談吧？」

「我和你沒什麼好談的！」一想到他放蛇去咬唐柒文，葉小玖就恨不得一腳踹在他那張假惺惺且噁心至極的臉上。

「我沒有別的意思，只是許久未見，想與妳聊聊。」邵遠佯裝看不見葉小玖眼中的厭惡，擺了擺手，他身後跟著的那幾個人便走上前來。

「葉姑娘，請吧！」其中一個人凶神惡煞地說。

深知自己就算是不想去，邵遠也定會用強硬的手段逼她去，葉小玖瞅了眼已然閉鎖的宮門，無奈地問：「去哪兒？」

「去哪兒？」邵遠意味深長地看了葉小玖一眼，指了指拐角處那座高聳豪華的酒樓。「不如去翠雲樓吧，正好我還沒有吃飯。」

酒樓老闆似乎是認識邵遠，笑得那叫一個諂媚，就差沒撲上去親自給他揉肩捶背了。

「侍郎大人，可還是臨江閣嗎？」

「嗯。」

那掌櫃瞅了葉小玖一眼，暗道這邵侍郎居然這麼快又換人了。不過這女子看著十分絕色，可跟著邵大人這樣年輕有為、長得又好看的人，卻還是冷著一張臉，倒是與往日的那些不太一樣。

「邵大人，今日可還是要往常的那幾樣？」店小二端了一壺上好的龍井來，邊倒茶邊問。

「不用，讓她點。」店小二瞅了葉小玖一眼，眼中閃過一絲驚豔，然後恭敬地將菜單遞給葉小玖。

葉小玖皺眉，瞪了他一眼。「有什麼事你就快說，我沒有時間陪你玩這種無聊的遊戲！」

「這怎麼能算無聊呢？」邵遠一笑。「小玖，我倆雖無夫妻之緣，但好歹曾經是最親密的人，妳何以如此……」

「算了，別說了！」葉小玖打斷他，她著實不想聽他這種肉麻兮兮憶往昔的話。「我幫你點！吃什麼？」

「只要是妳點的，我都好。」邵遠看著葉小玖，眼中盡是寵溺。

看他一副深情的模樣十分礙眼，葉小玖轉頭不看他，忽略店小二眼中的驚訝，拿過菜單，隨意翻了幾頁，快刀斬亂麻地一口氣點了五個菜。

「好了，就這些！」葉小玖將菜單塞給店小二。

第五十二章

「邵大人，這……」店小二為難。

邵大人是這裡的常客，有什麼喜好忌諱他們是一清二楚，這女子點的菜裡，有好幾個都是邵大人不愛吃的，還有，這女子究竟是何人？在邵大人面前竟如此囂張。

邵遠先看著對面一臉不耐煩的人，端起茶杯抿了一口清茶。「沒事，去做吧。」

「小玖。」見葉小玖盯著窗外，邵遠又叫道：「小玖！」

「有什麼事你能不能直接說，叫魂呢？」葉小玖狠狠地瞪了他一眼，微怒道：「還有，收起你那油膩的眼神，我看得噁心。」

「我這不是看妳不理我嘛！」他佯裝委屈，也不在意方才葉小玖說的話。「小玖，妳真的就不能給我一次改過自新的機會？」

「呵。你叫我過來，就是說這個？」葉小玖冷笑，好整以暇地看著他。「邵遠，這句話我已經說過無數遍了，你非要裝聽不見嗎？那我就再說一次，我們之間已經完了，沒有可能了，你聽清楚了嗎？」

葉小玖認真地說：「而且，我已經找到了好的歸宿，你就不能行行好別再來打擾我？」

「可是唐柒文有什麼好？」邵遠大聲道：「他不過是一介白身而已，就算這次科舉他能中，也不過是翰林院一個有官無職的小吏罷了。」

邵遠著實想不清楚，以他今時今日的地位，居然會輸給一個什麼都不是的窮書生。

「那你呢，你不也是從那個位置爬上來的嗎？」葉小玖實在見不得他說唐柒文不好，她頓了頓。「哦，我忘了，你不是，你是靠……」

「葉小玖，妳別仗著我喜歡妳，就為所欲為。」靠女人上位是邵遠的忌諱，尤其不喜歡別人提起，更何況還是葉小玖，他倏地站起身，粗喘著氣。「我勸妳最好還是識時務一點，不要挑戰我的底線。」

正好這時，掌櫃的端著飯菜進來，看二人劍拔弩張的氣氛，連忙將東西放在桌上就關門跑了，深怕二人波及到自己。

葉小玖著實被他突如其來的怒氣嚇了一跳，但很快她就回過神來，十分謹慎地看著他，就怕他發瘋傷害自己。這會兒邵遠也平靜了下來，看著葉小玖眼中的警惕，他心中一疼。

從什麼時候開始，他們之間居然走到了這個地步？

他走上前去想拉葉小玖的手，卻被她一下躲開了。

看了看落空的手，他蒼涼一笑。

「小玖，我只是想補償妳，不想再讓妳受苦罷了！當年之事，我確實有不可說的苦衷。那時舅舅雖然打著為我好的名頭，將我接回了上京城，可其實只是因為表哥不爭氣，他急於找一個讓邵家高飛的踏板而已。正好他當時打聽到我學業不錯，所以才有了後來的事。」

他長嘆一聲。

「我高中狀元之後，還沒來得及請旨，就被左相榜下捉婿，就算當時我不答應，我舅舅作為長輩也會以長輩之命，媒妁之言來替我應下這門婚事。所以與其得罪文丞相，還不如我主動出擊。」他看了葉小玖一眼。「我唯一沒想到的，就是葉伯父竟然會那麼早便走了，小玖，妳能明白我嗎？」

聽他只講述自己的身不由己，卻對自己偷走婚書之事隻字不提，葉小玖嗤笑。「遠哥哥……」

聽見葉小玖這麼叫他，邵遠心中一喜，可隨即葉小玖說的話，就讓他沈了臉。

「你聽說過覆水難收嗎？」葉小玖看著他。「在你決定娶文丞相之女時，我和你就已經結束了。」

「可我還是可以娶妳，以平妻之禮。」邵遠急急地說：「我還是有機會履行當年的承諾的！」

「平妻之禮?!」葉小玖震驚。

娶平妻，對原配妻子來說是多大的羞辱啊?!

「你想娶平妻，你可有想過你夫人往後在外面該如何自處？」

看他如此執拗又如此自私，葉小玖頓時失去了和他談下去的心思，起身就要出門，卻被門外的侍衛擋了回去。

「你什麼意思？」葉小玖怒看著他。「你要困住我？」

看他不置可否的樣子，葉小玖知道自己是猜對了。

沒想到他竟會如此偏執，她一時慌了神，後悔自己隨隨便便就跟他來了這地方，可隨即便道：「我乃皇上親封的從六品呈飲膳使，負責瑞王殿下的喜宴，你敢動我？」

「呵。」邵遠吃了一口茄子，綿軟的口感讓他覺得噁心，但他卻只是稍稍皺了皺眉。「我把妳帶走了，又有誰知道呢？」

此時正值申時，這一帶人煙稀少，葉小玖跟他過來，根本就沒人看見。

而他此次也是有備而來，軟的不行就來硬的，好話她不聽，就別怪他強取豪奪了。就像唐堯文說的，女人只要身子給了自己，便會死心塌地，所以……

他起身，眼中那強烈的占有慾讓葉小玖覺得害怕，看他一步一步地走過來，葉小玖嚇得緊貼著門板。「你想做什麼?!」

拉起桌上的托盤死死地護在胸前，眼中溢滿了恐懼，邵遠卻並未因為她的害怕而停下腳步，反而嘴角掛上了一絲邪魅與猥瑣，看她的眼神也更加赤裸。

看他離自己越來越近，葉小玖瞅準機會，飛起一腳踢在了他的胸膛上。

邵遠一個不察被她踢中，往後退了幾步靠在桌子上，後背的疼痛讓他齜牙咧嘴，他起身看了看自己胸口的腳印，霎時是怒火中燒。「葉小玖，妳別敬酒不吃吃罰酒！」

「大人！」

門外侍衛的聲音傳來，邵遠卻冷冷道：「不許進來！沒有我的命令，誰都不許進來。」說著他便再次向葉小玖走了過來，葉小玖深知自己今日怕是跑不掉了，畢竟門外那幾個是真正的練家子，以她的三腳貓功夫，對付這個手無縛雞之力的邵遠還可以，對付他們絕對是以卵擊石。可即便是這樣，但凡她還有一點力氣在，她都不會讓他近自己的身。

「小玖，妳今日逃不掉的。」邵遠嘴角噙著笑，一步一步地朝她走來。

葉小玖沒有說話，只是目光如炬地瞪著他。

邵遠吩咐門外的侍衛沒有他命令不許進來，若是她乘機打暈了他，說不定她還有機會逃走。

就在這時，門外傳來一陣慘叫聲，隨即門便被暴力地踹開了，要不是葉小玖反應快，恐怕她就要被拍在門板下了。

來人一襲青衣，頭髮用一根白玉簪子束著，那向來溫文爾雅、寵辱不驚的臉上罕見地出現了怒意。他雙手握拳，看向邵遠的眼中盡是怒意。

「唐柒文？」

邵遠只來得及說這一句，緊接著就被唐柒文一腳踢中了下巴，他不是只會讀書的書生，力氣不小，邵遠都來不及掙扎一下，便白眼一翻暈了過去。

門外，那四個侍衛躺在地上，感覺骨頭疼得都要裂開了，可他們卻只能死死地瞪著倚著欄杆站著的雲冽無可奈何。

「阿玖！」唐柒文語氣中有心疼，有懊悔。

在來接她的路上，他遇見了唐堯文耽擱了些時間，等他到這兒，雲冽卻告訴他葉小玖和邵遠去了翠雲樓，而且還是葉小玖主動跟著去的。

「對不起，我來遲了。」唐柒文一把將她拉到懷裡，抱得緊緊的。

葉小玖也反抱著他，耳朵貼著他的胸膛，聽著他強勁有力的心跳，眼淚止不住地往下掉。

葉小玖的眼淚燙得唐柒文的心生疼，可他卻不知道說什麼，只能用下巴磨蹭著她的髮頂，一遍一遍的說對不起。

好半晌，葉小玖才平靜下來，她推開唐柒文用袖子擦了擦臉上的淚水，看了地下趴著的邵遠一眼。「柒哥哥，我們回去吧！」

二人走到酒樓門口，卻被掌櫃攔住了，意思很明顯，要他們賠砸壞的東西。

那穿黑衣服的看起來凶神惡煞的，倒是這兩個看著比較好說話。

「賠多少錢，到瑞王府去取。」雲冽擋在他們前面，拿出一枚瑞王府的令牌亮給掌櫃看。

掌櫃本是看三人的穿著，覺得他們應該沒什麼家世，卻不想他們竟然與瑞王殿下有關係。

一看雲冽那明顯不耐煩的眼神，他急忙讓開了路，讓他們離開。

楚雲青得知邵遠竟然敢在自己的眼皮子底下對葉小玖圖謀不軌，差點氣炸了，要不是有沐婉兒攔著，恐怕現在都打上侍郎府去了。

「去，把這些東西送去邵府，記得，要親自交到邵夫人手中。」楚雲青遞給雲崢一疊看起來有些陳舊、都有些捲邊發毛的紙，仔細叮囑著他。

「屬下明白！」雲崢看了楚雲青一眼，隨即轉身出了門。

第二日上朝，楚雲青以葉小玖替自己舉辦喜宴，要時時保護她的安全為由，請求皇帝給葉小玖派侍衛。

楚雲青雖未明說發生了何事，但看今日邵遠以身體不適為由請假未上朝，皇帝也猜了個八九不離十，稍稍思索了一番，就允許楚雲青挑一些人，在這段時間保護葉小玖。

因為邵遠生病告假不去上朝好幾天了，所以不少平日裡與他交好的大臣都紛紛來邵府探望他。

但他此時臉腫得像豬頭，而且下巴還被唐柒文踢傷了，根本就不能說話，更沒辦法見人，所以只能讓文潔以他需要靜養為由推了。

「你這究竟是怎麼弄的，怎麼腫成這樣？」文潔端著一碗肉粥，仔細小心地餵他喝。

「沒事，只是晚上路黑，摔了一跤而已。」邵遠含糊不清地說。

「摔能摔成這樣？」看著他腫得如饅頭一般看不清面目的臉頰，和脫臼的右手，文潔著實不相信他的說辭。

「哎呀！我說是摔就是摔，妳一個婦道人家，就別問這麼多了！」他不耐煩道。

那日被唐柒文踢暈，他到晚上才醒來，據酒樓掌櫃說，和唐柒文一同來的，是瑞王府的人。

他原本想著這事就這麼過了，畢竟他也沒將葉小玖怎麼樣，誰知在回來的路上，不知從那裡衝出來一群地痞流氓，二話不說就將他套了麻袋一頓狂揍，而且他們人多力氣大，他和那些受傷的侍衛沒有一點招架之力。

那日天色黑，他又一上來就被套了麻袋，根本沒看見那些狂徒的面目。他讓羅宇去查，也什麼都沒查到，那些人直接在上京城消失了。

雖然他懷疑是楚雲青幹的，可苦於沒有證據，再加上這件事本就是他理虧，所以便只能打落牙齒和血吞，自己受著了。

見他不想說實話，文潔只是了瞇了瞇眼，並未再多問。

餵他吃完了一碗粥，她仔細地替他擦了擦嘴巴，又將他扶起來，脫掉上衣後拿來藥膏抹上，輕輕地幫他揉著紅腫的地方。

「小潔，妳……」

文潔這幾日的變化邵遠看在眼裡。自他受傷後，她一改之前對他冷冰冰的態度，又是給他餵飯，又是幫他養傷，可以說將他照顧得無微不至。

而這種種，不由得讓他想起往日他倆之間的恩愛時光。

究竟發生了什麼，讓她又開始關心自己了？

看她向自己投來詢問的眼神，邵遠知道自己此時若問出口，定會讓她想起之前不好的事，破壞氣氛，所以便只好忍著疼，扯了扯嘴角，道一句。「無事。」

這麼多年夫妻了，文潔自然知道他想問什麼，可既然他不明說，她便也假裝不知，只是收拾好東西起身後，在他看不見的地方露出了一抹嘲弄的笑。

「主子！」文潔出去後，羅宇進來，看著躺在床上的人，頓了頓才道：「瑞王派了人保護唐柒文，我們根本近不得身。」

「他派了什麼人，居然讓你連身都近不得？」邵遠嘲諷一笑，這算是唐柒文一介白身太強，還是他邵遠官居侍郎太弱。

「是……是皇家暗衛！」羅宇話語有些遲疑，裡面還摻雜著幾分不可置信，可他們交過手，那確實是皇家暗衛無疑。但區區一個唐柒文，哪裡需要動用皇家暗衛來保護他？

羅宇想不通，邵遠自然也想不通。

「瑞王居然那麼看重他……」邵遠感覺自己跟受了內傷一般心裡梗得慌，憑什麼都是寒門出身，唐柒文就有瑞王一路保駕護航、順風順水，而他卻只能靠自己在這吃人的官場摸爬滾打？

而且，就連原屬於他的女人，都鍾情於他。

思及此，他眼中倏然多了一抹陰鷙。「那葉小玖呢？」

「葉姑娘這幾日一直在皇宮裡，恐怕是忙著準備瑞王殿下的喜宴。」知道葉小玖在邵遠心中的地位，羅宇提起葉小玖的語氣也很是恭敬。

葉小玖在皇宮並不是在忙楚雲青的喜宴，而是和沐婉兒一同在鐘粹宮陪著太皇太后解悶。

「妳們兩個呀！盡哄我這老太婆開心！」太皇太后被二人逗得哈哈大笑，就連一直伺候著她，向來以嚴厲、嚴肅著稱的于嬤嬤都笑得見牙不見眼。

「才沒有呢皇奶奶，我說的是實話，不信您問阿玖。」沐婉兒拉著她的胳膊撒嬌。

太皇太后已屆古稀之年，最喜歡的就是看小輩們圍坐一團說說笑笑，可皇帝政務繁忙，皇后也要打理六宮，也就只有雪貴妃能時不時地來請個安。

那日皇帝給她送來披薩，她才知道她一直心心念念想著要見的葉丫頭已經來上京城好幾天了，所以一個興起，就召她入宮覲見。而且為了避免她害怕，她還特許沐婉兒來陪她。

結果這丫頭還真是個妙人兒，不但做得一手好菜，人也長得漂亮，還聰明伶俐，那小嘴更是甜得跟抹了蜜一般。

看兩個丫頭互相擠眉弄眼的，太皇太后很是無奈地笑著戳了戳她倆的腦袋。

「老佛爺，到您午歇的時候了。」于嬤嬤看了漏斗一眼，細聲提醒。

「我今日不困，不想睡。」老佛爺看了看一左一右坐著的沐婉兒和葉小玖。「難得她們進宮來陪我，我今日就不睡了。」

看太皇太后像小孩子一般的耍賴，于嬤嬤臉上露出了不贊同的表情，畢竟御醫說了，太皇太后上了年紀，每天要有充足的睡眠。

知道自己此時說話她定是不會聽，于嬤嬤便向葉小玖她們投去了求助的眼神。

沐婉兒會意，拉著她的胳膊道：「皇奶奶，您還是先去休息吧！」

「可我不困。」有人來陪她說話，她這會兒精神好得很，一點都不想睡覺。

「午休對身體好，老佛爺您先去休息，我和婉兒去給您做些好吃的，等您醒來便能吃了，您說好不好？」葉小玖拿美食誘惑她。

「這……」太皇太后遲疑了。她對葉小玖的手藝很是喜愛，這丫頭做出來的東西不僅好吃，而且好看、新穎，是她從未見過的，所以……

「兩道！」葉小玖豎起了兩根手指。

看太皇太后乖乖地在于嬤嬤的攙扶下去休息了，沐婉兒不由得向葉小玖豎起了大拇指。「玖兒，還是妳有辦法！」

「這人老了，就跟小孩子一樣，不能逆著她來，得哄著。」葉小玖道。

她外公就是這樣，看起來執拗得不行，但只要願意耐著性子哄，總會見效。

既然答應要做好吃的，那便不能食言。葉小玖二人輕車熟路的來到鐘粹宮的小廚房裡，裡面的總管見她們來了，忙前來見禮。「葉飲膳，瑞王妃！」

雖說婚禮尚未舉辦，但因皇家人皆公開承認，宮人們早已用瑞王妃稱呼沐婉兒了。

看他笑得跟朵花兒一樣，葉小玖也不由得彎了彎眼。「我們來給老佛爺做點吃食，你去忙你的吧！」

「是，有什麼需要您隨時叫我！」

因為宮裡的御廚都沒有品級，所以葉小玖縱然在外面就是個芝麻小官，可在御膳房卻是最大的。再加上無論是皇上還是太皇太后、抑或者是香老御廚都十分看重她，所以眾人對她自是恭敬有加。

第五十三章

小廚房的設計葉小玖已是十分熟悉，她從架子上找出了放在盆子裡的一大塊奶酪，又選了一顆長得好看的洋芋。

架子上還有一罐甜味栗子醬，那是葉小玖之前教元生他們做的，她與沐婉兒兩人妳一手、我一手的，很快便將需要的東西給準備齊全了。

葉小玖今日準備做的是適合老年人吃的起司洋芋泥，和栗子戚風蛋糕。

板栗素有「千果之王」的稱號，具有強脾健胃，止血活血的功效，對老年腎虛更是有幫助。而奶酪可以補鈣、保護腸道，更能增強免疫力，加上奶酪中所含的營養物質是牛奶經過發酵後的精華，更有利於人體消化和吸收，兩者都是適合老年人食用的。

而最最重要的一點就是，太皇太后喜歡吃奶酪。

將蛋黃加入白糖後打散，葉小玖在裡面加入食用油和栗子醬，攪拌均勻後篩入低筋麵粉，呈「Z」字形攪拌。

沐婉兒此時在一旁，很是用力地將蛋白打發。無論是奶油或是蛋白，這個程序她已經做了很多次了，每次都覺得手腕痠到要掉了。

「我來吧。」葉小玖看她眉毛皺得像毛毛蟲，笑著接過她手中的碗。

「玖兒，做這個就沒有簡單方便一點的辦法嗎？」沐婉兒問。
葉小玖搖了搖頭。
現代有電動攪拌器，可在古代，她實在想不出除了手打之外的其他辦法。
此時沒有她能幫忙的地方，沐婉兒便去一旁給洋芋削皮。
將打發的蛋白分三次加入到蛋黃糊中，攪拌均勻後倒到烤盤裡，葉小玖用手感受了下烤箱的溫度，然後將烤盤放了進去。
烤製蛋糕至少需要三刻鐘，趁著這個時間，葉小玖趕緊準備起司洋芋泥。
見沐婉兒已經按她說的將洋芋切成片上籠屜去蒸了，葉小玖便將已經切成丁的火腿和胡蘿蔔下鍋炒至斷生。
接著將蒸熟的洋芋片壓成泥，在裡面加入適量牛奶攪拌均勻後加入炒好的火腿、胡蘿蔔丁，再將攪拌好的洋芋泥裝到碗裡，葉小玖在上面鋪上一層奶酪丁，最後放到烤箱中烤一刻鐘左右。
烤好的洋芋泥和蛋糕都呈現金黃色，顏色十分漂亮，將蛋糕切塊選了幾塊好的裝盤，剩下的邊角料，葉小玖便讓小廚房的人嚐了個鮮。
二人端著點心回去的時候，太皇太后剛好睡醒。
「皇奶奶／老佛爺萬安。」兩人施禮。

泡的清茶。

「快，快起來！」睡了一覺的太皇太后精神顯得極好，樂呵呵地坐在榻上，喝著于嬤嬤泡的清茶。

奶酪那特有的奶香味讓她動了動鼻子，隨即很是期待地看向她們二人手中的糕點。

「皇奶奶，這是玖兒特地為您做的奶酪洋芋泥和栗子戚風蛋糕，您快嚐嚐。」沐婉兒溫聲道。

起司洋芋泥裡面因為加了火腿和胡蘿蔔，所以除了奶酪的奶香味和洋芋的沙糯，還有火腿的鹹香和胡蘿蔔的清甜，四種味道在口腔混合，迸發出奇特的口感與香味，奇妙無比。

而蛋糕則是鬆鬆軟軟，帶著栗子特有的香味，十分適合她這牙口不好的老人家。

「嗯，好吃！」看她一個勁兒地點頭認可，葉小玖很是開心。

三人聊得熱火朝天時，門外卻突然通傳，說皇后前來請安。

「妾身給皇奶奶請安，皇奶奶萬安。」皇后曹氏施施然行禮，一舉一動頗具大家風範。

「起來吧。」太皇太后擺擺手。

「皇后娘娘萬福金安。」沐婉兒與葉小玖一同福身道。

這禮儀是沐封找人特意教她二人的，就怕她們在宮裡鬧出什麼笑話來。

曹皇后知道葉小玖和沐婉兒早上就進了宮，卻不想二人居然還在，而且看太皇太后那高興的樣子，她著實覺得有些驚奇。

細細地打量了福著身子的二人，她最終將目光投向了葉小玖，開口道：「妳就是從六品呈飲膳使葉小玖？」

聽見葉小玖答是，曹皇后也不說讓她起身，只是又盯著她瞧了瞧。

「倒真是個妙人兒，難怪連雪妹妹都誇妳長了一顆玲瓏心。」她拿著帕子掩唇一笑，隨即驚訝道：「哎呀，一時好奇，竟忘了妳們還拘著禮呢，快起來，快起來！」

二人應聲起來，于嬤嬤便搬來兩把椅子，讓二人坐在下首，而曹皇后則是坐在她們方才坐的榻上。

「來嚐嚐，這是葉飲膳方才做的小點心。」因為有皇后在，太皇太后對葉小玖的態度不便那麼親暱，只是將栗子戚風蛋糕的盤子向她推了推。

翹著蘭花指捏起一塊糕點小小的咬了一口，曹皇后用帕子擦了擦嘴，細細地咀嚼品嚐。

「嗯，不錯！」她點頭道：「甜而不膩，鬆軟可口，細嚐之下還能感覺到栗子那沙沙糯糯的口感，著實好吃。」

說著，她又將手裡剩下的吃完，才笑著道：「我記得雪妹妹嗜甜，這款糕點定能討得她歡心。」

「她？」太皇太后將一小碗起司洋芋泥吃完，才心滿意足地問道：「她怎麼了？」

「陛下因為狄族屢犯邊境之事焦頭爛額，連帶著雪妹妹也成天愁眉苦臉、悶悶不樂的。」曹皇后柔聲道。

這狄族犯邊境在小說裡有提到，說是因為狄族那邊初春雪災嚴重，凍死了不少牲畜，他們犯邊地，也是為了搶些糧食過活而已。

曹皇后與太皇太后寒暄了好一陣，才看向了下首與葉小玖竊竊私語的沐婉兒。

「妳就是沐家的姑娘，與子淵有婚約的沐婉兒。」她問。

「是。」沐婉兒福身施禮答話。

「快起來，我沒有別的意思。」曹皇后笑著道：「只是妳我妯娌初次見面，我也沒什麼像樣的見面禮。」說著，她將手腕上戴著的一個成色上好的翡翠鐲子脫下來，起身過來遞給沐婉兒。

「娘娘，這使不得！」看她要往自己手腕上戴，沐婉兒忙推託道。

「拿著吧，左右不是什麼太貴重的東西，等妳與子淵成婚時，我再挑些好的送妳。」

「婉兒，妳就拿著吧！」在榻上坐著的太皇太后見二人推來推去沒個結果，不由得開口道：「妳皇嫂別的東西沒有，這翡翠鐲子倒是有一大堆，也不差這一個。」

她頓了頓又道：「況且，我看她就想著將手上這個送人了，好有個由頭換新的。」

聞言，在場的人都笑了，尤其是沐婉兒，笑得更是明朗清澈。

曹皇后離得她最近，瞧得也最是仔細，驚豔過後，她心中不由一怔。

看來皇帝兄弟二人眼光都差不多，都喜歡這種明豔漂亮到囂張的女子，雪貴妃如此，這沐婉兒亦如此。

好半晌她才回過神來，嬌嗔著朝太皇太后道：「皇奶奶，您又打趣我！」

葉小玖在皇宮的這幾日，唐柒文也沒閒著，跟著楚雲青到處跑，美其名是讓他早點學習，免得和小玖成婚時手慢腳亂的。但唐柒文明白，楚雲青其實是找藉口幫他拓展人脈，這幾日帶他見的，哪一個不是達官貴族？

好在他也是個健談的人，閱歷雖沒他們豐富，但看過不少書，與他們一起不至於冷場，反倒是在他們心裡留了幾分好印象。

「唐兄，你從涼淮縣來，可認識從六品呈飲膳使葉小玖啊？」說話的是禮部侍郎之子袁浩問，聽唐柒文家在涼淮縣，本在一旁安靜喝酒的他忽然來了興趣。

「認識。」唐柒文道，拿起茶杯抿了一口，稍稍瞇了下眼。「袁兄怎會突然問起這個？」

「沒什麼，就是想問問，你可知那葉飲膳可許配了人家？」袁浩問十分好奇。上次他爹爹帶著媒婆前去說親，那葉飲膳是一口一個，沒這想法、志不在此的給推了個徹底。

原本他父親還說葉飲膳這是沒見到本人，所以才推辭，故而第二次去的時候還特意帶了他去。

他原本想，一個常年與廚灶打交道的人能有多少才華？定是父親吹牛。卻不想他見她的第一眼，就被她深深地吸引了，不只是她美麗的容顏，更因她溫婉的氣質。

「袁兄，你還不死心啊？」不等唐柒文回話，另一個人便插嘴道：「陛下都說了，葉飲膳的婚姻由她自己做主，你都去了兩次了，人家也沒答應你，你是沒戲了！」
「就是。」和他們關係好的另一個人附和。「你若是真喜歡溫婉的女子，這上京城的各家貴女多得是，何必在一棵只想做菜的歪脖子樹上吊死呢？」
溫婉？楚雲青抓住了一個奇怪的形容詞。這些人是在說葉小玖溫婉嗎？
他用胳膊撞了撞一旁的唐柒文。「哎，你說他們怎麼年紀輕輕的就眼瞎了？小玖啥時候居然跟溫婉掛上邊了，該不會是被人給騙了吧？」
說完，他笑嘻嘻地看向唐柒文，就見對方黑著一張臉，死死地瞪著他。
「嗯……我開玩笑的，別當真，別當真！」
唐柒文生氣自然不是因為楚雲青的那句玩笑語，而是因為發現他的阿玖居然有這麼多人惦記著。
俗話說得好，不怕賊偷，就怕賊惦記。所以，他還是早點把阿玖娶回家比較安全。況且，除了這些湊熱鬧的人，還有邵遠一直盯著葉小玖。
不過好在離放榜的日子就剩五、六天了，只要他考中貢士，離他請旨求娶葉小玖的日子就又近了一步。
也是從此時起，原本對成績不怎麼關注的唐柒文，忽然緊張起來了。
「唐兄，你走慢點啊，那成績又跑不了！」楚雲青氣喘吁吁地跟在他身後喊著。
因為今日放榜，這條路上的人格外多，所以他們只能步行前往，可唐柒文那步子飛快，居然連他這個練家子都吃不消。

「那你慢慢來，我先走了。」唐柒文回頭瞅了他一眼，便消失在人群中。

楚雲青眼看是追不上他了，索性找了個茶館喝口茶歇歇腳。

放榜地點還是在貢院，等唐柒文趕到時，人已經圍了個裡三層、外三層，好不容易擠了進去，唐柒文仔細找了一遍，卻並未在乙榜上找見自己的名字，不信邪地他又往旁邊擠了擠，可丙榜上他的名字也不在上面。

難道，他……落榜了？

唐柒文又細細地看了一遍，見上面確實沒有他的名字，便很是失落地走出了人群。

遠處站在樹上負責保護他安全的雲崢見他拉著一張臉，不由得詫異，這人考了第一名的會元，居然還喪氣成這個樣子？是怎麼回事？

「唐公子。」他飛身而下，走到唐柒文身邊道：「恭喜唐公子啊！」

「榜上無名，不知喜從何來？」唐柒文覺得他在諷刺自己。

「榜上無名？」雲崢輕笑。「唐公子莫不是眼花了，那甲榜上金筆親書的三個大字，唐公子不會沒看見吧？」

「甲榜？」聽他這麼說，唐柒文頓時精神了起來。「你的意思是我的名字在甲榜上？」

他激動地抓著雲崢的袖子，臉上滿是不可置信。

得到雲崢的確定，他還是不相信，只說讓他稍等，自己則再次從人群中擠了進去。

看著那高高懸掛的甲榜上，確實有他的名字，還是第一排，用金筆龍飛鳳舞的寫著唐柒文三個大字。

唐柒文為自己方才的慌亂失笑，師長一直對他頗有信心，本來他也很有自信能名列三甲，邁入殿試競爭。可不知為何這段日子，他忐忑不安，甚至連看榜時都往低處找。

他中了，他考中了第一名會元！

唐柒文覺得此時心裡脹脹的，很想找個人分享他的幸福與喜悅，可一想到葉小玖此時在宮裡準備楚雲青的喜宴，應當是沒空出來，方才的激動頓時就減了好幾分。

低著頭走出人群，唐柒文尋找著雲崢，卻看見葉小玖身著一襲青衣站在他對面，眉眼帶笑地看著他。

他揉了揉眼睛，卻發現不是在作夢。

「柒哥哥。」葉小玖笑著朝他展開了雙臂。

「阿玖。」唐柒文此時也顧不上男女大防，走上前一把將人拉到懷裡，抱得緊緊的。

「阿玖，我考中會元了！」

「我知道，柒哥哥真厲害！」

「只要過了殿試。」唐柒文稍稍推開她，望著她的眼睛認真道：「只要過了殿試，我就可以光明正大、名正言順地娶妳進門了。」

他那熾烈又認真的眼神讓葉小玖有些害羞，而那低沈的嗓音，更是燙紅了葉小玖的臉。

她第一次覺得，這世間再美的情話，都抵不過一句「我娶妳」。

「好！」看著他的眼睛，葉小玖柔柔地應答道。

不遠處，楚雲青和沐婉兒看見這一幕，兩人緊緊地拉著手相視一笑，似是在替他們開心。

唐柒文與葉小玖剛回到京郊的院子，前來報訊的人便一波接著一波的趕到，要了他的私印蓋了榜文後，衙差便拿著打賞樂呵呵地走了。

緊接著便是楚雲青與沐婉兒提著賀禮前來賀喜。

因為馬上就是楚雲青的婚禮，再加上殿試，唐柒文暫時不能回家，於是他便給唐母寫了封信，既報平安又報喜訊，順便告訴她，自己和葉小玖要遲一點才能回去。

唐母得知兒子考中了會元，頓時激動得熱淚盈眶，忙跑到唐柒文父親的墳前去告訴他這個好消息，直說自己沒有負他所託，又怪他走得早，沒有親耳聽見這個好消息。

幾乎所有人都為唐柒文開心的時候，有一個人卻氣得要死。

「這汪曰旦是怎麼辦事的？不是說已經把唐柒文的考卷丟掉了嗎？」邵遠氣得腦袋嗡嗡作響。他發現只要是關於唐柒文的事，就沒有哪件事能夠讓他稱心如意的。

「汪學士自己也納悶呢，他說他確實是把唐柒文的考卷給扔了。」羅宇解釋。「主子，您說會不會是瑞王殿下？」

見邵遠示意他繼續說，他又道：「若是瑞王殿下知道您的計劃，讓暗衛悄悄將唐柒文的卷子放回去……」

「此言有理。」邵遠點頭，可隨即他又道：「不對啊，楚雲青若是知道了，那皇上能不知道嗎？插手科舉之事本就是重罪，楚雲青也不會這麼沒分寸，私自行動。」

難不成，這是皇上默許的？可若是皇上也知道了，為何不追究此事呢？

邵遠越想越亂，索性不想了，吩咐羅宇道：「羅宇備馬，我要去一趟左相府！」

待邵遠換了衣服出來，正好碰上了文潔。

「夫君這般急匆匆，是要去哪兒？」文潔問。

「我……」邵遠著實不太想告訴文潔，可好不容易兩人的關係不那麼糟了，他便溫聲回道：「我打算去相府，找岳父有點事。」

「正好，我也許久沒見父親、母親了，不如我們一起吧。」文潔說著，讓綠袖去她房裡將她的披風拿來。

「這……」邵遠遲疑了一會兒，可終是沒有拂她之意，帶著文潔一同出了門。

到了相府，邵遠便和文霆章去了書房，房門緊閉，也不知兩人在聊些什麼，而文潔則是和文母一同在廳裡話家常。

「大小姐這次來看著臉色好了不少，可是與姑爺和好了？」柳姨娘捏著嗓子假惺惺的問。不等文潔回她，她又接著道：「也是，咱們女人終究是要靠男人養活的，氣性再大，心氣再高，最終還不是得遵從現實不是？」

文母本就為上次自己一時失言惹文潔不快而心有不安，深怕文潔因為那事和她生分了，這會兒聽柳姨娘哪壺不開提哪壺，她頓時黑了臉。「小潔與姑爺如何，豈是妳一個妾室能隨意揣度的？老爺讓妳抄的《女則》可抄完了？」

第五十四章

一提起這個，柳姨娘頓時收了笑，看向文母的眼神帶著怨恨。

要不是這老妖婦攛掇老爺，說她小門小戶出身，為人傲慢輕浮，出去定會丟了相府的面子，她哪需要抄什麼《女則》。

也是可笑，她什麼時候居然能當相府的面子了？說白了還不是這老妖婦嫉妒老爺那幾日留宿在她的雪顏閣，所以故意整她呢！偏偏老爺又比較聽她的話。

看她那樣子，文母就知道她定是沒有完成，便橫眉豎眼道：「既沒完成，就快回去用心些抄，好好領會其中的道理，別在這裡嚼舌根，說些有的沒的。」

柳姨娘雖心中不願，但文母怎麼說都是正室，便只能不情不願地應了聲，又瞅了一眼在一旁閒適品茶的文潔一眼，和小翠一同出了門。

看柳姨娘走遠，文母瞅了文潔一眼，心中覺得很不是滋味。

自從上次她強行將她送回邵府，文潔大概有一個多月沒回來了，而這次回來，她也不似往日那般對她親暱。方才她和柳姨娘說話時，她就如同一個外人一樣，冷眼旁觀。

「母親為何這般看我？」用手帕擦了擦嘴，文潔見文母看她的眼神十分複雜，笑著問道：「可是我有何不妥？」

「沒什麼，只是想妳許久沒來相府，為娘想妳了，便多看看妳。」文母走過去，打算與她並排坐著。

「母親既是想我了，怎地從未來邵府看過我？」

往常她總是隔三差五地往相府跑，所以便忽略了這些，可這一次整整一個月，她這才發現，自她出嫁後，文母從來沒有主動來邵府尋過她，好似沒她這個女兒一般。

文母剛想要坐下，卻被文潔這句話問得梗住了，坐也不是，站也不是，她很是尷尬地看文潔，卻見她一臉乖巧的笑容，彷彿剛才的話只是她的一句玩笑。

「妳這孩子，可還是怪母親那次執意送妳回去？」文母坐下道：「為娘也是為了妳好，妳說妳負氣出走，到頭來便宜的還不是邵遠的那幾房小妾？她們若是趁著妳走的時候得了勢，妳以後的日子還能好過嗎？」

看文潔臉上有幾分動容，再一想這次他們小倆口回來關係確實好了不少，文母覺得這都是她的功勞，所以她又道：「妳也知道，妳爹是個不管事的，妳哥又常在軍營，這偌大相府都得由我管著，我也是心力交瘁著實騰不出時間去看妳。」

「是啊大小姐，您這一個多月不曾回來，夫人可是念您念得緊啊！」一旁的丫鬟趕忙幫腔道：「整個相府都要夫人操持，夫人也是忙得騰不出時間來。」

「是女兒不懂事，誤會母親了。」文潔道：「只是最近女兒著實是心情不好，不想竟把這種情緒帶回來，還望母親不要怪罪了。」

「心情不好？」文母急急問：「可是邵遠的那幾房小妾不安分給妳氣受了？」

「不是。」文潔搖頭。「我好歹是相府千金，她們怎敢給我氣受？」

看著文母那欣慰的表情，文潔又道：「只是最近女兒老作噩夢，夢見女兒不是母親親生，所以心裡很是不安，便不敢來看你們。」

聞言，文母神色很是不自然，彷彿吃了什麼奇怪的東西，但很快她便笑著道：「妳這孩子說什麼呢！妳怎麼會不是我們親生的呢？」

她用手指輕輕點了點文潔的額頭。「只是夢罷了，再說了夢都是反的，妳啊，就別瞎想了。」

「真的嗎？」文潔摟著她的脖子，很是不安地問：「我真的是母親親生的，不是抱來的？」

「當然不是，不信妳去問妳哥，娘生妳的時候，他也懂事了。」文母笑著說，伸手拍拍她的背，似乎很是歡喜女兒對她的這種眷戀和依賴。

「那女兒便放心了，只是這幾日老作這種夢，女兒也是不堪其擾啊！」文潔將臉埋到文母的懷中，似乎是想尋求一絲安慰。

「只是夢罷了，沒什麼好憂心的。」文母撫著她的頭髮道。

因為下午邵遠還有事要忙，他們夫妻便只在相府吃了午飯，就乘車回去了。

文母看著馬車走遠，憂心忡忡地看向文相。「老爺，你說當年之事……」

「有什麼事回去說！」不等文母說完，文相便很嚴厲地打斷了她。

文母也知道自己失言了，忙噤口，跟著他進了府。

二人回到主屋，又遣散了裡面忙著打掃的下人，待文母關上門後，文相才問：「妳方才想說什麼？」

「小潔說，她最近總是作夢夢見自己不是我們親生的。」文母很是不安地說：「你說，她是不是知道了什麼？」

「一個夢而已，也值得妳這樣疑神疑鬼的？」文相嗤笑。「她若真發現了什麼，還能對妳我如往常一般？別自己嚇自己，不過是個夢罷了，再說當年她只有兩歲，能記得什麼？」

「可是……」文母還是心有疑慮。

雖然文潔現在對她與往常一樣，可她總覺得，這好像是她刻意裝出來的。

「好了，別疑神疑鬼了，後日便是瑞王殿下大婚，賀禮妳可準備好了？」文相問。

瑞王極受皇上重視，他的新婚賀禮，自是要送最好的，萬不能讓皇上覺得他不尊重瑞王，更不能讓右相那個死老頭子奪了頭籌。

「放心吧，我早就挑了庫房裡最好的！」文母道：「只是小潔她……」

文相臉色一沈，文母看他一副不想再提的樣子，終是將剩下的話給嚥到了肚子裡。

只是希望，一切，都是她想多了。

瑞王要成婚的消息一個月前就已經傳遍了上京城，眾家貴女都紛紛打聽他所娶何人。畢竟楚雲青身為王爺，身分尊貴，雖然平日裡總是吃喝玩樂沒個正經，可終歸人家受皇上重視不是？而且他長得也好看，是京城數一數二的美男子。

她們原本想著皇上指婚之人不是名門貴女，也是將門望族，誰知一番打聽下來，那女子居然是皇商之女，而且那皇商的身分，還有可能是皇上看他們門不當、戶不對，特意賞賜的。

於是，她們對這新娘子是更加好奇，究竟是如何絕色且才華出眾的女子，才讓瑞王殿下如此不顧及身分要娶她為妻，而不是納她做妾。

卻不想還未看到人，婚禮當天的新娘嫁妝，就讓她們眼饞不已。

自古皇后的嫁妝也不過一百抬，取十全十美之意，而這沐府的嫁妝居然只次一等，整整八十一抬，乃是長長久久的意思。

那裝嫁妝的箱子都是用金絲楠木做的，一只就要價上百兩，更何況是八十一只，而這還只是沐府出的嫁妝，並未算瑞王府送的聘禮，二者加在一起，真真是所謂的十里紅妝。

沐府離瑞王府距離近，為了流程，皇上特許他們繞路而行，瑞王殿下騎著高頭大馬，後面跟著自己新娘子的花轎，滿臉春風得意。

「哎，以前怎麼沒發現，這瑞王殿下長得竟是這般好看！」街邊圍著看熱鬧的婦人，瞧著楚雲青，臉蛋紅紅的，不知是熱還是羞。

「可不是，笑得我心都酥了！」成了親的婦人與自己的好友低聲細語道：「就跟初次看見我家那個死鬼一樣。」。

沐婉兒頂著紅蓋頭坐在花轎裡，聽著外面熱鬧的鑼鼓聲，兩隻手死死地抱著手中的蘋果，一顆心是又緊張、又激動。

緊張的是從今日起她便要嫁做人婦了，以後事事都要以夫君、以皇家顏面為重。而激動的，自然是她今日，便要成為她心儀之人的妻子了！

想起方才看見一身大紅喜服，望著她直了眼、一臉癡相的人，沐婉兒不由得羞紅了臉，心中雀躍不已。

繞行到太陽下山之際，花轎總算是回到了瑞王府，待喜娘一句花轎落地，楚雲青下馬，走到花轎前來踢轎門。

聲音雖輕，卻讓沐婉兒心頭一跳，隨即一隻白皙修長的手便伸進轎子裡，迎她下轎。

待下轎站定，喜娘將紅綢塞給她，沐婉兒知道紅綢的另一頭，就在楚雲青手裡攢著。

喜娘攙扶著她跨過火盆，沐婉兒因蓋頭看不見廳裡的人，只能聽到他們熱鬧的喧譁聲。

「新娘子來了，新娘子來了！」耳邊響起小孩子的拍手歡呼聲。

葉小玖作為官員外加沐婉兒的親友，此時自然也在大堂，看著沐婉兒身形綽約，一襲紅衣，裊娜娉婷；再看楚雲青瀟灑俊逸，玉樹臨風，笑得難以自持的樣子，不由得為她感到高興。

高興她能嫁給自己心愛的人，嫁給愛情。

思及此，她轉頭看了眼身旁之人。

而唐柒文也如同有感應一般低頭看她，兩人皆是一笑，眼中滿是溫柔與愛意，柔情似水，連綿繾綣。

她也是要嫁給愛情的人！

趁沒人注意，她伸手捏了捏他的手，感到掌心被他的指尖搔刮得癢癢的，直癢到了她的心裡，如同羽毛在撓。

不遠處的邵遠，看著兩人這悄無聲息的愛意，眼中盡是狠戾的光芒。

「一拜天地！」

「二拜高堂！」

「夫妻對拜！」

沐婉兒小心翼翼地跪下，叩拜，起身，再跪下。

在高亢嘹亮的聲音中，她如同木偶般的隨著喜娘的動作而動作。

楚雲青知她是緊張，現在上首坐著的人正是皇兄，她是怕自己哪裡出錯惹得皇兄不滿，所以才這般的小心翼翼。

悄悄使力拽了拽喜綢，示意她放輕鬆，也是告訴她，從現在起，萬事有他。

也不知沐婉兒會意了沒，總之她不再像之前那般僵直。

「禮成，送入洞房！」

楚雲青送沐婉兒去了新房，這婚宴便正式開始了。眾人本就對葉小玖這個皇帝親封的從六品呈飲膳使的手藝期待不已，方才在侍女們上菜的時候就被勾去了魂，此時隨著皇帝的一聲令下，一個個都將筷子伸向盤子，去挾自己早就看中的菜。

眼前的菜不但樣式好看，名字也講究得不行，什麼比翼雙飛、花好月圓、喜結連理、長長久久、白頭偕老，總之是什麼吉祥什麼來。

而且這一道道，味道還都不錯，甚至可以說是上乘。

葉小玖見賓客都吃得很是滿足，才笑著去後面新房。

新房裡，楚雲青剛拿秤桿挑了蓋頭，喜婆便喜氣洋洋地端著一碗餃子進來要他們吃。

「生不生？」喜婆問。

沐婉兒頓時羞紅了臉，但還是低聲道：「生！」

這話讓楚雲青一頭霧水，他又嚼了下嘴裡的餃子，並未覺得有哪裡生，於是乎，他拿起筷子，又挾了一個放到嘴裡。

喜婆瞪大雙眼，心中震驚道：這新郎官莫不是餓了？

但她並未多語，只是看了二人一眼後，便躬著身出門。

「婉兒，妳真覺得那餃子生嗎？」楚雲青覺得，莫不是因為今天太開心，所以嚐不出生熟？

聞言，沐婉兒瞬間臉色爆紅，輕輕捶了他一下。

剛趕到新房的葉小玖聽了楚雲青這話，不由得「噗哧」笑出了聲。

「玖兒！」沐婉兒看見葉小玖很是驚喜。

本來今日應該是葉小玖這個好姊妹送她出門的，可奈何今日她事情繁多，著實騰不開時間。

楚雲青知道她們二人定有話要說，便起身出門去外面會客，不忘告訴沐婉兒要她注意時辰，別忘了一會兒還要出來給皇兄敬酒。

方才只在男賓那邊看了一會兒，女賓那邊葉小玖還沒來得及去，此時沐婉兒需要換衣重新上妝，為等會兒給皇帝敬酒做準備，她在這裡也幫不上什麼忙，又想著要檢查自己給沐婉兒準備的新婚禮物，便只小坐了一會兒就出來了。

女賓在內廳，離新房比較遠，好在葉小玖這幾日待在瑞王府準備，對地理位置瞭如指掌。從新房出來後，她繞過一條長長的迴廊，穿過花園盡頭那個精緻的小門，就到了內廳。

女賓這邊的人不似男賓那樣多，堪堪擺了七、八桌，而且沒有皇室中人，所以氣氛比較隨意，葉小玖剛到那個小門口，便聽見了裡面的人談天的聲音。

「妳說這沐婉兒究竟是走了什麼運，不過一個商人之女，居然得了瑞王殿下的青睞，給了她正妃之位。」

那女子聲音嬌俏，聽著似乎沒什麼惡意，似乎只是想就此事討論。

「這還不算。」那桌另一個黃衣女子低聲道：「而且我聽說，她跟葉飲膳還是好友呢！」

「葉飲膳，哪個葉飲膳？」

「還能是哪個？自然是皇帝親封的從六品呈飲膳使葉小玖嘍！」另一個女子道：「而且當時我跟爹爹去涼淮縣的時候見過她倆，二人關係瞧著很是不一般。」

說話這人是京都事楊仁之女楊佩清，在座之人都知道，她那個爹是好吃之人，當時葉飲膳那一家食樓的佛跳牆和一品鍋那麼出名，她如果曾跟她爹一同去，見過二人倒也不稀奇。

「可是真的好？我只是聽說她們都來自涼淮縣，還想著她們只是認識。」有人問。

「當然。」楊佩清點頭，當時二人正在後院弄烤鴨，她只是遠遠地見了一面，但二人互動的氛圍很是不一樣，讓人覺得很舒服。

至少，比京城這些名門貴女之間所謂的從小一起長大的姊妹情要真得多。

「哎，我聽我爹說啊，這葉小玖身為女子，卻得了從六品的官，而且還深得皇上和太皇太后的喜愛，若是不出什麼太大的過錯，她的前途，不可限量啊！」

「可不是，難道妳忘了，當時她吸引了多少達官顯貴前去涼淮縣求親？」

離牆比較近的這一桌，坐得都是未出閣的女子，說話聲音都不大，但葉小玖卻聽得清楚，雖然聽見她們在議論自己和沐婉兒，但好在沒什麼惡意，都是人之常情，抬手正想開門，卻忽然聽見裡面傳來一聲冷哼。

「哼，不過一個商人之女和一個做菜的，竟被妳們這群人捧得如此之高，也是可笑。」她眼帶輕蔑地看了楊佩清她們一眼，用手帕掩唇輕笑道：「說實在的，那葉小玖得了官位，充其量也就是個高級做菜的僕人，主家高興了便賞她幾分，要是不高興，隨時丟了性命也是有的；況且一個做菜的，想必身上盡是泔水味，妳們還羨慕得跟什麼似的，可笑。」

說話之人是光祿大夫的嫡女名叫容蓉，今年不過才十六歲，卻自視甚高，而且常常以京城第一才女自居。但這個才女可跟當年的文潔不一樣，文潔那是別人給的美稱，而她這個，完全就是自己封的。

而且最可笑的就是，每年春日的賞花宴，她都要將這個名號拿出來賣弄一番，當著眾人的面做幾首詩，讚春惜花，貌似很有才情。可一旦有人要與她比賽臨場作詩，她就總是推辭，還是看父親的官位來選擇說辭，官位高的，就說她自己沒興致，官位低的，她就直說以她們的地位不配與她對詩。

久而久之，眾人也看清了她這種拜高踩低，看不起人的性子，賞花宴便也不再邀請她了。

這不，今日來的上京城貴女都是圍圈坐，只有她一人被排除在外，與一群貴婦人坐在一起。

可那些人畢竟與她不是一個年齡的，盡說一些家長裡短、育兒經，她著實不感興趣，於是她便一個勁兒地往貴女們的話題裡插嘴。

見她們都不說話，容蓉又一次輕笑。「至於那沐婉兒，不過一個商人之女，想必就是仗著有幾分姿色，引誘了瑞王殿下才娶她為正妃。以姿色侍人終不能長久，色衰而愛弛，等瑞王殿下膩了她，她那一身銅臭味的身分，恐怕很難讓她穩坐王妃之位。」

第五十五章

在人家大婚之日說這種不吉利的話，著實討人嫌，尤其瑞王是什麼身分？哪輪得到旁人說嘴，真沒有眼色。

眾女子頓時低下了頭，安靜地品嚐著自己盤中的美味，深怕與她扯上關係。而本在院子裡伺候的瑞王府小廝、婢女，聽了這話都對說話那人怒目而視，心想是何人如此沒教養，大喜日子如此不知輕重。

容蓉卻自視甚高，認為自己心思玲瓏，看得通透，甚至看沒人附和她，她還高聲問：「怎麼，我說得不對嗎？」

「不知這位小姐是哪來的自信，說出這樣一番話？」葉小玖忍無可忍地開門出去，但因為不清楚具體說話之人是誰，所以她便只能朝著聲音傳過來的方向看去。「妳又憑什麼覺得，男婚女聘就必須要以家世來定尊卑？」

這人說她是皇家奴婢她忍了，可在婉兒大婚之日說這種不吉利的話，著實可氣。

「妳是誰？」容蓉打量了一番葉小玖，見她穿的衣服，無論從材質還是花色都不是頂好的，再一想自己從未在上京城見過她，瑞王殿下這邊的人，此時肯定都在前廳，她又為沐婉兒出頭，這麼看來……

思及此，她紅唇微勾，一聲輕蔑的笑溢出唇間。「看妳這穿著和打扮如此土氣，想必是瑞王妃家的窮親戚吧？第一次來上京城？怪不得如此沒見識，那我告訴妳，我是光祿大夫容景之女容蓉！」

光祿大夫，可是二品官呢！

葉小玖抿了抿唇，看向她。「我是問妳是誰，不是妳爹是誰。」

在另一桌的文潔沒忍住，「噗哧」笑出了聲。

見葉小玖看向自己，文潔給了她一個友善的微笑，葉小玖也朝她點了點頭。

容蓉沒想到這個鄉下來的土包子敢如此跟她說話，頓時氣不打一處來。「我說我是光祿大夫之女容蓉，妳是耳朵不好使嗎？還是裝聽不見？」

得，她又把她爹提出來了！

容蓉說話聲音並不大，但葉小玖還是假意掏了掏耳朵。「我知道妳爹是光祿大夫，妳不要一而再、再而三的強調，但我問的是妳是誰，而不是妳爹是誰，聽明白了？」

「妳究竟是何人，敢如此與我說話？妳要知道，我爹可是正二品的官。」容蓉覺得，眼前這土包子定是不知道光祿大夫官從幾品，才敢這樣與自己嗆聲。

文潔知道以葉小玖的嘴上功夫，吃虧是絕對不可能的，但她還沒來得及說出葉小玖的身分，楊佩清便脫口而出。「她就是皇上親封的從六品呈飲膳使，葉小玖。」

聞言，容蓉突然心中一驚。

方才聽她們說這葉小玖與沐婉兒關係不錯，若是她去打小報告……

倘若旁人聽見她的顧忌，肯定會忍不住大笑。這內廳伺候的人可都是瑞王府的人，方才當著人家的面說人家主子，就不怕人家告密？可隨即，她就忘了這件事，只記得葉小玖是個從六品，而她爹是正二品。

一個芝麻官而已，有什麼好囂張的？

「妳就是葉小玖？」容蓉瞇著眼，很是無禮地打量著她。「看著很是粗俗，也不怎麼樣嘛！」

「我是不怎麼樣，但這位小姐還未告訴我，妳是何人呢？」不等她回話，葉小玖又道：「我是皇上親封的從六品呈飲膳使，而婉兒是太皇太后親賜的三品淑人，妳既然如此看不上我們，想必也是高官厚祿吧？」

葉小玖嗤笑。

方才從她報她爹的官位，以及自己的名字，葉小玖便猜到此人定是那個傳說中的文潔第二，上京城的第二位才女。

只是文潔無論是才情還是才氣，葉小玖都是信服的，至少她在上京城這些日子，常常能聽到市井女子談論她閨閣時期的才華，甚至在貴女之中，她的地位與呼聲都不低。

後來她雖然因為失足落山而性情有變，深居簡出，但從她到涼淮縣找葉小玖之後的種種表現，葉小玖知道她還是如往日一般，雖心高氣傲，卻也知書達禮。

關於這個容蓉，葉小玖聽得最多的一句，便是她總拿她爹當擋箭牌，而且拜高踩低，人也傲慢得很。

今日一見，果然如此。

既然她如此注重權勢，她何不拿權勢壓她一壓？

「我是光祿大夫容景之女容蓉。」容蓉又說了一遍，但這一次她的語氣弱了些。

「嗯，我知道！」葉小玖點頭，覷眼看她。「可除去妳爹的那層光環，妳是誰？所以，妳有什麼資格看不起婉兒，又有什麼資格看不起我？」

一想到她在婉兒大婚之日說這種話，葉小玖就氣不打一處來。「妳頻頻在別人面前提妳爹，說明除了妳爹，妳便再沒有能拿得出手的東西了，我說得對吧？妳在別人大婚之日說這種話，說明妳不但沒有教養，而且還不懂得尊重人。至於妳自封的上京城第一才女，呵呵，有句話叫做缺什麼，就吆喝什麼，我說得可對？」

「妳……妳……」容蓉氣得說不出話，只能站起身，拿著指頭指著葉小玖。

「小姐、小姐別動怒，老爺之前吩咐過，若是遇上葉飲膳，讓妳勢必與她交好。」容蓉的繼母在一邊低聲勸慰道。

「哼，讓著她，難不成我還會有事求她？」容蓉氣呼呼地說。

容蓉被葉小玖嘲諷得說不出話，葉小玖也懶得再和她計較，與文潔和楊佩清點頭示意後，便去了廚房。

作為沐婉兒的至交，她今日大婚，自己勢必要送份禮的，但思來想去平常的物件太過俗氣，她便做了一個婚禮蛋糕，打算等沐婉兒和楚雲青敬完酒後再推出去。

敬酒是皇家禮俗的最後一項，類似平常人家的改口茶。

前院的大廳裡，沐婉兒穿著精緻的另一套喜服，頭上的鳳冠已經取下了，綰了一個婦人髮髻，往日總是披垂著的長髮已經盤了上去，露出修長美麗的脖頸。此時她正端著描金的酒杯，在楚雲青倒好酒後，和他一同跪在地上，溫聲道：「皇兄萬安。」

皇帝看了一旁已然笑傻了的楚雲青一眼，終是眼角帶笑地端起酒杯一飲而盡。接下來便是曹皇后，以及雪貴妃。

此時，所有人都聚集到前廳看他們敬酒，葉小玖便趁著這個時間將她做好的大蛋糕推了出來。

蛋糕近一公尺多高，總共有三層，上面堆滿了用奶油做的香檳玫瑰，而在奶油的最高一層，是一個維妙維肖、栩栩如生的新娘子，穿著大紅色的喜服，一臉嬌羞地站在一座城堡前。

送蛋糕這一項程序，葉小玖之前是徵求過皇后和雪貴妃同意的，也就是說，除了一對新人，在座的皇室之人其實都知道。

縱然如此，當眾人看見成品時，依舊是驚呆了。

「哇，好漂亮啊！」有女子驚呼出聲。
「是啊，妳說那上面白色的會是什麼？雪嗎？」
「那上面還有花啊，雖不知是什麼花，但是怪好看的！」
「可不是，你們快看，那上面站著的小人，是不是與瑞王妃極像？」
眾人望去，那小人兒的眼、鼻，甚至嘴巴，可不是與瑞王妃一模一樣。
此時雖已是黑夜，但整個瑞王府燈火通明，葉小玖做的蛋糕本就漂亮，此時在燈火的映照下，更是好看。
男人們對這些東西倒是不怎麼稀奇，而女子此時已然瘋狂，裡面最激動的，便是雪貴妃和沐婉兒。
雪貴妃看著這蛋糕好看，想著味道應該很好吃，純粹是饞的；而沐婉兒卻是激動的，看向葉小玖的眼中蘊滿了幸福的淚水。
她見過葉小玖畫過這種花，說是叫香檳玫瑰，花語是：愛上你是我今生最大的幸福，思念你是我最甜蜜的痛苦，和你在一起是我的驕傲。若是沒有你，我就像一艘迷失航線的船。
簡而言之，意思便是：我唯獨鍾情你一人！
當時她聽後，就覺得很是中意，便隨意說了句自己喜歡，想不到她竟然記在了心裡。她知道，這是葉小玖對他們的祝福。
至於娃娃身後那個城堡，以及娃娃身上的衣服，她都見過。原以為葉小玖當時只是無聊時的隨意塗鴉，她便沒有將那些圖放在心裡，卻不想，竟是為了今日。

「玖兒！」沐婉兒輕聲喚她。

「傻丫頭，妳哭什麼？」葉小玖上前擦了她臉上的淚，笑著道：「今日是妳的好日子，可別哭啊。再說了，大家都等著妳切蛋糕呢，沒人願意看妳流鼻涕的醜樣子！」

「醜丫頭，妳找打！」沐婉兒嬌嗔道，隨即破涕為笑。

如果說她今生最值得的事，就是她遇見了葉小玖。是她救了自己的命，也是她讓她勇敢去追求愛，更是她，全心全意的真誠對她。

「玖兒，妳真好！」沐婉兒說著，抱住了她，看得一旁的楚雲青直噘嘴。

他的新娘今日的第一個擁抱，居然給了葉小玖而不是他?!哼！不過看在她今日讓婉兒這麼開心的分上，便暫時原諒她吧。

在場眾人看見這一幕，眼中皆是動容與羨慕，羨慕她們的友情，羨慕沐婉兒這值得銘記於心的婚禮。

有些許了人家的女子，已經暗暗攛掇著母親幫忙去問問葉飲膳，能不能幫自己也做一個婚宴蛋糕，出高價買也行。

容蓉雖然嬌縱無禮，但終究是女子，看見這麼好看的蛋糕，心中也是歡喜、也是想要的，可一想到自己方才與葉小玖已經把關係鬧僵了，她便不由得瞪向一旁的母親——她的繼母。

當時她但凡攔著點自己，最終結果也不至於如此。

她成婚時，也能有這樣好看的蛋糕。

感受到凌厲的眼刀子，繼母抬頭就看見容蓉惡狠狠地瞪著自己，急忙嚇得低下了頭。

沐婉兒和楚雲青一同拿著葉小玖特製的切蛋糕的刀子，卻怎麼也下不去手。

「玖兒，我捨不得。」沐婉兒道。

「有什麼捨不得的？這蛋糕的樣子，我已經央宮中的畫師給畫下來了，妳可以留著以後慢慢看，而且，我們還有禮物要送妳。」

葉小玖說完一拍手，便有侍女拿了一卷卷軸來，葉小玖將卷軸遞給二人，楚雲青讓沐婉兒拿著一頭，自己則將其打開來。

「這……」楚雲青看著卷軸上的畫，驚得說不出話來。

畫上之人正是他和沐婉兒，但地點既不是瑞王府也不是沐府，而是俞竹村的農田裡。

楚雲青穿著一身粗布短打，手中拿著一枝麥穗，正在追趕著沐婉兒；而沐婉兒則是一身粉色襦裙，在金色的麥田裡奔跑，如同一個跌落凡間的仙子。

這……好像是第一次，他對沐婉兒動心的時候。那時的她笑語嫣然，如同一個頑皮的孩子，卻硬生生的跑進了他的心裡，賴著不走。

而且畫上還有一首詩——「結髮為夫妻，恩愛兩不疑。願得一人心，白首不分離」。

眾人讀著上面的詩，那羨慕感再次冒出來了，酸得牙疼。

「這畫是我請人畫的，你們也知道，我削個蘿蔔還行，畫人像那是一塌糊塗。」葉小玖攤手。

至於請的是誰，答案不言而喻。

看著上頭龍飛鳳舞的字，楚雲青清楚，這畫是唐柒文送的，葉小玖不過是個幌子。

「謝啦！」楚雲青朝葉小玖道，但眼神卻看向她身後的唐柒文。

唐柒文也微微一笑，眼中盡是對他們二人的祝福。

「祝瑞王與瑞王妃恩愛長久，白頭到老！」眾人異口同聲道。

賓客男男女女加在一起人數雖多，好在葉小玖的蛋糕做得大，又有三層，所以最後，每個人都分到了一小塊。

「借各位吉言！」楚雲青笑得開懷，拿起桌上蛋糕，看了看笑靨如花，一臉嬌羞的沐婉兒，仔細地挖了一小塊遞到她嘴邊。

這當面餵食的孟浪舉動嚇了沐婉兒一跳，甚至覺得有些難為情，可看楚雲青那堅持不罷休的樣子，她只得張嘴。

蛋糕的綿密絲滑和鬆軟甘甜，順著她的胃一直甜到心裡，讓她不由得驚呼出聲。

「甜！」

沐婉兒瞇著眼睛一臉享受的樣子讓楚雲青很受用，看著她嬌嫩殷紅的唇瓣上沾著一抹白色，他不由得感覺有些口乾舌燥。
捏了捏手指，他抬手輕輕幫她擦拭。
「嘿嘿。」沐婉兒臉上一熱，有些不好意思地傻笑。
眾人被他們倆的種種舉動驚得瞠目結舌，大庭廣眾之下，就算他們已是夫妻，可如此親密，是否有違禮法？
結果一看主位的皇帝陛下，左右逢源地餵著他的嬌妻美妾，也不知曹皇后與雪貴妃說了什麼，讓他笑得見牙不見眼，那叫一個逍遙自在。
皇帝都這樣了，什麼禮法規矩，那都是浮雲。
一時間，眾人紛紛效仿，端起自己的蛋糕，餵站在身邊的妻子，無論是情真意摯還是逢場作戲，總之每個人臉上都掛著幾分認真，給人一種夫妻恩愛和睦的表象。
邵遠端著自己的蛋糕，溫聲細語地餵文潔，可目光卻不住地投向不遠處偏僻角落互相餵食的唐柒文二人。
看著葉小玖看向唐柒文眼中濃濃的愛意，邵遠只覺得嫉妒得厲害。
看著眼前之人，他不由得想，若是他當時沒有娶文潔，會不會小玖眼中愛慕之人，就會變成自己？
可惜，這世上沒有若是，更沒有後悔藥！
文潔看邵遠看著那邊發呆，不用想她也知道他在瞧什麼，看一眼葉小玖與唐柒文，又瞅了眼不遠處的楚雲青二人，眼前這個曾許諾山盟海誓，願意讓她傾心交付的男子，終是變成了她人生長河中的一個笑話。

此時眾人的注意力全部集中在蛋糕上，紅綢喜燭，氣氛很是融洽。此時的唐柒文，一襲秀竹白衣，在燈火的映照下，看在葉小玖眼裡簡直俊朗如天神下凡。

不知是氣氛醉人還是美色惑人，一時間，葉小玖覺得有些口乾舌燥，看著他的薄唇，產生了一絲想吻他的情愫。

想做就做向來是葉小玖的美德和座右銘，於是她迅速地瞅了一眼周圍的人，確認沒人注意，踮起腳尖，迅速又精準地親在了唐柒文的唇上。

唐柒文早就從葉小玖的眼神中看出了她的意圖，只是他怎麼都沒有想到，這丫頭居然膽子這麼大，眾目睽睽親他嘴巴不說，還……還調皮地舔了下他的嘴角。

「嗯，甜的！」葉小玖笑得如同一隻偷腥成功的貓，眼中的狡黠讓唐柒文不由失笑。抬手抹了抹她唇角的奶油，他深呼吸了下，平復了下自己躁動的心情。要不是時間、地點都不對，他定要好好教訓她一番。

邵遠對葉小玖的記憶，還停留在她十二歲之前，那個總是害羞著牽他手的小丫頭。後來接觸，他覺得她長大了，變得美豔成熟，和他說話總是充滿防備，只有面對唐柒文時，她才會變成那個靦覥卻不失直率的她。

可他怎麼也想不到，那個曾經害羞靦覥的女子，現在會膽子大到直接去親吻別人，而且還一臉自己占了便宜的嬌俏模樣。到底是什麼，讓她改變至此？

邵遠愕然，不可置信與羨慕嫉妒在心中交替出現，手上沒端穩，盤中的蛋糕，就掉在了地上，發出「啪嗒」的聲音。

看著地上的蛋糕，邵遠覺得他和他的小玖，也如同掉在這地上的蛋糕，雖然明知已經回不到最初，但他卻還是捨不得丟棄放手。

「抱歉。」邵遠回過神來，看見蛋糕落下時弄髒了文潔的衣裳，忙拿出手帕替她擦拭。

「無事，我自己來。」文潔後退一步，拿過他手中的帕子。

邵遠知道，以文潔的聰慧和靈敏，定是知道自己方才為何失神，眼中不由得升起一抹歉意。

好在衣服面料是上好的浮光錦，很是光滑，蛋糕只是輕輕蹭了下，處理起來容易。文潔將帕子塞給一旁的綠袖，抬頭看見邵遠眼中的歉意，她心中冷笑，卻假裝沒看見，端起一旁屬於自己的那份蛋糕。

果然，蛋糕要這樣吃，才能享受它的滋味！

第五十六章

婚宴結束後，皇帝先帶著皇后等人回宮，而葉小玖則是被一群貴人圍在中央，追問她是否有在上京城開業的意願。

「葉飲膳，妳當真打算在上京城開酒樓？」問話的，乃是楊佩清的父親，京都事楊仁。眾人都知道這楊仁是個十足十的吃貨，會問出這種話，著實不奇怪。

葉小玖看著不遠處與一群貴公子談笑風生的唐柒文，勾唇一笑。「當然！」男朋友都要在這兒定居了，她有什麼理由不來？而且她本來就想讓更多人吃到美味佳餚，上京城作為權力與經濟中樞，位置正好。

而且，她想開的，可不僅僅是食樓、酒樓這麼簡單，如果不出意外，她應該還會開一個專門針對女性客戶的店鋪。

上京城民風不似涼淮縣那麼開放，女子在這裡很壓抑。在這裡，男子可以去秦樓楚館，酒樓、食樓裡看見的，也大多是男子的身影，時有女子出現也不過是男子的陪襯，甚少看見有女子聚在一起吃飯。

所以，她想在這裡開一間和酒樓連動的小食樓，只用來接待女子。

「葉飲膳，妳開了酒樓，這婚禮蛋糕還做不做？」一位著藏青色命婦裝的婦人問道。她見自家女兒對這東西十分喜歡，所以問問。

「當然做，若是想要，可以來酒樓訂做。」葉小玖笑著道。

「那葉飲膳，妳的食樓何時開張？不瞞妳說，我女兒還有個把月就要出嫁了，所以我……」

「不出意外的話，這個月底應該就能開張。」

這幾日忙裡偷閒，她和唐柒文逛遍了上京城，已經在楚雲青的推薦下選好了店鋪，也付了銀子，現在酒樓正在趕工裝修，據工頭說，最遲還有五日便能完工。

她來上京城之前已經讓金陽在涼淮縣負責訓練了一批學徒，經過這些天的訓練，呂樂來信說他們已經可以出師了。

她打算等裝修竣工後便和唐柒文回涼淮縣，把需要帶來上京城的人給挑選出來，畢竟四月初，唐柒文就要進行殿試了，所以所有事情，都要在三月忙完。

「那敢情好，開張那日葉飲膳千萬別忘記遞請帖，我們好去捧個場！」那夫人以帕掩唇，笑著道。

「一定，一定。」葉小玖道。

按道理說，葉小玖作為沐婉兒的閨密，今日本應該要留在瑞王府的，可奈何她是這次宴席的主廚，還需要回宮處理後續事宜，所以她原本準備鬧洞房的小心思，便只能硬生生的破滅了。

沐婉兒雖惋惜葉小玖不能留下來陪她，但她心中的緊張，很快就蓋過了惋惜。

喝過合卺酒，喜娘收拾了床上的花生、桂圓，將一張雪白的帕子鋪在床上，說了一番喜慶話，便拿著楚雲青給的賞錢，笑意盈盈地帶著一眾婢女，關上門出去了。

「婉兒，妳終於是我的了！」楚雲青今日高興，多喝了幾杯後臉頰紅紅，帶著笑意地將沐婉兒攬進懷中。「妳可知道，我今日有多開心？」

「我也是。」沐婉兒回抱住他。

懷中之人是他的心上人，聞著她身上女子特有的香氣，看著她美麗嬌俏的面容，楚雲青心神一動，蕩漾異常，終是低頭，覆上了那令他魂牽夢縈的嬌嫩唇瓣。

「婉兒，我會對妳好的，一輩子。」

他許諾過她一生一世一雙人，他也一定會做到。

五日時間轉瞬即逝，酒樓竣工了，唐柒文和葉小玖便決定啟程回涼淮縣。

唐母接到兒子快回來的消息，很是高興，畢竟他和小玖整整一個多月沒回來了。

「娘，哥哥和玖姊姊一同回來嗎？」唐昔言問。這麼久不見他們，她想他們了。

「嗯。」唐母將信遞給她。

「那婉兒姊姊和子淵哥哥呢？他們回來嗎？」

「妳哥信上沒說，應當不回來吧。」唐母道。

小倆口剛結婚，要處理的事多著呢！之前子淵還說要派人來涼淮縣接她，可她放心不下家裡，唐昔言又放心不下她，最終兩人都沒去成。

呂樂得知葉小玖要回來了，提早將食樓的帳目給整理了出來，等著葉小玖過目。

這段時間，食樓進帳還不錯，唐記的人也沒再來找麻煩，只有幾個來收保護費的賴子和一對從外地來訛錢的夫妻，都被他給處理掉了。

所以總體來說，算是平安無事。

唐柒文他們回來剛好是中午，於是便直接回了家。

一進家門看見唐母，唐柒文便直接跪在了地上。

「娘，孩兒回來了！」

因為唐柒文還沒在上京城安定下來，所以這一次，他和葉小玖回來，主要是打算從食樓帶幾個人回去，將新的酒樓開起來。

等唐柒文殿試結束，一切都安定下來，再接唐母和妹妹過去。

唐母原本是不捨得走的，畢竟與周遭鄉里相處這麼多年，又鮮少有矛盾，相處得很是和睦。等到了上京城，兩眼一抹黑不說，還一個認識的人都沒有。

可她也知道，若唐柒文定居上京城，肯定不放心留她在涼淮縣，思慮再三，她還是應了。

只是……她這一走，家裡這些東西該怎麼辦？

房子倒還好說，到時候託人賣了，裡面的東西可以分給有需要的村民。可田地剛剛下種，她總不好在這個時間轉手賣掉。且不說有沒有人買，就算有人願意買，但買地之人要是違反他們之前的約定，不滿意佃戶給的租金，這裡頭的矛盾可就大了！

而且自家留的這幾畝地，她也是不願意賣的。畢竟落葉歸根，等她老了、死了，她還是想回來和唐父埋在一起。

「嬸子，田大叔年前不還說想要租地嗎？我覺得可以租給田大叔，讓田大叔來當中間人，往後佃戶直接和田大叔接觸便好了。」葉小玖又道：「而且，田大叔一家為人忠厚，也不用擔心他為難佃戶，等今年秋收一過，契約到期了，之後的租金就讓田大叔決定。」

「那正好！」唐母歡喜。

田大叔有一手種田的好手藝，不怕他荒廢了好地，而且她也能趁此機會，好好報答田家這麼多年來的照拂。

唐家的事解決了，剩下的，便是人員分配問題了。

下午，葉小玖早早打烊，準備了幾個好菜，與食樓眾人坐了兩大桌一起討論，氣氛很是嚴肅。畢竟他們之中，大多數人都想去上京城衝一衝，見世面、長見識。

「金陽，你想去哪兒？」

沒想到葉小玖會指名先問自己，金陽下意識地往呂欣的方向看了一眼，隨即，他想到了自己的身分。「金陽聽姑娘的意思！」

他說得鏗鏘有力。

「好。」葉小玖點頭。「那呂欣呢？妳有什麼打算嗎？」

葉小玖微笑道：「呂樂我是一定要留在涼淮縣的，畢竟從今後起，他便是我涼淮縣一家食樓的掌櫃了。」

葉小玖此話說得真誠，沒有半分虛假與玩笑，所以瞬間便引起了眾人的議論。

「姑娘！」呂樂聞言，很是激動又不可置信地站起身，眼中閃爍著淚光。「我……我……」

葉小玖擺擺手讓他先坐下。「這事我是經過深思熟慮之後才決定的，畢竟這一個月，食樓在你手裡的成績眾人也是有目共睹，所以你這個掌櫃是當之無愧。」

「謝姑娘提拔，呂樂定當不負所託！」呂樂很是江湖氣地抱拳道。

他欣然接受了這番任命。雖然他年歲還小，但這一年來，他摸到了一些經商的門道，也明白經商看得不是年歲大小，而是魄力與正確的決策與選擇，所以他覺得，自是可以不負她的信任，帶一家食樓闖出一片天。

眾人見事已成定局，紛紛起身恭喜呂樂，呂欣也為弟弟開心，可輪到自己的去留時就猶疑不定了。「姑娘，我……」

呂欣不知該如何說，她好像不想去上京城，也無法決定是否要留下，總覺得捨不得，可具體哪裡捨不得，又是捨不得誰，她卻又想不清楚。但她知道，這個人並不是她的弟弟呂樂。

葉小玖看呂欣遲疑，又見金陽總是時不時地看呂欣，一臉焦急，她抿了一口茶道：「妳和金昭、金陽都是食樓的中流砥柱，無論妳想留在哪裡，我都支持。」

她看向金陽。「所以是去是留，全看你們自己的想法。」

金陽很想說只要呂欣去哪兒他就去哪兒，可是他明白自己的身分，自己是奴僕，而呂欣卻是良民，縱使姑娘器重他，可他們倆的身分，始終不對等，自己怎麼樣都配不上她。

他又瞅了呂欣一眼，終是咬牙道：「但憑姑娘做主！」

見呂欣也是這個意思，葉小玖一拍手道：「既是如此，那就由我做主，呂樂和呂欣兩姊弟留在涼淮縣，而金陽和金昭兩兄妹跟我去上京城。」

「至於你們其他人……」葉小玖環視四周。「我也做好了相應的安排。還是那句話，無論食樓是我坐鎮還是呂樂坐鎮，你們都要一如既往，一視同仁，明白吧？」

「是！」眾人齊聲道。緊接著，葉小玖便將他們各自的安排給說明了，被挑選去上京城的振臂歡呼，而留在涼淮縣的，也並沒有什麼不滿。

畢竟，葉小玖在做決定之前，都是經過深思熟慮的，從他們各自的牽掛和羈絆出發，所以總的來說，還是很合理的。

她之所以把呂欣他們四人單獨挑出來徵求他們的意見，一來是因為他們是食樓的元老，更是食樓的中流砥柱，二來，則是呂欣和金昭兩人明明就郎有情、妾有意，卻一個個藏掖著不戳破，看得她急啊！

所以這一次，也是希望他們能趁這個機會，將自己的心意掰扯清楚。

只是看著兩人這鵪鶉樣……唉，做紅娘真難！

因為唐柒文這幾日在幫著唐母處理家裡的事，所以食樓這邊就由葉小玖和唐昔言負責，此時天色已晚，二人便直接歇在了這邊。

初春夜裡還是比較寒涼的，葉小玖洗了臉，去倒水時卻發現呂欣一個人坐在院中大樹下的石凳上，瞅著天空發呆。

今晚天氣不錯，雖然只有一輪彎月卻星光璀璨，看她穿得單薄，葉小玖回屋裡拿了件衣服。

「怎麼還沒睡？」將衣服搭在她的肩上，呂欣順手接住。

「睡不著。」看見她，呂欣微微一笑。「所以出來坐坐。」

葉小玖看著旁邊將舒未舒的梧桐葉，見她那一臉愁容。「可是不願留在涼淮縣？」

葉小玖明知故問。

「不是。」她蒼涼一笑。「其實我也不是很清楚，只是覺得煩悶，所以出來透透氣。」

按道理說留在涼淮縣是頂好的，畢竟呂樂在這裡，她也熟悉這邊的一切人和事，可她就是沒來由地覺得不開心，覺得捨不得。

可究其原因，她又說不上什麼。

葉小玖不知她是真不懂還是假裝不懂，索性戳破了明說：「可是捨不得金陽？」

見她一臉懵懂的表情，葉小玖頓時知道，這丫頭看著比她大，但在情愛一事上，其實是個愣頭青。

這些日子以來，總會看見她時不時地偷看金陽，甚至是看著金陽的背影發呆傻笑，儼然一副陷入情愛的小女人樣。原以為她是明白自己的心意的，可現在看來，她可能是愛而不自知啊！

得了得了，她就幫他們一把，以免看兩個人忍受異地相思之苦。

葉小玖覺得，像她這麼好的老闆，世界上肯定找不到第二個，既要給員工發工資，還要照顧員工的情緒，幫助他們正視自己的感情。

第二日一早，葉小玖起床見金陽已經梳洗完畢，便將他叫到了雪松閣。

昨晚她苦口婆心地點醒了呂欣，現在輪到金陽了。而且，她私心覺得告白這種事情，就應該由男孩子開口。

「姑娘。」

在葉小玖面前，金陽時刻謹記自己的身分，他是葉小玖買來的僕人，所以，縱然葉小玖說過面對她不用低眉順眼，可他依舊保持著他應有的尊敬。

「不知姑娘喚我來，可是有事？」

此時食樓還沒開張，所以算不上有多忙，可後廚還是有一些需要提前準備的。此時其他人還沒來，就他們幾個住在食樓的在收拾，呂欣、金昭都是女子，有些事情，還需要他幫忙。

「沒什麼事，叫你來，只是想知道你打算怎麼辦。」葉小玖喝著剛煮出來的豆漿。大清早的，喝上一杯紅棗味的豆漿，暖心又暖胃，真真是極好。

「什麼怎麼辦？」金陽一臉迷茫。

「就你和呂欣的事，你打算怎麼辦？我知道你喜歡她，所以你打算什麼時候向她表明心意？」葉小玖開門見山地說。

畢竟去上京城的事迫在眉睫，她必須讓他們一個個都沒有後顧之憂，才能全身心投入工作。可原以為自己點明了，金陽或多或少會說些什麼，他卻只是低著頭，不言不語。

「你可要想好，此去上京城，你們可能一年半載都見不上一面，你真的可以忍得？」葉小玖下了一劑猛藥。「而且若你走了，呂欣傷心，被別人乘虛而入也是有可能的哦！」

聞言，金陽緊緊地捏著拳頭，卻還是不說一句話。

葉小玖看他脖子上青筋暴跳，也看出了他的隱忍。

可是，究竟是什麼事，讓他忍心推開心愛之人？

忽然間，葉小玖想到了他的身分。「可是因為你的奴籍？」

看他有了反應，葉小玖知道自己猜對了，她又道：「若是我願意放你從良呢？」

金陽被這話驚得抬頭看葉小玖，眼中的激動看得葉小玖都心驚，生怕他一下跳起來，可隨即，他的眼神，一點一點的暗了下去。

「金陽自被父親賣為奴後，便從未有過娶妻生子的想法，姑娘待我兄妹二人這般好，金陽感激不盡，也會謹記身分，定不會做出任何踰矩之事。」

對於葉小玖說的放他歸良籍之事，他是不敢信的，或者說，不敢有半分妄想。

「若我是說真的呢？」葉小玖知道，讓一個人從奴籍改為良籍，須得耗費一番工夫，並不容易。但對呂欣，她一直有一份憐惜，不僅是因為她是一個護著弟弟的好姑娘，更是因為，在她身上看見了曾經自己的影子。

對廚藝有一種偏愛，對生活更是充滿熱情。

所以，為了呂欣的幸福，她願意試一試。

第五十七章

去上京城一事時間緊迫，所以讓金陽兄妹恢復良籍之事要速戰速決。可從良到奴只須去官府戶房報備一下，改個文書信息即可，但從奴到良，卻需要經過好幾套程序，少說也得四、五天。

好在葉小玖是從六品的官職，又與劉縣令私交甚好，而且戶房的人也知道，唐柒文這次是考中頭名進士，將來定能在上京城為官，所以該通融的通融，該簡略的簡略，因此第二日下午，葉小玖就拿到了官府的文書。

看到那寫著自己名字的文書上拓紅的「良」字，金陽一鐵骨錚錚的漢子，瞬間就紅了眼眶。

曾經他也有一個幸福美滿的家庭，父母疼愛，衣食無憂，還有一個可愛漂亮的妹妹。可在他十二歲時，家裡忽然起了一把大火，父母喪命其中，只為了救他兄妹二人。

後來，他和妹妹被人牙子一同賣給了牙行，從他一次一次和妹妹被人賣來賣去的時候他就發誓，這輩子絕對不會娶妻生子，他不會讓自己的孩子踏上這條被人當牲口一樣買賣的不歸路，根本沒想過有一天，自己和妹妹可以脫離奴籍。

甚至被主家退回時，他已經做好了和妹妹逃跑、被打死的打算，反正他死都不會讓妹妹去秦樓楚館那種骯髒的地方，卻不想他們幸運地被葉小玖買了回來，成了被人讚嘆誇耀的廚師。

這一年來，他才覺得自己真真正正的當了回人，而不是供人驅使的牲口，可縱然如此，他也沒有忘記自己的真實身分。

自己是奴，終究低人一等。

喜歡上呂欣是他沒有意料到的，他也曾經幻想過與她在一起，他也明白，呂欣其實也對他有意，可他終究做了懦夫，將這一份愛深藏在心。縱使知道她不在乎他的身分，可他不願意這樣美好的女子，因為自己成為奴籍。

「姑娘，我……我……」金陽說不出話來，只能跪倒在地上，重重地朝葉小玖磕了三個響頭。

葉小玖看他如此真誠，心中也是動容。「呂欣是個好姑娘，我希望你不要辜負她。」

「我不會的！」金陽看著她的眼睛，認真說道：「姑娘大恩，我兄妹二人永世不忘，只盼今生能做牛做馬，報答姑娘大恩！」

葉小玖失笑，起身將他扶了起來。「我不需要你二人為我做牛做馬，只是希望你們將來能不背叛我，若是不想幹了，大可以明說，我會放你們走。」

「請姑娘放心，您對我們的恩情如同再造，金陽就是再狼心狗肺，也絕不會背叛姑娘，否則天打雷劈，不得好死！」

恢復良籍之事，葉小玖要金陽保密，畢竟食樓裡為奴籍的人不少，她雖不喜奴籍這件事，也願意替她認可的人恢復良籍，可如今沒有時間一一檢視，若是有人此時心生不滿鬧起來，實難處理。

葉小玖不知道金陽是如何跟呂欣表明心跡的，總之第二日她再看見二人，便是一副濃情密意，如膠似漆的樣子，而金昭在得知自己恢復良籍的時候，也是跑到她面前來磕頭作揖，把她給嚇了一跳。

而且，為了哥哥的幸福，她甘願自己留在涼淮縣，換呂欣去上京城。本來這事誰去都沒差，葉小玖看她如此真誠，便點頭答應了。

該了結的事情完成，唐母那邊也已經安排妥當，葉小玖便讓眾人收拾好行李，打算第二日中午出發。

因為中途在越州歇了一晚，所以等一行人浩浩蕩蕩到達上京城時，離葉小玖之前定好酒樓開張的日子只剩下四天。

「小藝，帶眾人去後院各自的房間，安排好後到前廳來集合，我有事要說。」

小藝是楚雲青從上京城乞丐堆裡撿來的，今年只有十五歲，一直養在瑞王府。這次是葉小玖這裡缺一個暫時管事的人，他才把他給送過來。

他年歲不大，但為人機靈，葉小玖不在酒樓的這幾天，酒樓裡裡外外都是他在收拾照料，只有偶爾楚雲青和沐婉兒兩人會過來幫忙看一眼。

待眾人收拾完房間出來的時候，唐柒文和葉小玖已經準備好了簡單的飯菜。

「先坐下吃飯吧，我們邊吃邊說。」葉小玖道。

這次同來的，還有胡萊和文悅二人，二人這次會試都過了，就等著參加七日後的殿試。

看唐柒文對葉小玖那句「邊吃邊說」沒有表示出任何不滿，反而一臉笑意地看著人家談論事情，兩人驚得面面相覷。

要知道，以前的唐柒文，最是遵守食不言、寢不語的禮法，怎麼現在……而且，他不是一向喜怒不形於色的嗎？這一臉笑是？

唐柒文感覺到他倆在看自己，轉頭看向二人，皺著眉頭，一臉嚴肅道：「有事？」

「無事，無事！」胡萊急忙搖頭。

這還有什麼好問的？還不是因為這個人是葉小玖，所以才會如此。真是……區別對待啊！

二人不說，唐柒文也懶得詢問，只是再次將目光投向葉小玖。

他真是愛死了阿玖這種指點江山的氣場和認真工作時的嚴謹神態，是那樣的冷靜自持，令人著迷。而自己又是何其有幸，在這茫茫人海中遇見她，吸引了她的目光。

「今晚大家便好好休息，明日一早，我們就開始集訓。」葉小玖道。

雖然現在跟來上京城的人，都是原來食樓中最頂尖的，可之前的菜式若是在上京城推出，反響肯定是一般般，倒不如乘勢推出食樓沒有的新菜品。

「是！」眾人齊聲應答。

飯罷，眾人清洗乾淨碗筷後便回去睡覺了，偌大食樓，只剩下唐柒文與葉小玖二人。

「柒柒，我好累啊！」葉小玖說著，走到唐柒文面前，坐到他腿上，窩進他的懷裡。

輕嗅他身上特有的清淡體香，葉小玖舒服地閉上了眼，如同倦鳥歸林般的慵懶與依戀。

唐柒文坐在椅子上，為防止懷中之人掉下去，只能緊緊地抱著她，下巴靠著她的髮頂。

「累了就休息一會兒，晚點我們再回去。」

低沈的嗓音伴隨著溫熱的氣息噴灑在葉小玖的耳朵上，讓她不由得縮了縮脖子。

「癢……」她聲似囈語，輕柔如風，撩撥著唐柒文的心。

他低聲輕笑，順勢捋了捋她略顯凌亂的髮絲。

手中的書只剩下兩、三頁，唐柒文想將其看完，便換了個姿勢讓葉小玖靠得舒服一點，他一手攬著她，一手迅速翻動著書。

少頃，他合上書默唸了一會兒複習，低頭才發現葉小玖已經酣然入睡，嬌憨的面容沒有一絲防備，也沒有一點白日裡面對別人的強勢與凌厲，有的，只是女兒家睡著後的媚態。

這樣的人兒，讓他如何不愛？

輕輕吻了吻她的額頭，唐柒文動作輕緩地將她抱起走向後院。

「公子？」小藝驚訝。

他原以為兩人已經走了，所以是特意來看看門窗有無關嚴實。

「噓！」唐柒文用下巴指了指懷中的人，示意他輕聲。

「公子今日是要住在酒樓嗎？」

「嗯。」看了眼懷中的人，唐柒文著實不忍心將她叫醒。

「可是現在空房間只有一個，姑娘住了，公子怎麼辦？」小藝問。

「無事，我去外面尋間客棧便是。」

聞言，小藝率先去房裡點了燈，又將床褥鋪好，隨即去廚房打了熱水來。

將葉小玖抱到床上放好，唐柒文剛想起身，卻發現葉小玖死死地抱著他的脖子。

「乖，撒手。」他寵溺一笑，像哄小孩子一樣的哄著她。

小藝見狀，知道自己此時不適合待在這裡，便朝唐柒文低聲道：「公子，那我先回房了，若是有事情，您再叫我就好。」

「嗯。」唐柒文點頭。

幫葉小玖擦了臉和手，看著床上面容如孩童般純真無邪，靜若處子的佳人，他終是順從了自己的心，低頭吻上了她嬌豔欲滴的唇瓣。

半晌，他抬頭，看著被他蹂躪得有些紅腫的唇，如同看見了自己的佳作，粲然一笑。

吹滅了床頭的蠟燭，他正想起身，卻被葉小玖一把拉住了胳膊。

其實在唐柒文抱她回房的時候，葉小玖就已經醒了，只是趕了一天的路太累了，所以便閉著眼睛假寐，而且那可是唐柒文的公主抱，她著實不想下來。

後來唐柒文幫她擦臉、擦手，動作輕柔，舒服得讓她只想喟嘆一聲，而他後來的那個吻，更是讓她覺得心癢難耐，但她卻還要保持不動不能去回應他。

「妳……怎麼醒了？」

唐柒文十分慶幸自己方才吹滅了床頭的蠟燭，不然，他敢打賭，自己的耳朵此時肯定紅得滴血。

聞言，葉小玖不知該如何回答。

總不能說，你方才親得那麼用力，是個活人都會醒來呀！

唐柒文不敢回頭看她，見葉小玖久不回答便只好道：「今日就不回去了，妳在這邊睡。」

「那你呢？真要去外面住客棧嗎？」

聽葉小玖這麼問，唐柒文就知道她肯定早就醒了，想到自己剛才偷偷占便宜，更是覺得臊得慌，想立刻出門，可他的手卻被葉小玖死死地拽住了。

「別去了，我們一起睡好了。」

這話如同魔咒誘惑著唐柒文心底的惡魔，他動了動喉結，轉身去看葉小玖，深怕是自己是聽錯了。

昏暗中看人著實難受，葉小玖見他不出去了，便鬆開他的手，拿起矮几上的火摺子點亮了蠟燭。

「我說，你別去客棧了，我們一起睡。」她認真道。

「這……不太好。」

適應了房裡的光亮，葉小玖這才看清，唐柒文那俊俏的臉蛋紅得滴血，就連脖子，都染上了一抹顏色。

嗯……這人是想到哪裡去了？

「那個，我的意思就是單純的睡覺……就是睡一起，啥都不幹的那種，你信不信？」

葉小玖越解釋，越覺得自己像個誘拐良家婦男上床的登徒子。

唐柒文其實是因為葉小玖這突如其來的話，一時沒反應過來，而他臉上的紅，是方才偷親葉小玖被發現後羞的，與葉小玖那話並沒有多大關係，此時看她解釋得磕磕絆絆，他不由得上前揉了揉她的腦袋。

「好了，我懂。」他低聲道。

等殿試結束，他就可以光明正大地娶她回家了，不急在這一、兩天。

床挺大，有兩個枕頭卻只有一床被子，兩人脫了外衣躺在床上，一人守著一邊，中間空隙大得似乎是要分出個楚河漢界來。

「那個，晚安。」葉小玖道。

裡。

「嗯，晚安。」唐柒文稍稍側了側身子，替她掖好被子。「晚上天冷，別著涼了。」

「嗯。」葉小玖仰起頭親在了他的側臉上，不等唐柒文看她，快速地把自己埋在了被子裡。

「我睡了。」悶悶的聲音傳來。

唐柒文摸了摸自己的右臉，輕笑了聲，然後躺平，如同哄小孩般輕拍著她的肩膀。

自四歲後，葉小玖便都是自己一個人睡的，後來偶爾去親戚家或者是朋友家，她也是一個人一張床。原以為身邊突然多個人她可能會睡不著，但不知是自己太疲倦了，還是唐柒文的輕拍太舒服了，反正很快地，她就昏昏睡去了。

聽見她低沈的呼吸聲，唐柒文知道她是睡熟了，起身將她從被子裡挖出來，又重新蓋好。

看了她的睡顏一會兒，在心中野獸要脫閘而出的時候，他躺回自己的位置，頭枕右臂，睜著眼睛，努力平復著自己的慾望浮動和心癢難耐。

次日清晨，唐柒文是被熱醒的。

夜裡點了燈，小藝特意開了窗戶通風，葉小玖向來怕冷，夜風又涼，所以她是盡可能的往熱源處靠近，以至於，一夜過後，就成了現在這個樣子。

她一隻手搭在唐柒文的胸口，腿搭在他的小腹上，不知道是不是腿上癢，她還狠狠地蹭了他小腹幾下，直蹭得他火大。

唐柒文則是緊緊抱著她，自己的手臂不知什麼時候給她當了枕頭，而她的腦袋則是埋在自己的頸窩裡。

聽她呼吸平穩，乖巧得如同一隻兔子，還時不時會咂幾下嘴。

唐柒文低聲輕笑，然後稍稍起身，將她的頭移到枕頭上，小心翼翼地抽出自己的手臂。

「嘶……」手臂上的痠麻讓他倒抽一口氣，稍稍活動了下，他在葉小玖額頭上印下一個吻，然後起身下床。

此時時間尚早，他打了水、洗了臉，又給葉小玖在小灶上熬了她最愛吃的青菜瘦肉粥，小藝他們才剛剛起床。

「公子？」小藝睡眼惺忪，揉著眼睛、打著哈欠，趿拉著鞋子出門撒尿，忽然看見唐柒文在打水，一下瞌睡都沒了，趕忙上去幫忙。「公子起得這樣早？這事等會兒我們來就好了，公子還是去休息吧！」

「不用。」唐柒文搖頭，然後道：「左右我也閒著，你先去漱洗吧，記得動作輕一點。」

「姑娘還沒醒嗎？」小藝問。

「嗯，昨日趕路累著了，讓她再睡會兒。」他溫柔道。

小藝踮著腳尖去了茅房，然後忙著去提醒大家動作輕點，都忘了問唐柒文，前後門都鎖著，他是怎麼從外頭進來的，也沒想到他是宿在食樓這兒。

「之前我們學的都是鮮肉入菜，今日，咱們來學學各種肉丸子。」吃了唐柒文親手熬的粥，葉小玖覺得自己精力十足，說話也中氣十足。

「姑娘，什麼是丸子？」呂欣發現今日葉小玖格外高興，說話還時不時微笑，難道這丸子，有什麼可笑之處？

「丸子，顧名思義，就是用蔬菜、肉、麵粉等做出的球狀物。」

「聽著和餃子餡差不多。」金陽低喃著。

「對，就和餃子餡差不多。」葉小玖一拍手，拿過桌上的一塊五花肉。「這做丸子，最適合的比例是七分瘦、三分肥，這樣做出來的丸子，才能肥而不膩，瘦而不柴。」

剁肉這一步不需要葉小玖操刀，由刀功流利者負責，不到一炷香時間，好幾斤的豬肉便成了粗細均勻的肉泥。

做完了豬肉丸子，隨即葉小玖又向他們展示了魚丸的做法。做魚丸的魚肉要用刀背去刮，這樣才能更好的去除小刺。擠好的魚丸一定要冷水下鍋，方能保持外形不鬆散，而且彈性更好，口感更柔嫩細膩。

用手捏了捏水盆裡紅亮亮散發著香氣的肉丸子，以及潔白如雪、彈性十足的魚丸，葉小玖微微勾唇。

想不到這麼長時間沒做過，竟然還能做得這麼成功！

「好，丸子的做法我就展示到這裡，接下來，我們來學另一種丸子的做法——四喜丸子。」

一聽這菜名，大家知道葉小玖要教大菜了，眾人都往前擠了擠，呼吸聲都小了不少，生怕自己一時大意漏看了。

四喜丸子屬於魯菜菜系，名稱寓意人生的福、祿、壽、喜四大樂事，取其吉祥之意，為世人所鍾愛。但四喜丸子的做法與普通肉丸子稍有不同，不是溫水下鍋，而是使用油炸，最後菜成時口感外酥裡嫩，十分特殊。

取了一點方才剁好的肉泥，加入雞蛋、筍丁，再倒入泡好的花椒水、適量的蔥薑蒜和調味料，攪拌至肉餡產生筋性。

「炸是最考驗火候功夫的，火不能太大，大則焦，口感不好，小則糯，色澤有差。所以這一步，是四喜丸子是否正宗的關鍵，也是真正考驗你們功底的時候。」葉小玖一邊看著灶臺裡的火一邊說。

將丸子炸至金黃後撈出，葉小玖另起一鍋，燒油將蔥薑蒜爆香後加入調味料和醬油上色。

鍋內倒入高湯，丸子下鍋，燉煮一炷香的時間後，勾上薄芡，大火收汁。

酒樓的盤子是葉小玖訂做的，上面有一家酒樓的標誌，為了裝丸子好看，她特意選了一個白瓷盤，擺好丸子後又在上面放了香菜作為點綴。
「都來嚐嚐吧！」葉小玖將盤子端到一旁的桌子上。

第五十八章

四喜丸子雖然是用肉做的，又經過了一道油炸的工序，但因為在裡面加了春筍丁的緣故，所以吃起來並不油膩，反而有一股筍的淡淡清香。

經過油炸和燉煮後，丸子的色澤也由金黃轉為紅亮，在湯汁的襯托下極為嬌豔，而且口感軟糯，鹹香酥嫩，用筷子挾開來看，還能看見裡面鮮肉的顆粒，扒拉下一塊來沾上濃稠的湯汁，那味道，簡直絕了！

此時唐柒文和胡萊、文悅三人正在酒樓的雅間溫書，殿試在即，雖然不會被刷下來，但盡力獲取好一點的名次還是要的。

「嗯，葉姑娘定是又做了什麼好吃的。」胡萊手握書卷，閉著眼睛使勁吸鼻子，似是想要分辨出是什麼味道如此誘人。

「溫書要專心致志。」看胡萊這貪吃勁，唐柒文提醒。

「專心？美食當前，如何專心？」胡萊打趣道：「你是吃膩了葉姑娘的手藝，所以才能專心，不信你看文兄，他不也跟我一樣嗎？」

忽然被點名，文悅很不好意思地笑了笑。

沒辦法，實在是葉姑娘做的東西太香了，他今早來的時候，明明在客棧吃了三個大包子，可現在聞到這味道，就覺得腹中空空，餓得慌。
胡萊的話讓唐柒文一愣。
他如此穩坐如山是吃膩了嗎？好像不是，阿玖做的東西，就算吃一輩子，他也不會膩，他現在如此有恃無恐，不過是知道，無論她做了什麼好吃的，總會留一份給自己。
剛這樣想完，他就聽見了門外輕柔的腳步聲，隨即勾唇一笑。
看，這就是他的阿玖。有好吃的，總會留一份給他的阿玖！
敲了門進來，葉小玖就看見唐柒文一臉溫柔地看著自己，頓時一頭霧水。
「我可是打擾到你們溫書了？」她問。
「沒有。」唐柒文搖頭，起身接過她手中的托盤。「累壞了吧？過來坐。」
看他說著就要給自己拉凳子，葉小玖忙按住他的手。「不用了，我不累。」
做個菜而已，她還沒那麼嬌貴，況且昨晚睡得好，她今天感覺狀態很好。
「還說不累，昨……」
唐柒文剛想說她昨晚睡得像小豬，但一想旁邊還有人，便只好將這話嚥了回去。
胡萊和文悅兩人都是豎著耳朵想聽八卦，誰知唐柒文說到重點處卻戛然而止，急得他們那叫一個抓耳撓腮。
「唐兄，昨晚怎麼了？你接著說啊！」胡萊賤兮兮地問。
「沒什麼。」唐柒文使勁忽略掉腦海中不斷浮現出葉小玖的小腿搭在自己小腹上那種溫熱的感覺，假裝清冷道：「不是說餓了嗎？」

「哦，對啊！」一說起吃的，胡萊瞬間忘了自己八卦的心，轉頭去看托盤裡的東西。乾淨的白瓷盤上放著四個紅亮亮的圓球，一朵綠油油的香菜點綴其上，散發著誘人的香味。

胡萊嚥了嚥口水，又打開了托盤上的一個湯盅。

「這是四喜丸子，這是魚丸湯，你們幫我嚐嚐，看味道怎麼樣？」

說著，她便拿起碗，給他們一人舀了一碗湯。

「嗯，好吃！」唐柒文首先捧場稱讚。「魚丸滑嫩爽口，潔白似雪，彈性十足，四喜丸子鮮香撲鼻，肥而不膩，外焦裡嫩，實為上品。」

他說完後，胡萊便一個勁兒地點頭表示贊同，文悅也豎起大拇指，但二人都忙著吃丸子，一口一個，實在騰不出嘴來說話。

得到了唐柒文的讚賞，葉小玖更加信心十足，所以接下來的這幾天，她是不遺餘力的在教後廚的人做新菜。

呂欣他們也知道，這是上京城、不是涼淮縣，更知道，新店開張是一場沒有硝煙的戰爭，關乎著他們是否能在上京城立足。

葉小玖的身分雖是一個招牌，可真正要走得長遠，在上京城無數老字號的食樓、酒樓裡脫穎而出，爭得一番名號，著實需要他們下苦功。

於是，他們更是傾注了心地去學習、研究。以至於這幾日路過未開張酒樓的人，聞見裡面飄出來的香味，都是一個勁兒地流口水。

「哎，這新酒樓到底在搗鼓什麼吃食？怎麼這麼香呢？」一個婦人手中挎著籃子，明顯是出來買菜的，但卻因為聞著這香味走不動了。

「誰知道呢？」另一個婦人說：「我只曉得這間酒樓是葉飲膳開的。」

「葉飲膳，哪個葉飲膳？」她覺得這稱呼熟悉，但一時想不起來。

「還能是哪個？當然是從涼淮縣來的那個葉飲膳了。」女人當官，這是多大的消息。那婦人恍然大悟。「那等她開張，我們一定要去嚐嚐鮮。」

四日時間轉瞬即逝，眨眼間，已是一家酒樓開張的日子。

「玖兒！」沐婉兒攜楚雲青前來，後面的小廝提著賀禮，大包小包的，看著十分隆重。看著沐婉兒自從成親後便沒怎麼消失的甜蜜笑容，葉小玖就知道她過得很是開心。「你們先到裡面坐，我等會兒過去。」

前面出了點小狀況，她這會兒需要處理一下。

「王爺、王妃安好。」小藝看見楚雲青來，特意過來行禮。

「嗯。」楚雲青點頭，看小藝比在瑞王府時胖了一圈，心中也是高興。

雖然葉小玖也算是朝廷命官，但這次開張，她並沒有請太多人來。一是因為上京城本就是政治中心，官員太多，無論請誰都不太合適，二來自己新來乍到，與許多官員都不認識，貿然相邀實在失禮，說不定，還會被人說是結黨營私。

於是，除了瑞王府和沐府，她只請了香玨和京都事楊仁來給她鎮場子。

新開的「一家酒樓」，老闆只有葉小玖，與唐柒文沒有半點關係。畢竟唐柒文馬上就要入朝為官了，一介官員若是身上滿是銅臭味，不免會遭人恥笑。

所以這一次，酒樓的事是葉小玖全權管理，唐柒文不過來幫忙罷了。

葉小玖早前就將酒樓開張的廣告給打了出去，再加上這幾日集訓的時候，酒樓裡時不時飄出來的香味也招攬了不少顧客一嚐美味的心。所以，縱使現在還不到酒樓開張的時間，已經有不少客人守在門外。

在鑼鼓喧天，鞭炮齊鳴的喧鬧聲中，葉小玖對前來祝賀捧場的人道了謝，隨即，在一旁看時間的小廝高喊道：「吉時已到！」

二樓的窗戶打開，在招牌左右兩邊，兩名著藍色短衫的店小二手中各拿一掛鞭炮，笑嘻嘻的看著下面。楚雲青和沐封相視一眼，手中稍稍用力，那用來遮著招牌的紅綢便被扯了下來，伴隨著鞭炮「噼哩啪啦」的聲音，露出上面紅底燙金，蒼勁有力的四個大字——一家酒樓。

「諸位，一家酒樓今日開張，凡進店消費者，酒菜都讓利八成，凡消費滿五兩銀子者，贈可愛玩偶一個。」

葉小玖終究是女子，說話聲音太小，此時現場又喧鬧，站在後面的人是一句都沒聽見，只能看見她嘴在動。

「妳說什麼？大聲點兒！」

「我們後面的聽不見，妳聲音大點！」

聽後面的人嚷嚷起來，葉小玖也是著急，暗恨自己沒有早點準備一個古代版的擴音器。

「哼，粗俗！」容蓉眼帶輕蔑，站在遠處看著上頭的葉小玖，手握帕子掩著唇，看起來很是嫌棄。

「終歸是鄉下來的，縱使走了狗屎運封了官，也還是改不了鄉巴佬的本性。」侍女玉嬌應和著她，在一旁假笑。此時，出了太陽，玉嬌只覺得曬得慌，軟聲勸道：「小姐，咱們回去吧，這裡沒什麼好看的。」

可容蓉卻沒有回應，玉嬌抬頭，卻看見她家小姐嘴角帶笑，臉蛋潮紅，望著那邊一臉的癡迷。

順著容蓉的目光望去，玉嬌只見那個葉小玖已經下去了，換成一個白衣公子，臉上帶笑，在上頭與下面的人侃侃而談，只是距離太遠，不曉得他在說什麼。

而他的一舉一動，舉手投足完全是修養極好、風度翩翩的貴公子。

「小姐，那位公子長得可真好看。」他逆著光的樣子，真如同一位謫仙人般出塵絕世，俊美異常。

「那是自然，我容蓉看上的人，自然是相貌不凡。」她眼中盡是對唐柒文的志在必得。「走，咱們過去看看。」

唐柒文的救場來得很是及時，在葉小玖滿是崇拜的目光中，他的一番巧言妙語，順利地和小藝將外面的顧客迎進了酒樓。

因著葉小玖飲膳使的身分，不少官員雖未接到請帖，都攜家眷親自前來，不為別的，只為她二八年華還未婚嫁，若是機緣巧合能促成一樁姻緣，也是美事。就算不能，一家人來吃個飯嚐鮮，也能增進夫妻、子女之間的感情，這一舉兩得之事，何樂而不為呢？

楊仁、沐封與香玨知自己這年歲，與葉小玖他們這些年輕人著實沒什麼話題，於是三人自己湊了一桌，只剩下葉小玖他們四個在另一個雅間。

「唐兄這英雄救美來得真是及時，救得漂亮。」楚雲青拍著他的肩膀，他打趣似地看了葉小玖一眼。「就是不知這美人得了恩，該如何相報？」

「相報？」葉小玖看了唐柒文一眼，再一次沈醉在他白衣翩翩的風度之下。「看公子如此絕色，小女子便以身相許了吧！」

她附和著楚雲青的話說，然後調戲似地朝唐柒文拋了個媚眼。

原只是玩笑，卻不想唐柒文當真了，直接當著二人的面攬著她的腰將她抱進懷中。

「這可是妳說的，不許反悔！」他在她耳邊低聲道。

葉小玖縮了縮脖子，耳畔傳來沐婉兒二人的低笑聲，她頓覺有些害羞，拍著唐柒文的胳膊讓他放手，誰知他竟然抱得更緊了。

「放手！」葉小玖嬌嗔。

「哎玖兒，妳方才說看他如此絕色才要以身相許，若他長得一般，又該如何？」沐婉兒無視她與唐柒文的打情罵俏，破壞氣氛地問道。

「長相一般，那自然是無以為報，來生做牛做馬，結草銜環啊！」葉小玖應答。這有什麼好糾結的？

「所以，說來說去，妳還是看上唐兄那副皮相了，是吧？」楚雲青唯恐天下不亂，一副自己已經看透她的樣子。

「當然。」葉小玖想都不想便回答。

「這麼膚淺，就光看臉？」

「嗯。」

只不過始於顏值，陷於才華，忠於人品，僅此而已！

唐柒文知道葉小玖是有意逗弄楚雲青，所以並不覺得她這麼回答有何不妥，反倒很是無奈地笑著摸了摸她的腦袋，只有楚雲青聽了這話十分興奮，似乎是開心自己找到了可以打敗唐柒文的地方。

他很是同情地拍了拍唐柒文的肩膀以表安慰，然後眉角一挑，看向沐婉兒。

「婉兒，妳是看上我什麼了？」

沐婉兒自是知道楚雲青的心思，但看著葉小玖他們的樣子，她也玩心大起，起了逗弄的心思。

「我看上你什麼了？」她佯裝謹慎地想了想，看著楚雲青期待的眼神回答。「臉蛋。」

聞言，楚雲青勾唇一笑。「還有呢？」

「還有……」沐婉兒又左右打量了他一番，語出驚人道：「錢！」

怎麼感覺還不如唐兄的光看臉呢？

楚雲青瞪大眼，覺得自己還能搶救下。

「那日我在病床上，妳不是說欣賞我的才高八斗，學富五車嗎？」

「嗯，就是為了把你騙醒，好得到你的錢啊！」沐婉兒很是認真地說。

聞言，楚雲青看了眼葉小玖又看了眼沐婉兒，瞬間得出了一個結論：女人就是膚淺！

四人一番調笑玩鬧後，小藝忽然上來，說此時客人太多，後廚有些忙不過來。

葉小玖作為東家，自是要出面解決。

「玖兒，不如我去幫妳吧？」跟著葉小玖混了這麼長時間，又加上楚雲青是個饞嘴的，所以沐婉兒現在，已經從十指不沾陽春水的大小姐，轉變成了一個廚藝還不錯的小廚娘。

「不用，我下去就好了，妳這麼好看的衣服，要是弄髒就可惜了。」葉小玖笑著搖頭，就連唐柒文要去幫忙都被她拒絕了。

後廚有專門洗菜、切菜的幫廚人員，所以她去了也就是顛勺、看顧鍋子而已，但由於客流量太大，整整一個多時辰，她都泡在後廚，其間唐柒文他們還來看過好幾次，都被她以油煙太大為由給推走了。

現在過了午飯時間，人總算是少了一點，她也可以稍稍歇口氣了。

「東家，妳喝口水吧！」呂欣為她端來了一杯茶。

在離灶臺挺遠的角落裡有張桌子，那是葉小玖特意準備給後廚的人休息用的。葉小玖接過茶，朝她笑了笑，讓她先回去忙，不用在意自己，然後一邊用手搧風，一邊喝著茶。

「阿玖！」

就在她閉著眼睛享受著這難得的悠閒時光的時候，耳邊忽然冒出來一個不屬於後廚的聲音。

葉小玖睜開眼，就看見邵遠站在她面前，笑盈盈地看著她，而且看他臉上的潮紅，明顯就是喝多了。

「邵大人難道沒看見門外那塊寫著廚房重地，閒人免進的牌子嗎？」葉小玖沒好氣地說。

說實話，她真的不想在這樣的好日子裡看見邵遠，平白破壞心情。

邵遠偏頭看了看門外，繼續笑著道：「看見了，可我不是閒人。」

他打了個酒嗝。「我是來找妳的。」

濃郁的酒氣撲鼻而來，葉小玖只覺得胃裡犯噁心，她起身，用手指堵著鼻子問：「找我什麼事？」

看葉小玖對自己厭惡的眼神，邵遠忽然收了笑，可憐兮兮地看著她。「阿玖，我已經快半個多月沒看見妳了。」

「所以呢？」葉小玖皺眉。「邵大人若只是來跟我說這個的，那還是請回吧，我還有事要忙。」

說著，她便繞過桌子欲走，卻忽然被邵遠一把抓住了胳膊，接著被用力推到了桌子和牆的夾角處。

「嘶！」葉小玖捂著撞痛的胳膊，倒抽一口氣。

疼死了，肯定是破皮了！

「葉小玖，妳告訴我，我到底哪裡比唐柒文差？」他欺身上前，手指輕撫著葉小玖的臉頰。「難道，是因為我長得不如他好看？」

「你居然偷聽？」葉小玖一把推開他那在她臉上為非作歹的手，對他橫眉冷對。「你卑鄙！」

「呵，卑鄙？」邵遠突然笑了。「他唐柒文搶了我的女人，難道就不卑鄙嗎？」

這樣的邵遠讓葉小玖有些害怕，可任憑葉小玖怎麼推他，他都是紋絲不動，無奈，她只得將頭轉向一旁不去看他。

「妳就這麼厭惡我，連看我一眼都不肯！」他強硬地掰著葉小玖的下頷讓她看他。「妳說，若是唐柒文沒了那張誘惑妳的皮相，抑或者他缺條胳膊、斷條腿，妳還會喜歡他嗎？」

「你敢?!」葉小玖怒瞪著他。「你若是敢動他，我定不會放過你！」

葉小玖再次使足力氣去推他，可不等她動手，邵遠便一個趔趄，撞到了旁邊的菜案上。

「姑娘，您沒事吧？」金陽焦急地問。

這會兒後廚的人都忙著自己的事，要不是他少拿了東西過來取，他都不知道姑娘被這醉鬼纏上了。

「你是誰？這地方不是你能進的，趕快出去！」金陽擋在葉小玖前面，把她遮得嚴嚴實實。

「我是誰，輪得到你來質問？」邵遠冷笑。「快點給爺滾開，否則有你好看！」

葉小玖知道邵遠的性子，若是他真要找理由計較，自己不一定能護得住金陽。

她扯了扯金陽的袖子。「你先去忙，這裡有我。」

「姑娘！」金陽眼中滿是擔憂。

「沒事，他不敢把我怎麼樣的。」葉小玖安慰道。

第五十九章

金陽一步三回頭地走開了，但他並不是去做菜，而是去前廳找唐柒文了。

「邵遠，還是那句話，你我已是過去，早已經不可能了。」她站得離邵遠又遠了一點。「而且，你若是敢動唐柒文一下，我就是死，也不會放過你！」

葉小玖說完就要走，畢竟和邵遠待在如此狹小的空間裡，著實危險，可不想，她剛走沒幾步，邵遠卻忽然發瘋似地走到她跟前拉她。

「小玖，這樣對我不公平！」

邵遠本想拉住她，可這會兒酒精上頭，他起身太猛，頓時一陣天旋地轉，隨即便斜斜地撲到了菜案上。

一時間，菜案上的蔬菜瓜果、鍋碗瓢盆摔了一地，而最可怕的，是案上碰巧還有一小罈剛剛熬好的雞湯。

葉小玖被邵遠拉得一個趔趄，回身時腳踢到了案腳，一個身形不穩便摔倒在地上，那滾燙的雞湯頓時傾瀉而下，她頓時覺得整個後背都失去了知覺。

「阿玖！」唐柒文剛到後廚門口就看見了這令他目眥盡裂，心痛欲死的一幕。

眼看案上的罈子就要掉下來砸到葉小玖身上，楚雲青一個飛身上前，一腳將罈子踹到旁邊的牆上摔了個粉碎。唐柒文則是眼疾手快地提起了旁邊裝冷水的木桶。

「嘩啦」一聲，葉小玖瞬間便成了落湯雞。但涼水潑到身上的那一刻，她才覺得自己從煉獄中走出來，可那陣涼意過後，後背的那股灼熱感還在，疼得她驚呼出聲。

「疼！」她的眼中有淚花在轉。

「小藝，去請大夫！」

「雲諾，快傳御醫！」

唐柒文和楚雲青的聲音同時響起，隨即，唐柒文將目光轉向了地上脆弱的葉小玖。

唐柒文顫抖著雙手，想去抱她，卻又怕對她造成二次傷害。

「阿玖？」他聲音顫抖。

「我沒事。」看著他眼中的淚水，葉小玖忍著疼痛露出了一抹微笑。「真的！」

「小玖！」

邵遠的酒也醒了大半，看見葉小玖受了傷，他急忙想過來看，卻被唐柒文一拳給打趴在地上。

「滾開，別碰她！」

從後廚到前廳隔著一個長走廊，所以縱使後面發生了如此驚心動魄的事情，前廳都還是其樂融融，賓客盡歡，沒有絲毫受到影響。

當然，除了那些刻意盯著的人察覺了動靜。

「發生了何事？」容蓉坐在雅間裡喝茶，桌上擺著的是一家酒樓的幾道招牌菜餚，但是看那樣子，似乎沒怎麼動。

方才她看見那讓她魂牽夢縈的白衣公子心急火燎地與瑞王和瑞王妃一同去了後廚，她知道定是後廚出了事，所以特意讓玉嬌跟過去瞧瞧。

她已經打聽過了，那白衣公子叫唐柒文，是從涼淮縣來的，是今年的頭名進士，而且與瑞王私交甚好，不出意外的話，今年的狀元應該非他莫屬。

她已經想好了，若是他當真中了狀元，就讓她爹去榜下捉婿，在瓊林宴上請皇上賜婚，一切便水到渠成。

至於他與葉小玖貌似有點瓜葛一事，她並不在意，畢竟葉小玖只是個六品官，還是個做飯的，沒有實權，不像她爹，官居二品，大權在握。

她相信，只要是個聰明人，都知道該如何選擇。

「聽說是這酒樓的東家在後廚被熱水燙到了。」玉嬌說，那後廚圍了一堆人，亂糟糟的，她也沒打聽清楚。

「東家？」容蓉興奮起來，笑得囂張。「那不是葉小玖嗎？燙到哪兒了，可是臉？」

若是臉的話，唐公子應該更看不上她了，那她的勝算豈不是更大？

「不是。」玉嬌搖頭。「好像是後背。」

聞言，容蓉收了笑，有些遺憾地嘆了口氣。「為什麼不是臉呢？」

畢竟她能吸引到唐公子，就是靠那張狐狸精一般的臉。若是沒了那張臉……

唐柒文最終還是小心翼翼地把葉小玖抱到了後院的臥室裡。

身為暗衛的雲諾腿腳比較快，御醫來的時候，小藝去請的大夫還沒蹤影。雲諾也是個懂隨機應變的，知道葉小玖傷的是後背，還特意請了醫女來。

沐婉兒幫著醫女剪開了葉小玖的衣服，只見那如凝脂般潔白嫩滑的後背，此時滿是充血的水疱，亮亮的、紅紅的，有的在衣服的摩擦下破了，流著血水，那肉皮如同破布似的胡亂黏在背上。

「玖兒！」沐婉兒看著這慘狀，臉上滿是心疼。

葉小玖也是一直咬著牙，才能確定自己不會哭出聲來。

「葉飲膳，妳稍微忍一下。」那醫女十分溫柔地安撫，隨即拿出一瓶褐色的藥水。「妳的傷口需要清洗，這藥水會有點疼。」

「玖兒，要不要叫唐柒文進來？」沐婉兒問。這種情況下，有他陪著會好一點吧？

「不用。」葉小玖搖頭，她受傷唐柒文已經夠內疚了，若是讓他進來看見她背後的傷，他恐怕會更難受，她不希望他難過。

「阿玖，讓我進去陪妳！」唐柒文大喊，在門外急得轉圈。但阿玖不願，他若是貿然闖進去，她一定不會開心。

聽見門外的聲音，葉小玖只覺得安心。「我沒事，開始吧。」

葉小玖覺得自己應該是一個不怎麼怕疼的人，可當那藥水碰到傷口的時候，她還是不禁疼得叫了出來，眼中淚花亂轉。

「玖兒……」沐婉兒在床邊抹眼淚，如果可以，她願意分擔她的痛苦。

「阿玖！」唐柒文終是破門而入，一看見葉小玖的傷，他只覺得心如刀絞。

雪白背上的水疱是那樣的刺眼，唐柒文只覺得自己的心被一寸一寸地凌遲了，他連殺了自己的心都有了。

「阿玖，疼就咬我，不要折磨自己。」

看著被她蹂躪得已經出血的唇，唐柒文毅然獻上了自己的手臂。

葉小玖此時已經疼迷糊了，根本就聽不見外界的聲音，感覺到有東西遞到了自己嘴邊，她想都不想地張嘴咬住。

唐柒文悶哼一聲，卻始終沒有出聲，而是用另一隻手輕撫著她的髮絲，安撫著她。

好在葉小玖背上燙傷的面積並沒有太大，那雞湯雖是剛熬的，但量少，又因為罈子是中間大兩頭小的那種，被邵遠撞倒時沒倒出太多，再加上唐柒文第一時間潑了涼水降溫，所以葉小玖背上的燙傷算是在表面，只是看著可怕，並不算太嚴重。

可不嚴重，並不代表不疼。

清洗過後，醫女又拿出一個樣式精巧的小瓷瓶，裡面是淡綠色的膏藥，味道十分清新。藥膏抹上身後，葉小玖頓時覺得那種火燒火燎的灼熱感消了一半，後背涼絲絲的，很舒服。

「這是燙傷藥，半個時辰抹一次，直到傷口結痂，便可停止。」醫女說。

「她這傷可會留疤？」沐婉兒問。女孩子，最怕就是身上留疤。

「請瑞王妃放心，等傷口結痂後，我會再配製宮中特有的除疤膏，所幸葉飲膳傷得不算太重。」她看了看葉小玖的後背。「只須一個療程，便可藥到疤除。」

雲諾送醫女出去，葉小玖看著唐柒文手腕上那已然滲血的牙印，滿是愧疚。

「柒哥哥……」她抬頭看他。

「我沒事。」唐柒文笑了笑。比起她背上的痛，這算什麼？

見葉小玖還是看他，唐柒文忙問道：「怎麼了，可是要喝水？」

「我……我想換衣服。」葉小玖磕磕絆絆地說。這衣服都濕了，穿在身上著實難受。

「好，那我先出去。」吻了下她的額頭，他起身出門，去後廚叫來了呂欣幫忙。

後背有傷，衣服是鐵定穿不成了，沐婉兒與呂欣給葉小玖換了件乾爽的肚兜，又在不碰到葉小玖傷口的情況下，替她換了新的被褥。

厚一點，蓬鬆一點，讓她趴著能夠舒服一點。

此時的溫度，不蓋被子在屋裡還是有些冷，唐柒文便取了炭盆來，把屋子弄得暖烘烘的，防止她受涼。

邵遠不知是被唐柒文一拳頭打暈的還是自己酒勁上頭，反正是趴在地上一動不動。而且離譜的是，他出門時居然沒帶小廝，最後還是金陽駕著馬車把他送回了邵府，如同扔死狗一樣的把他扔在了門口。

最後，是邵府的門房發現了他，才喚來府裡的人將他抬了進去。

文潔知邵遠今日是去給葉小玖的酒樓捧場了，可她怎麼也沒想到，一向十分注重自己面子的他竟會弄成這個樣子回來。

而且看他臉頰上的傷和嘴角流出來的血，明顯就是和人起了衝突。

「羅宇，你去查，今日老爺去吃酒發生了什麼。」文潔淡淡地說。

「姊姊，現在最先做的，不該是給老爺請大夫嗎？」沈氏一臉的不贊同，老爺都這個樣子了，這文氏最先做的居然是去查發生了什麼。

文潔看了躺在床上的邵遠一眼，眼中閃過一抹凌厲。

「綠袖，去請林大夫來。」

林大夫來後，只說邵遠是酒喝多了，只須熬碗醒酒湯灌下去，睡一覺便好。

「你這庸醫，老爺臉上那麼嚴重的傷看不見嗎？」聽他這麼說，沈氏急了。「老爺都吐血了，你還說沒事！若是老爺有三長兩短，你擔待得起嗎？」

沈氏和邵遠的另兩個小妾在一旁一把鼻涕、一把淚的，文潔看到只覺得厭惡得很。

「再鬧就給我滾出去，少在這兒號喪！」

到底是丞相的女兒，一嗓子就把沈氏她們都吼住了，只敢低聲抽泣。

「夫人，大人臉上的傷只是皮外傷，並無大礙，至於嘴角的血，也是磕破了嘴角。」對於幾個妾的話，林大夫並不在意，但對於文潔，林大夫還是有幾分敬畏，便解釋了幾句。

「好，麻煩林大夫了。」文潔笑著說：「綠袖，送林大夫出去。」

邵遠再次醒來已經是第二日，身邊只有沈氏陪著。夜裡文潔讓她們去睡覺，沈氏非要留下來守著，文潔也隨她，自己去了廂房休息。

「老爺您可算醒了，您可嚇死妾身了！」沈氏見邵遠醒了，哭得情真意摯，但她梨花帶雨，我見猶憐的樣子，卻一點都沒有博得邵遠的憐惜。

他揉了揉發脹的額角，道：「我是怎麼回來的？」

他只記得自己去後廚找葉小玖，其他的……至於他怎麼回來的，他就更沒有印象了。

「不知道，是門房發現您睡在外面的地上，才喚人將您扶進來的。老爺您都不知道姊姊她……」沈氏打算告狀，告訴邵遠，文氏一點都不關心他，在他受傷後的第一時間不請大夫，晚上還睡得那麼安穩。

可不等她開口，文氏已經推門進來了，而且相比她一夜未眠的憔悴和蒼白，文氏的模樣雍容華貴，又不顯得太過喜慶。

哼，果然是個心機深重的女人！

「姊姊！」沈氏假裝受驚般。「姊姊，我不是要告訴老爺，妳在他受傷後不請大夫還睡得那麼安穩的，我是想說妳關心老爺……」

沈氏連忙解釋。

沈氏這點小心機，在文潔這樣從小在深宅大院長大的女子面前著實是不夠看，尤其在她對邵遠沒了感情以後。她暗了暗眸子，垂著頭低聲道：「大夫說夫君的傷並無大礙，而且夫君這幾日與沈貴妾走得極近，我還以為……」

文潔這話說得委屈兮兮的，活似一個因夫君寵愛小妾所以吃醋使小性子的深閨怨婦。

「無妨。」邵遠擺了擺手，一副毫不在乎的樣子。

文潔眼中閃過一絲嘲弄，要不是現在她和邵遠還不能撕破臉，她連裝都懶得裝。

沈氏又敗下陣來，一口銀牙咬得咯吱作響，看邵遠一直在揉額角，她立刻伸手，小意溫柔，善解人意地說：「聽說老爺昨日失手燙傷了葉飲膳，妾身已經備了上好的燙傷藥。」

她沒有文氏那樣的玲瓏心思，便只能試著去揣度邵遠的心思，以求做他的解語花，來求得他的一絲憐惜。

邵遠心中有葉小玖，那她對葉小玖就要百般關懷。

「是嗎，這麼說來，我又有理由去見她了。」

邵遠嘴角忽然勾起一抹笑，讓沈氏看得心驚，文氏心寒。

一直以來，沈氏都知道邵遠是一個薄情之人，他抬她為貴妾，並不是因為有多愛她，不過是因為她為他誕下長子，他想給兒子的母親一個高一點的地位罷了。這也是她為何要努力拉攏他，千方百計地求得他憐惜的原因，因為他沒有心。

本來對於葉小玖，她是羨慕的，不是因為她身為女子而官拜六品，而是因為她占據了邵遠全部的心，讓他一個薄情寡性之人心心念念地想要娶她進門。

是的，娶，那是邵遠一直以來說的。

可今日她才明白，邵遠想要她並不是因為愛，而是因為一種特殊的執念。畢竟，沒有哪個人第一時間知道心愛之人受傷，卻不是去關心她的傷勢，而是慶幸自己又有了去找她的理由。

一時間，她對葉小玖的羨慕，變成了同情，同情她被這樣涼薄自私的人盯上。

宮中的藥療效就是好，不過一日的時間，葉小玖背上的水疱就已經破了，血水流走後，發炎的灼熱感也消退不少。

看葉小玖一個人趴在床上無聊，唐柒文不知從哪裡找來了一堆話本，裡面都是才子佳人的愛情故事，知她受傷翻書不便，便讀給她聽。

葉小玖前面還是個老實本分的聽眾，安安靜靜地趴在床上享受著唐柒文賞心悅目的容顏和低沈嗓音在自己耳邊環繞。可漸漸地，她便開始不安分地揪著唐柒文問問題，還是那種答案說出來會有點羞恥的問題。

知道她是悶得慌拿自己尋樂子，唐柒文也隨她去，只是在每次被她問到說不上話來的時候，只能用一種很是無奈、很微妙的眼神看她。

他那眼神，直看得葉小玖臉頰發紅，耳朵發燙。

「柒哥哥，明日便是殿試了，你不去溫書，這樣陪我胡鬧真的好嗎？」葉小玖趴在枕頭上，下巴墊在交疊的手上，眨巴著一雙大眼睛，十分乖巧地轉移話題。

「妳不說我差點都忘了，那妳自己先休息一會兒，我下午再來看妳。」唐柒文一拍腦門。

看他說完就要起身，大有一種要離開的架勢，葉小玖頓時感覺心裡空盪盪的，很不開心地癟了癟嘴。

本來，他去看書也無可厚非，畢竟科舉可是人生大事，可她就是覺得心裡委屈。也不知是不是受傷讓她變得有些矯情，但她覺得這種時候，唐柒文就應該一直陪著她。

「好了不逗妳了。」唐柒文笑著捋了捋她臉上的碎髮。「左右殿試不會被淘汰，懶散一天又何妨？」

再說了，那些書都已經被他翻爛了，已是成竹在胸的事，再溫習也就那樣了。

「可你不是說，要考中狀元再娶我嗎？」葉小玖挑眉。「莫不是要反悔？」

說到結婚，葉小玖瞅了瞅自己的後背，心中一陣難過。

也不知皇室的祛疤膏到底好不好用，若是將來留疤了，那可怎麼。不過好在古代結婚不能穿露背裝，留了疤就留疤，沒有什麼好難過的。

葉小玖自己安慰自己。

第六十章

唐柒文沒有忽略葉小玖眼中一閃而過的傷心，他心中一緊，放下手中的書，起身去拿了藥瓶，給葉小玖換藥。

「沒事，會好的，皇室的祛疤膏，那是從藥王谷出來的。」唐柒文道。

藥王谷三個字，在大鄴代表著什麼，葉小玖很清楚，畢竟她曾親眼見過青煙散的無聲無息，也見過沐婉兒的藥到病除。

「柒哥哥，如果我的傷好不了，留了疤，你會嫌棄我嗎？」每個人都會在乎心愛之人對自己的看法，葉小玖自然也不能免俗。

「當然不會。」抹好藥後，唐柒文塞好瓶子，在葉小玖的肩頭落下一個輕柔的吻。「不管妳變成什麼樣子，我都不會嫌棄妳。」

唐柒文說得真誠，葉小玖自然是信的。「柒哥哥你真好！」

她順勢趴在唐柒文腿上撒嬌。

「公子，前廳有人說想要來探望姑娘。」小藝的聲音突然從門外傳來。

「可知道來者是何人？」知道葉小玖受傷的人並不多，若是楚雲青夫妻倆，肯定不用小藝來通報，所以，這前來探望的人，應該就是那個罪魁禍首。

「他說他叫邵遠。」

一聽見這個名字，葉小玖不由得想到滾燙的雞湯澆到自己身上時，那種撕心裂肺的痛意，頓時打了一個寒顫，心情也瞬間低沈了下去。

唐柒文自然捕捉到了葉小玖的變化，他捏了捏拳頭，恨不得衝到前廳去狠狠揍他一頓出氣，可想起楚雲青對他的叮囑，他深深地吸了一口氣，強迫自己冷靜下來。

「去告訴他，不見。」他冷冷地說。

邵遠自然知道葉小玖不會輕易見他，聽小藝這麼說他也不惱，而是尋了個雅間坐了下來，大有一種葉小玖不見他便不走的的架勢。

「麻煩給我一壺上好的清茶。」他朝店小二道。

俗話說烈女怕纏郎，只要他堅持，小玖總有一天會看見他的真心，回心轉意的。

抱著這樣的心態，邵遠一直等到晚上也沒等到葉小玖說要見他，在店小二委婉地說要打烊請他離開的時候，他還說明日會再來，一副深情不渝，不見葉小玖不罷休的樣子，直讓知情人看得作嘔。

回到邵府，邵遠徑直去了文潔的院子，卻沒在裡面找到人。

「夫人呢？」他坐在椅子上蹺著二郎腿，看著一旁忙碌的秀兒。

「夫人帶著綠袖去了相府，說是晚點回來。」秀兒擺好碗筷，見邵遠沒有其他要問的，便退了下去。

文潔這幾日去相府去得很是殷勤，邵遠聽了也不意外，匆匆吃了兩口，他像是忽然想到了什麼，轉身出了門。

四月初二這一日，唐柒文早早地起床，漱洗完畢後和葉小玖打了招呼，約上胡萊和文悅，一同去殿試赴考。

殿試地點在內廷舉行，先由禮部初試，再由皇帝楚雲飛親臨複試，唐柒文為貢士頭名，自是排在第一個開始。

初試人多，一番下來時間已到了午時，皇帝才在內侍的簇擁下姍姍而來。

「這頭名會元唐柒文是何人啊？」大殿上，皇帝看著滿篇對唐柒文誇讚之詞的文書，假裝不認識他地問。

「草民唐柒文叩見皇上，吾皇萬歲萬歲萬萬歲。」唐柒文跪地行大禮。

此時在殿上的，是初試選出來的前五名，不出意外的話，殿試的一甲都在其中，但縱使如此，在沒有獲得官位品級之前，他們在皇帝面前，皆是白身，皆得行大禮。

皇帝看唐柒文行禮端正，想到當初兩人稱兄道弟時的情景，不由得抽了抽嘴角。

他雖然欣賞唐柒文，並未因此而對他手下留情，策問出題挪叫一個犀利，角度刁鑽，言辭簡潔，好在唐柒文準備充足，只稍稍思考了一會兒，便給出具有可行性的對策與律法。

「好！」皇帝大喜，笑得豪放不羈，卻把廷內的其他四人唬得夠嗆，一是被他的身分給嚇的，二是這第一個問題便如此古怪，誰知道他們後面的問題會怎麼樣。

唐柒文自自己考完後，一顆心便飛到了酒樓裡的葉小玖身上，哪裡還管皇帝接下來考了什麼。

好在皇帝複試就只考前五名，很快地，整場殿試就落下了帷幕。

在內侍的帶領下，五人再次回到了初試的地方。

「怎麼樣唐兄，考得如何？」

胡萊一眼就瞅見了唐柒文，急忙和文悅湊上前來打聽情況。

「皇上長得啥樣？是不是如傳聞中的那樣，身上滿是帝王威勢？」胡萊低聲詢問。

「不知。」唐柒文簡要地回答了兩個字，便回答完了胡萊問的兩個問題。

說他考得如何，從皇上的表情根本看不出一點結果，因為每個人回答完問題後，他都會豪爽一笑，連道幾個好，讓大家摸不著頭緒。

至於帝王威勢，因為他之前就已經見過皇上，而且相談甚歡，所以他沒怎麼感受出來，不過看那幾個人回答問題時戰戰兢兢，如履薄冰的樣子，應該是有的。

待所有人殿試完會合，宮門才終於大開。出了宮門、拐過迴廊走大概七、八百公尺左右，便是張貼皇榜之處。

一甲在右面，二甲在左面，三甲居二甲之後。

出來後，文悅一眼就瞅見一甲的皇榜上，唐柒文的名字躍然紙上，而且居首位，乃是頭名狀元！

「恭喜唐兄，賀喜唐兄！」文悅與胡萊齊聲道，都為唐柒文感到開心，畢竟他寒窗苦讀十餘載，能堅持到今日著實不容易。

唐柒文也看著皇榜上自己那用金筆寫出的名字，喜不自勝。

他終於可以堂堂正正地娶阿玖，讓她做狀元夫人了！

一甲榜下人比較少，三人討論得歡喜，卻見一個中年男子，在旁邊看著他們笑得開心。

「年輕人，你就是今科狀元唐柒文？」男子上前來，看著唐柒文很是滿意。

前日女兒回來忽然對他說，看上個白衣公子，名叫唐柒文，讓他在殿試之後去榜下捉婿。他這個女兒他了解，自小心氣就高，還十分挑剔，上京城無數貴公子，她就沒有一個瞧得上眼的。

原本他都打算好了養她一輩子，誰知道她卻突然春心萌動，嚷嚷著要嫁人。雖然榜下捉婿是很掉價的行為，但是為了女兒的幸福，他也顧不得許多了。

「正是不才，不知閣下是……」唐柒文笑著向他行禮，但卻很不喜這人看著自己時那種滿是算計的眼神。

「哦，老朽是京都事容景，不知狀元郎……」他看向一旁的胡萊二人。「這二位是？」

「這是不才的同窗，胡萊、文悅。」唐柒文介紹道。

知這京都事容景找唐柒文是有事要談，胡萊他們行過禮後，便推託著說要去看榜，與唐柒文約好等會兒在不遠處的茶樓會面。

「不知容都事找不才有何貴幹？」

唐柒文的謙遜有禮在容景的心中加了不少分，他笑得更歡了。

「不知狀元郎家中可有妻兒？」他捋著鬍鬚問。

此話一出，唐柒文立刻明白這人的來意，但他此時急著回去看葉小玖，著實沒有時間與他在這裡周旋，便皺眉直言道：「不曾有妻兒，但有個未婚妻在家中等我。」

「狀元郎說的可是葉飲膳？」唐柒文與葉小玖的事，容蓉也與容景細細地說了。

在容景看來，葉小玖與唐柒文既無父母之命，又無媒妁之言，怎麼算都是無媒苟合，登不得大雅之堂。縱使葉小玖是從六品呈飲膳使，這事也是抵賴不得的。

他笑著道：「據我所知，唐狀元與葉飲膳無媒無聘，怎能算是未婚夫妻？」

這話的意思便是，無媒無聘即為苟合。

唐柒文原本是想直接婉拒這件事，所以才聲稱葉小玖是他未婚妻的，卻不想這人居然反過來諷刺挖苦，他頓時黑了臉。

「我與阿玖心意相通，那便是以月老為媒，況且家母已認同我倆的親事，怎能算做無媒無聘？」他冷笑。「不日我便要大婚，屆時還請容都事記得前來觀禮。」

容景被唐柒文這話給噎住了，那掛著笑的臉瞬間沈了下來。

「唐狀元是當真不願娶小女？要知道，你就算得了一甲頭名，左不過只是一府府令，若是沒人舉薦，不知何時才能熬出頭，成為京官。」他頓了頓，直直地盯著唐柒文，眼中盡是優越感。「若是娶了小女，我定能保你仕途無憂，平步青雲。」

聞言，唐柒文笑了。

難道在別人看來，他像是一個會為了前程仕途而拋棄「糟糠」的無良之人嗎？

「容都事的好意我心領了，只是，我心匪石，不可轉也。」

容景沒想到，他已經亮出如此優渥的條件，唐柒文居然還拒絕，他沈下臉，冷冷地看了唐柒文一眼，眼中不是對他不攀附權貴的讚嘆，而是對他不識好歹的嘲弄。

「你可要想清楚，過了這個村，可就沒這個店了！」

不想與他在這兒浪費時間，接受他這種高高在上對自己的施捨，唐柒文沒再與他搭話，而是後退一步行禮後，微微一笑，轉身離開。

見他如此不識抬舉，容景眼中晦暗不明，直到唐柒文的身影消失在人群中，他才冷哼一聲，拂袖而去。

一家酒樓現在是葉小玖的個人產業，所以唐柒文在上京城的住址，和其他從鳳安鄉來的進士一樣落在鳳安會館。

與胡萊他們在茶樓會合後，三人一同回去。

「唐兄，那個容都事找你何事？」文悅問。

他和胡萊的名字都在二甲榜上，屬二甲，賜進士出身，將來很長一段時間要先在翰林院進學深造，合格後才會依空缺拜官。

「還能是何事？定是想榜下捉婿，逮著唐兄去做女婿唄！」胡萊低聲八卦道：「而且我聽說啊，現在的左相女婿當年也是被榜下捉婿的，不過唐兄是頭名狀元，將來前途無量，被榜下捉婿也沒什麼稀奇，可那左相女婿，當年可只是個傳臚啊。」

二甲的第一名稱為傳臚，那左相放著一甲的三人不要，為何偏偏選了二甲的邵遠？還真是匪夷所思啊。

文悅見唐柒文不說話，便知胡萊的猜想是對的，想不到，原先只在話本裡看過的情節，居然在他身邊上演了。只可惜唐兄鍾情於葉姑娘，不然，這肯定會成為一樁美談。

回去的路上，唐柒文還特意繞路去看了葉小玖，告訴了她這個好消息，葉小玖也是替他開心，但礙於背後的傷勢，他明日騎馬遊街時，她是不能一直跟著了。

與葉小玖耳鬢廝磨耽誤了些時間，等唐柒文到會館的時候，報喜的人早已經等在那裡了。圍觀群眾已將會館門口圍了個水洩不通，唐柒文正愁自己該如何進去，不知是誰喊了一句。

「狀元郎回來了！」

瞬間，那些人便自覺地讓出了一條道。

唐柒文信步往前，就看見會館門口已然貼了黃紙對聯，上書：禹門三級浪，平地一聲雷。

意喻此處有人扶搖直上，鯉魚躍龍門。

報喜人見唐柒文風姿綽約，卓爾不凡，便猜想來人定是狀元郎。

「喲唐狀元您可回來了，報喜的人都等您好一會兒了。」一會館的負責人迎上前來，眼睛都笑沒了，徑直拉著唐柒文的袖子便往裡面走。「官爺，這便是今年的狀元郎唐柒文老爺。」

那報喜的打量了唐柒文一番，很是委婉地要了唐柒文的私印來看，見是本人無誤，他立刻笑著道：「恭喜唐老爺，賀喜唐老爺！」

隨即，那一直蒙著紅布的匾額也被揭開來，上面是紅底拓金的四個大字——狀元及第。

報喜人與唐柒文稍稍寒暄了幾句，拿著他給的喜錢歡天喜地地走了，餘下眾人便紛紛圍了上來，對著唐柒文道喜。

會館的人早已備下了喜錢，唐柒文也毫不客氣地拿來取用，一一發給圍觀眾人。那負責人也不心疼，反正只是些銅錢，而且最後這錢，都會數倍地補回來，所以便笑嘻嘻地替唐柒文端著裝錢的盤子。

一直到了酉時，人潮才散去。

文悅與胡萊得知葉小玖受傷一事，便和唐柒文一同前去探望，誰知往日本該人來人往的一家酒樓，今日卻顯得格外的寂靜，除了大廳裡忙碌的幾個人外，一個客人都沒有，而且裡面的人還是一樣各司其職，沒有納涼的。看著氣氛有些詭異，三人相視一眼，終是進了門。

「驚喜！」

葉小玖的聲音驟然響起，隨即從二樓有滿天的花瓣傾瀉而下，落在唐柒文他們的頭上、肩上。

胡萊抬頭，見酒樓的人站在二樓的欄杆前灑花，笑得見牙不見眼。

「恭喜唐兄啊！」

楚雲青從一旁走出，身邊還跟著沐婉兒以及坐在輪椅上的葉小玖。

「恭喜各位高中進士！」

「小玖說這叫驚喜，怎麼樣？」楚雲青接住一片飄落的花瓣，朝唐柒文挑了挑眉。「這花瓣可是從我府裡摘的，驚不驚喜？」

楚雲青想著唐柒文怎麼也得跟他道聲謝，誰知他居然直接略過了他，單膝跪地，看著坐在輪椅上的葉小玖。

「身上的傷還沒好，怎地下床了？怎麼樣，背上疼不疼，要不要回去休息？妳傷還沒好，是不能亂動的，要不我揹妳回去休息，驚喜的事改日再說吧。」

唐柒文對葉小玖那叫一個關懷備至，卻聽得一旁的楚雲青嘴角直抽。拜託，你看她這面色紅潤、有光澤的樣子，像是傷口疼的人嗎？還有，小爺我好歹做了許多，你怎麼也給個眼神感激吧？

但看唐柒文那滿眼都是葉小玖的樣子，楚雲青只得嘆了口氣，往沐婉兒身邊湊了湊，打算讓媳婦給點安慰。

「夫人……」楚雲青幽幽地叫了沐婉兒一聲。

「乖。」沐婉兒笑著摸了摸他的頭髮。

四人的互動看得文悅瞠目結舌，他從不知道，這四人居然如此孟浪，當著這麼多人的面就在那兒卿卿我我。

尤其是這楚公子，一個大男人，何以對著一個女子撒嬌？真是有傷風化！

相較文悅的震驚，胡萊是個跳脫的，又跟著葉小玖他們混久了，早已習慣了他們之間那種肆意的相處方式。所以當看到楚雲青那如同小狗狗一般求安慰的表情，他正想調侃兩句，卻被不知從哪兒冒出來的小藝給打斷了。

「姑娘、王爺，飯菜已經準備好了，請各位移步。」

小藝的聲音很是溫和，但聽在胡萊二人的耳朵裡卻如晴天霹靂。

二人齊齊看向求安慰的楚雲青。

所以說，這人根本不是什麼富商的兒子，而是當朝王爺？

二人相視一眼，隨即膝蓋一軟就要跪下。

「哎哎哎！」楚雲青眼疾手快地扶住他們。「都是朋友，私下裡不用這樣，跟往常一樣就好。」

葉小玖受傷了不能下廚，所以今日的菜餚都是呂欣他們做的，但菜色是由葉小玖根據唐柒文的喜好精心安排的。

其間，酒樓眾人還鬧著唐柒文要喜錢，結果唐柒文卻說他的錢都歸葉小玖管，讓他們問葉小玖要，被酒樓幾個與他們年歲相仿的夥計調侃說是懼內，一群人歡樂得不行。

葉小玖笑著讓人發下喜錢，場面頓時更加熱鬧。

尤其金陽拿到唐柒文給的喜錢，很是高興地裝在了呂欣親手繡的荷包裡，嘟囔著說要留給將來的兒子滿月戴，沾沾狀元的喜氣也能成個讀書人，讓一旁的呂欣不禁紅了臉頰。

只是第二日唐柒文還得遊街，眾人不敢玩得太瘋，不到亥時便都散了。

第六十一章

第二日的遊街是從長春殿開始的，皇帝楚雲飛高坐在龍椅上，鴻臚官居於高堂傳唱，宣一甲狀元、榜眼、探花覲見。

鳴鞭三響，唐柒文三人入殿，對楚雲飛行三拜九叩大禮，等皇帝訓誡一番後，便在內侍的帶領下出宮。

宮外，禮部之人已經準備好了遊街所需的東西。

乘御馬，戴紅花，三人將禮部尚書與順天府尹所敬之酒一飲而盡，方開始這一日的狀元遊街。

「春風得意馬蹄疾，一日看盡長安花。」說的正是此情此景。

唐柒文他們在路經國子監時，還下馬進行了進士及第的授官禮。

一直到午時，望眼欲穿的葉小玖才看見唐柒文他們遊街的隊伍路過酒樓。

鼓樂隊吹吹打打在前，喜氣洋洋。鼓樂隊之後，是唐柒文他們的儀仗，三人披紅挂綵，頭戴新冠，騎著披繡鞍、戴紅花、雄姿英發的高頭大馬。每個人馬前還有幾名差役各自護持。

「狀元郎來了，狀元郎來了！」眾人瞬間興奮起來。

整條街上，無論是大是小，是老是小，是男的還是女的，是做生意的，還是遊街的，都紛紛站在街上，瞧著這色彩鮮明的遊街隊伍。

「哎哎哎，來了，來了！」一見鼓樂隊轉彎過來，幾個穿著豔麗，打扮嬌俏的妙齡少女忽然激動了起來，互相推搡著、調笑著。

「快看、快看，那狀元郎好俊俏啊！」那女子紅了臉，用手捧著臉頰，眼睛卻還一個勁兒往唐柒文那邊瞧。

「嘿，妳別說，那榜眼長得也不錯，屬於耐看的類型。」幾個成了婚的少婦眼神十分犀利，對著三人很是中肯的品頭論足。

「可不是，哎，看那探花身材魁梧，眉宇間稍顯成熟，莫不是已經成家了？」

眾人的激動與熱鬧蔓延了整條街道，可卻與唐柒文無關。

自進了這條街，他的目光就一直停留在那趴在二樓窗戶上，與他一樣著紅衣的俏麗女子的身上。

只是看她臉色蒼白，不知可是傷口痛了。

今早他出門早，並未來得及去看葉小玖。

隔著這麼遠，葉小玖也看出了他眼中的擔憂，勾唇笑了笑表示自己沒事，在唐柒文路過一家酒樓的時候，她還給了他一個飛吻，順便拋了個媚眼。

看著唐柒文眸色變深，她笑得十分囂張，以至於扯到傷口她都沒感覺痛。

雖然唐柒文極力想讓馬兒走慢一些，可最終，隊伍還是出了這條街，有些人散去，有些人卻奔跑著打算跟著去下條街。

「小姐，聽著聲音，怕是快到了。」玉嬌在二樓，豎著耳朵聽。

「嗯，知道了！」

容蓉身著喜服，對著銅鏡細細地描了眉，塗上口脂。看著鏡中美麗到令她自己都心動的人，她摸了摸梳妝檯上放著的那個大紅繡球，勾了勾唇。

那唐柒文會拒婚，想必是沒見過她的美貌，今日自己這一番精心打扮，定能讓他一見傾心，從而愛上她。

當然，就算他眼瞎欣賞不來自己的美也沒關係，反正只要他接了自己的繡球，到時候，他娶也得娶，不娶，也得娶！

容蓉所在之地乃是上京城最好的繡坊絨繡閣。因本來是個樂坊，所以二樓臨街處有一個只有屋頂的開闊之處，以前是用來供樂人彈琴、唱歌、練舞、吊嗓子用的，後來樂坊關門了，這地方便空了出來。

後來成了繡坊後，便時不時有哪家的小姐來此處拋繡球招親，但僅限那些沒什麼背景的小門小戶，所以像容蓉這樣出身名門世家要拋繡球的，她們是見都沒見過。

畢竟，出身背景好的，一來嫌這拋繡球招親低俗，與自己身分不符，二來是人家的親事，那都是早早決定的，甚至是皇上賜婚，哪裡用得著如此選夫？

「掌櫃，這可怎麼辦啊？」繡娘們心憂，這容小姐出身大家，卻做如此低俗之事，若被容老爺知道了，她們繡坊還能有好日子過嗎？

絨繡閣掌櫃王敏柔自然知道她們指得是什麼，瞅了瞅繡娘們一臉的擔憂，她笑了笑。

「無礙，都去做事吧！」

這容小姐明顯是衝著這次狀元遊街來的。

其他人招親，早幾天就已經散了消息出去，招親當日，定要掛拋繡球招婿的匾額，下面定是人山人海。可這容小姐，一無親友相陪，二無匾額高掛，冷冷清清的，看著就是瞞著家裡偷偷跑出來的。

王敏柔嘆了口氣。

往日只是聽說容小姐嬌縱傲慢，卻不想膽子竟這般大！

若是招親招到她心儀的男子，萬事都好說，可若是沒有、或者是胡亂招了別人，到時容老爺發怒，那她這繡坊，遲早要關門大吉。

可人家有權有勢，自己不好說不接待，不然以容小姐那性子……

唉！難呀！

遊街的隊伍終是敲鑼打鼓地離繡坊越來越近，容蓉聽見外面的聲音，紅唇微挑，起身便要出去露臺。

「小姐！」受容景囑咐，一路跟著的丫鬟玉奴攔著她。「老爺說了，唐公子的事到此為止，妳今日卻偷跑出來招親，老爺若是知道了，定會生氣的！」

「可爹也說了唐柒文是個不可多得的人才，這樣好的男子，自然要是我容蓉的夫君。」

那日容景雖然在唐柒文那裡吃了癟，卻在回去的路上遇上了翰林院大學士溫席。兩人談論間忽然說起新科狀元，好傢伙，向來鐵面無私，冷血無情的老頭將唐柒文是一頓誇啊，直說他天資聰穎，將來前途不可限量，誇得叫一個天花亂墜。

可無奈的是，唐柒文不願投入他的陣營，而且如此剛直不阿的人，也不好掌控，容蓉若是強行嫁過去，想來也不會幸福。所以，在回家後，容景才會特意去勸阻容蓉別再招惹他，還派玉奴緊盯著女兒。

將拉著自己衣袖的玉奴往旁邊一推，容蓉就要出門，卻見她又死死地擋在門口。

「讓開！」容蓉發了怒，眼睛一瞇，讓玉奴渾身一抖，可她還是搖著頭，一個勁兒地朝旁邊站著的四名家丁使眼色。

可奈何四人是否的，一想到違逆小姐意思，那蘸了辣椒鹽水的鞭子打在身上的感覺，一個個頭搖得像撥浪鼓。

「小姐，唐公子快來了！」玉嬌在門外激動地喊。

「讓開！」心急的容蓉一把將玉奴狠狠地推到邊上，結果沒控制住力道，玉奴踉蹌幾步，頭撞在了桌角上。

瞅了她一眼，容蓉眼中盡是厭惡，隨即踏出了門。

玉嬌見玉奴那流血的額頭，很是刻薄地說了聲。「晦氣！」

自離開上陽街後，唐柒文便變得很心不在焉，臉上雖還掛著溫和的笑，可心，卻早已隨著葉小玖的那個媚眼，死死地貼在了她身上。

也不知道，這遊行還得多久才能結束。

容蓉在樓上看著唐柒文一襲紅衣，騎著高頭大馬那器宇軒昂、玉樹臨風的樣子，頓時眉開眼笑，一雙眼睛死死地盯著他，臉頰紅得差點冒煙，彷彿此時，唐柒文騎著馬是特意前來迎娶她的一樣。

街上圍觀眾人見繡坊二樓有人拿著繡球站著，也是一臉錯愕。

沒聽說誰家的小姐要在今日拋繡球招親啊？

不過看她這一身喜服與頭上的鳳冠，無不昭示著她高貴的身分，再看她直直地盯著下面的遊街隊伍看，得，恐怕是看上他們其中的哪一位了。

「哎，那不是容小姐嗎？」有婦人眼尖認出了她。

「容小姐，那個容小姐？」

「還能是誰，當然是京都事容景家的小姐了！」

「啊，是她啊！」下面本來還興致勃勃瞧美女的男子一聽是容蓉，瞬間低下頭不說話。

之前的羡慕之情，也瞬間蕩然無存。

人群中討論著容小姐何以出現在此，可唐柒文卻充耳不聞，很是心不在焉地思念葉小玖。

看著隊伍一點一點地靠近繡坊，圍觀的人紛紛激動了起來，翹首盼望地等著看是誰入了這向來驕矜自傲的容小姐的眼。

更有甚者還在私下偷偷打賭，押這三人裡面究竟是誰這麼倒楣。

「唐公子～～」

隨著容蓉那嬌滴滴的聲音響起，底下瞬間沸騰了起來，而唐柒文則是十分茫然地抬頭，就見一個女子抱著繡球，笑意盈盈地看著他。

容蓉真的是努力露出了自己最甜美的笑容，見唐柒文看她的眼神，她是心花怒放。

唐公子是不是已經被她迷住了呢？

她自顧自地想，在玉嬌的催促下，將手中的繡球一拋……

唐柒文在看見她那身喜服時，繼而想到不日後，他的阿玖也會是一身正紅踏進他唐府大門，成為他的妻子，對容蓉那自以為甜蜜的笑是完全無感，更沒有料到這是要拋繡球招親。

因此，他回過神來看見那女子手中的繡球直直地朝自己砸過來時，也是嚇了一跳，隨即習慣性地伸手一擋。

繡球在唐柒文這突如其來的一撥下，徑直拋向了圍觀的人群。

女子紛紛躲避，而人群裡面的男人卻瞬間興奮起來。

若是接到繡球，就算這容小姐不嫁給自己，為了封口，給幾百兩銀子意思一下總是能的。思及此，他們紛紛上前，眼睛死死地盯著那繡球。

一行人推推搡搡互相爭奪最佳位置，可人群中忽然冒出來個會武功的人，飛身一踢，那繡球再次向唐柒文飛去。

此舉意欲何為唐柒文是看得明明白白，他看了那人一眼，然後再次將繡球踢到遠處。

容蓉在樓上靜靜地看著，眼中有一絲得意。

還好她提早做了準備，要不然……總之這唐柒文，她志在必得！

幾次將繡球踢出去，總會有人將其給踢回來，這一來一去十分無趣又拖時間，萬般無奈之下，唐柒文只好展現了一回馬技，看著那繡球又向自己飛來，他翻身滑下馬，腳踩鞍鐙，手握韁繩，整個人掛在了馬的右側。

「哇！」人群中響起一陣驚呼叫好聲，而那繡球則是掠過唐柒文的馬，直直地飛到了他後面的探花沈御舟的懷中。

沈御舟愣了愣，手一鬆，繡球滾到了地上。

眾人寂靜，鴉雀無聲，只有那喜樂還奏得響亮。

唐柒文不想娶她的決心，容蓉在那繡球的來來回回中已經看得清清楚楚，滿腦子的衝動也逐漸被澆熄，當繡球終於落到沈御舟懷中的那一刻，她其實也鬆了一口氣。

畢竟，總比落到無名小卒手中好太多不是？大不了，到時候讓父親出面拒絕，反正他一個探花，就算她不想嫁，對方也不能說什麼。

可是，他竟然扔了？

一時間，容蓉怒火中燒。

這一點小插曲並沒有阻止遊街的步伐，見事情落幕，唐渠文一夾馬肚，加快了隊伍行進的步伐。

而沈御舟眼帶歉意地看了二樓那似乎想要殺了他的容蓉一眼，隨即跟上。

底下的人還在竊竊私語，時不時地往二樓看一眼，指指點點不知在說些什麼。

容蓉氣呼呼地進了門，看見傷了額頭，一臉紅色的玉奴，頓覺是她晦氣衝撞了自己，上去就是狠狠一巴掌。

「廢物，都怪妳！」

新科狀元在街上被人強行招親的事在眾人的口口相傳中，最終被傳變了味，等到葉小玖這裡時，已經變樣了。

「才子佳人兩心相悅，神秘人出現阻止招親，狀元郎傷心黯然離去，容小姐心碎閉門不出？」

「姑娘，公子不是那樣的人，定是他們以訛傳訛才變成這樣的。」呂欣在聽了這故事後，生怕葉小玖多想，忙去開導她。

公子對姑娘的情意，這一年多來她都看在眼裡。公子絕對不是那種為了前程就會辜負姑娘的人，不能為流言傷了兩人的感情才是。

「那可不一定，畢竟男人有錢就變壞，何況是他這種長得好看又有才華的風流才子呢？」葉小玖自是不相信唐柒文會如此，只是她一個人趴在房裡實在無聊，難得這會兒有人來，所以便想逗逗她解解悶。

「可我覺得，公子不是這種人。」呂欣口拙，不知該如何拿出有力證據。畢竟，外面的客人，可是將這事說得擲地有聲，似乎是他們親眼見過那場面。

「誰知道呢？男人心，海底針啊！」葉小玖說完，就將臉埋在枕頭裡，一副生無可戀的樣子。

「可是，我那日還聽公子和瑞王殿下說要在瓊林宴上請皇上賜婚來著！」

「嗯？」葉小玖猛然抬頭。「當真？」

這瓊林宴，參宴的可都是新科進士和朝中重臣，唐柒文此舉，豈不是讓整個上京城都知道他要娶她了？

「當時我去後院拿東西，聽見公子說的，所以姑娘……」呂欣拉了拉葉小玖的袖子。「公子定不會像外面說的那般的。」

見葉小玖遲遲不說話，呂欣也不知她究竟將話聽進去沒，深深地看了她一眼。「姑娘，凡事還要等公子回來再說，妳切不可胡思亂想啊！」

說完便關門出去。

葉小玖自呂欣說完那話後，便一直沈浸在自己的世界裡。原以為唐柒文所說的待他高中之日便是娶她之時只是一句戲言，卻不想，他竟然是認真的。

在瓊林宴上請皇帝賜婚，在這時代於一個女子來說，是莫大的榮耀。雖然她並不在意這些東西，可是知道他的心意，心中還是免不了感動。

「哼，看在他給我準備了驚喜的分上，就不理會他這些花邊新聞了。」葉小玖嬌嗔，隨即把頭埋進枕頭裡，笑得十分開心。

被人放在心上的感覺，真的很好。

唐柒文這邊的遊行結束沒多久，宮裡的宴席便開始了。因著瓊林宴宴請的是所有進士，於是他便與相熟的文悅、胡萊一同前往。

搜身進宮後，一行人正閒適地邊看風景邊跟著內侍往瓊林殿走，卻被忽然衝上來的容景給擋住了去路。

「容都事這是何意？」唐柒文皺眉。

「何意？」容景冷笑。「唐狀元何必揣著明白裝糊塗？」

容景捏緊了拳頭，要不是待會兒要面聖，他一定會狠揍他一頓為女兒出氣。「唐狀元若是無意娶小女，大可拒絕，何以當著那麼多人的面羞辱她？」

雖然蓉兒自作主張拋繡球招親不對，可唐柒文也不能在那樣的場合那樣的羞辱她，這讓她一個女子日後該如何自處？今日聽玉嬌說了當時的情況，他這顆老父親的心，都要碎了！

他容景的女兒，本就是天之驕女，怎可讓他一個窮酸狀元肆意羞辱？

「令嬡是？」唐柒文一時沒反應過來，但結合容景的話和今日遊街所發生的事，他一下明白過來，容景指的人，應該是今日繡球招親的那位姑娘。

「原來是她。」唐柒文看著容景，擲地有聲道：「今日之事，唐某並不認為自己有錯，唐某之前就說過自己已心有良人，今日拒絕容小姐也是情理之中的事，唐某並不覺得這是羞辱。」

反倒是令嬡，讓人一個勁兒地將繡球往唐某懷中踢，如此行徑，才是對自己的侮辱。

後面這句話，唐柒文並未說出來，畢竟這條路上人來人往，以後他們同朝為官，該顧及的面子還是要顧及的。

「那你大可假意接下繡球，等遊街之後再送還回來，為何要將繡球贈與他人？甚至最後還掉在了地上？」

容景那質問的語氣讓胡萊覺得很不舒服，他剛要上前一步嗆聲，卻被唐柒文給攔住了。

「假意接？」唐柒文輕笑。「如此，豈不是對我與葉飲膳感情的褻瀆，對葉飲膳來說，又何嘗不是羞辱？」

他看著容景的眼睛，低聲道：「況且，你覺得以令嬡容小姐的性情，她真的會在我假意接了繡球之後，還放我走？」

連一個繡球招親都做了兩手準備的女子，會接了繡球再放他走？純屬無稽之談。

見容景語塞，唐柒文挑眉看了看四周圍觀眾人，眼眸一沈，隨即與胡萊他們離開。

「哼，自己女兒想要強嫁，還妄想被強迫之人能給好臉色，多大的臉？」

眾人見沒了熱鬧可看，紛紛散去，容景看著唐柒文遠走，捏了捏拳頭。

那探花沈御舟背後有人自己動不得，唐柒文不過寒門出身，在他眼裡如螻蟻，之後唐柒文想要爬進上京城，這輩子都不要想！

瓊林殿位於北面，是一座獨立的大殿，裡面一排排矮几相繼擺開，參宴之人，官員按品級，進士按名次，依次而坐。

第六十二章

皇帝楚雲飛在侍從的簇擁下出場，待眾人行完禮後，說了一些對這些新科進士的期許，真正的瓊林宴便正式開始。

一群文人在一起，除了談談詩詞歌賦，聊聊理想哲學，接著就是討論人生大事。

正好，今日這新科進士中，就有還沒成親的，而作為新科狀元的唐柒文，便是他們的首選對象。而且在聽說今日容景的女兒拋繡球出醜後，他那些政敵自然不會放過這個嘲弄他的好機會，於是唐柒文的婚事，便被當眾提了出來。

「啟奏皇上，臣已心有良人，各位大人的厚愛臣恐怕無福消受。」在眾人給他議親，甚至要皇帝賜婚的時候，唐柒文跪地道。

「哦……」皇帝挑眉，裝作不知道地問：「不知是何人如此幸運，竟能讓你如此青睞，以至於推了這麼好的姻緣？」

「稟皇上，此人是從六品呈飲膳使葉小玖。」唐柒文一個頭磕在地上。「還望皇上成全賜婚！」

此話一出，眾人瞬間沸騰。誰人不知葉飲膳乃是皇帝、甚至是太皇太后身邊的紅人？他們多次求親不成，這新科狀元竟敢直接讓皇帝賜婚？葉飲膳都說了自己致力於美食，無意議親，他竟然還如此厚臉皮去打擾人家，著實可惡！

一時間，他們視唐柒文為仇敵，恨不得出來將這不知天高地厚的小子暴打一頓，而邵遠更是恨不得將唐柒文的後背給盯出一個洞來，手指死摳著桌角，強迫自己冷靜。

「朕曾答應過葉飲膳不過問她的婚事。」皇帝正經道：「所以，她的婚事若不是她自願，朕也做不了主，強迫不了她。」

皇帝這話讓下面的人喜孜孜。

讓你想走捷徑先斬後奏，這下碰釘子了吧？

「臣知道。」唐柒文很是認真。「但臣與葉飲膳兩情相悅，成親更是自願，並不是強迫。」

雖然知道唐柒文說的是真話，但戲還是要做足了，皇帝皺了皺眉，道：「你雖如此說，但朕卻不能偏信。這樣吧，等朕核實情況，若事情真如你所說，朕定為你們賜婚！」

眾位大臣內心疑惑，那葉飲膳不是說要與灶臺長長久久嗎？這是哪裡冒出來的兩情相悅，情投意合的賊小子？

本來眾大臣還心存僥倖，以為一切都是唐柒文的一廂情願，葉飲膳完全不知情，誰知第二日，賜婚的聖旨就到了一家酒樓。

一時間，罵唐柒文不是東西的聲音此起彼伏，罵他不守規矩，罵他從中截胡，近水樓臺將葉飲膳給騙走了！

唐柒文與葉小玖的事情，皇帝自是一清二楚，所以說派人核實，其實也就是找了個內侍來一家酒樓走了個過場，喝了杯茶而已。

容景得知皇帝賜婚後還在為自己的女兒鳴不平，但一想到唐柒文婚後就要走馬上任，遠離上京城，從此再無翻身的可能，心中才稍稍好受了些。

「老……老爺」小廝顫顫巍巍地說：「剛得到消息，那唐柒文被皇上封了官，拜為翰林院修撰，還賜了府邸。」

「你說什麼？」容景手中的杯子瞬間被他砸到了地下，碎成了好幾片。

翰林院修撰雖只是個從六品的官，可只要留在上京城，升官機會就多得是，而自己若想在天子眼皮下從中作梗、加以阻撓也須思慮再三，瞻前顧後。

「還真是背靠大樹好乘涼啊！」擦著手上的茶水，容景冷笑。「我就看看你能撐到幾時。」

容景這話說得咬牙切齒，可話裡的大樹是指葉小玖還是指楚雲青，就不得而知了。

「阿玖！」唐柒文拿著授官聖旨，很是激動地看著葉小玖，外露的喜悅讓葉小玖也不由得笑彎了眼，跟著他一同樂。

「打算什麼時候接伯母和昔言她們來？」葉小玖問。

現在在上京城，他也算是有了自己的家，既然安定下來了，自是要接唐母她們過來。

「盡快吧，等府邸收拾好，我們就動身！」

賜婚聖旨上說擇日完婚，可他卻已經等不及了，只想快點把母親接來，快些與阿玖成親。

皇上賜的宅子曾是先皇帝師住過的，先帝駕崩後，帝師一家也搬離上京城，去江南養老，這宅子便空了出來。

宅子雖沒人住，但裡面留了人看守，時常有人打掃。因此雖是四進的院子，有僕從幫忙整理，收拾起來還算快。裡面家具齊全，只是有些陳舊，該扔的扔、該換的換，再買幾個婢女、僕從來，房子的事便算是收拾妥當了。

遷居當日，葉小玖與唐柒文請了楚雲青他們來，辦了一桌喬遷宴，一群人一同慶祝。

葉小玖一杯倒的酒量到現在也還是這個樣子，雖然她和沐婉兒喝的是自己釀的青梅果酒，酒精不多，可喝多了，人還是醉了。此時雙頰紅通通的，手肘撐著桌子，手捧著腦袋，臉上掛著微笑眨巴著一雙大眼睛看著門外。

送走了楚雲青他們，唐柒文一進大廳，看見的就是這副場景。

「公子，姑娘她不肯回去睡覺，非要等您回來。」

說話的丫鬟名叫慧心，是葉小玖在涼淮縣時從人牙子手裡買的，之前在酒樓後廚幫忙，後來被葉小玖調過來當貼身丫鬟。

「好，我知道了，妳先下去吧。」唐柒文溫聲道，然後走向目光灼灼地看著他笑的葉小玖。

她那直勾勾的眼神看得唐柒文有些難受，桌上的東西已經被下人收走了，他坐下來，倒了一杯水，喝了一口，壓抑住自己那口乾舌燥的感覺。

「怎麼了？」終是禁不住她這樣的目光，唐柒文覆手蒙上她的眼。

「抱。」葉小玖搖了搖頭，似是不喜歡被蒙著眼，使勁兒搖頭，待唐柒文放下手後，張開雙臂，開口道：「睡覺！」

唐柒文也喝了不少酒，雖不至於喝醉但稍稍有些上頭。手下的臉頰，觸感細膩滑嫩，如同上好的絲綢，鬈翹濃密的睫毛時不時地劃過他的手心，癢癢地搔動著他的心，讓他喉頭發緊。

「好！」他艱難地開口，俯身將她抱起，往她房間走。

葉小玖驚呼一聲，手環著他的脖子，可那雙美眸，還是一動不動地盯著他。

「柒柒。」葉小玖忽然開口，拿手撫摸著他的臉。「你真好看！」

「所以呢？」唐柒文低頭吻了吻她的額頭和紅通通的臉頰。「因為好看，所以妳就眼都不眨地盯著我看？」

「嗯。」葉小玖點頭，然後神秘兮兮地說。「你把耳朵伸過來，我告訴你個秘密。」

溫熱的氣息噴灑在他敏感的耳朵上，讓唐柒文更是難受得厲害，可這些都沒有葉小玖此時說的那句話有殺傷力，那句話猶如春藥，徹底奪走了唐柒文的心神。

他看著她，眼睛如同暈染了墨色的黑夜，又透出了一絲名叫慾望的光亮。

腳下的步伐加快，到了後抬腳踹開門，唐柒文抱葉小玖進去。

慧心已經將床褥鋪好。

「公子。」慧心嚇了一跳，隨即福了福身子，剛想問需不需要打熱水來替葉小玖擦臉，卻在看清唐柒文臉上的口脂印和葉小玖那不安分的手後，紅著臉，退了出去還不忘關上門。

將懷中不安分的人放到床上，昏暗的燭光下，葉小玖媚眼如絲，紅唇微啟，一開一合間都似在誘他深入，而她的手，還環著他的脖子，時不時地從他的肩膀，落到他的後背。

「柒哥哥。」葉小玖吐氣如蘭地喊了他一聲，聲音溫軟且魅惑，徹底讓唐柒文心中繃著的那根弦斷了。

「阿玖……可以的對嗎？我們馬上就要成親了對嗎？」唐柒文一手撐著葉小玖的後腦勺，一手輕撫著她的臉頰，呼吸急促地說。

此時的他，已經顧不得什麼禮法、綱常了，心中只有一個想法，那就是——占有她，占有她，占有她。

在葉小玖那耀眼的笑容裡，他的自制力頓時碎裂，終是低頭，噙住了那嬌豔欲滴且甜蜜異常的紅唇。

輕柔溫熱的吻落在葉小玖的臉上、唇上、脖頸上癢得葉小玖直笑，在唐柒文那魅惑到明顯動了情的眼神中，她忽然瞇了瞇眼，一個翻身將唐柒文壓在床上。

看她居高臨下地看著自己，唐柒文忽然有些期待她接下來的動作了。

懷中溫香軟玉，那嬌軟的身子讓唐柒文一陣心馳神往，他不亂動、不反抗地做出一副任君採擷的樣子，卻遲遲不見葉小玖有所行動。

等得不耐煩的唐柒文剛想開口說話，葉小玖卻忽然打了個酒嗝，然後眼睛一瞇、腦袋一垂，便窩在唐柒文的頸窩裡睡著了。

妳如此費勁地爬到我身上趴著，就是為了睡覺？

早知道就不讓她翻身了。

唐柒文心道，心中有些遺憾，又有些慶幸。

盯著床幔看了許久，聽著身上之人低低的呼吸聲，他終是嘆了一口氣，認命地起身，小心翼翼地將身上緊攀著自己的人扒下來，擺好睡姿，下床、打水、擦臉，一系列動作一氣呵成。

看著床上的人睡得正香，唐柒文失笑。

把人撩撥得七上八下的，自己卻睡得香甜，真是個小混蛋！

他笑著捏了捏她的臉蛋，無奈地搖了搖頭。

罷了，跟個小醉鬼計較什麼呢？

半晌，唐柒文端著水盆出來，仔細地關好了門，臉上掛著淡淡的笑，細看之下，還有幾分「大仇得報」之後的得意。
月光傾洩而下，透過窗戶照進屋裡，床上的人嘴唇紅腫，上面還泛著水光。
第二日中午，唐柒文和葉小玖便起程趕往涼淮縣，楚雲青怕他們路上出事，特意派了幾個王府的守衛給他們，保護他們的安全。
好在一路平安，等他們到了涼淮縣，劉縣令敲鑼打鼓的前來相迎，而唐柒文那塊狀元及第的匾額，也已經被會館的人送了回來。
見唐柒文被劉縣令他們拉走了，葉小玖只得和前來相迎的唐母她們先回食樓等。
「玖姊姊，哥哥說皇上已經賜婚了，是不是我該叫妳一聲嫂嫂了？」唐昔言歪頭，一臉戲謔，看得葉小玖有些害羞。
「可不是？」唐母笑著開口，拉著葉小玖的手，將一只紅色的翡翠鐲子塞到她手裡。
「這鐲子，是柒文他爹送我的定情信物，也是他留給我的唯一念想，現在我把它送給妳。」唐母拍了拍她的手。「妳和柒文，一定要好好的。」
「伯母，這鐲子我不能要！」葉小玖拒絕。
按理說，這鐲子意味著唐母對她的認同，她應該收下，可這鐲子對唐母來說意義非凡，她拿著總感覺有些奪人所愛的負罪感。
「拿著吧，人都走這麼多年了，一個鐲子，就當是他爹和我對妳這個兒媳的認可。」

唐母這麼說，葉小玖自是不好再拒絕，看著唐母將鐲子戴在她手腕上，她笑著道：「謝謝伯母！」

「還叫伯母？」唐母笑睨著她。

「謝謝娘。」葉小玖改口。

「哎～～」唐母應了聲。

「嫂子！」唐昔言也笑著撲進她的懷裡。

三人在雪松閣笑鬧著，呂樂卻突然上來告訴她們，唐靖來了。

「我聽說柒文回來了，所以來看看。」唐靖這話說得卑微，絲毫沒有往日的氣勢凌人。

葉小玖見他雖還是往常的那身打扮，可看那精氣神，是差了不止一星半點兒啊。眼眶凹陷，眼袋很大，看那黑眼圈，似是很久沒睡過好覺了，整個人很消瘦，蒼老了不少。他這是受了什麼打擊成這樣了？

葉小玖看向唐昔言，對方給了她一個待會兒說的眼神。

「柒文跟縣令走了，還沒回來。」唐母語氣無波無瀾。

「是嗎？」唐靖似是很久才回過神來，他怔怔地看了葉小玖一眼，隨即佝僂著身子，拄著枴杖出了門。「既如此，那我明日再來。」

目送著他出門，唐母一屁股坐在凳子上。

面對這個曾經的小叔，她著實不知該擺出什麼樣的態度來。雖然他長著一張與唐父相似的臉，一想到他曾經做的那些事，她就恨得牙癢癢，發誓與他們老死不相往來。可現在唐府出了這麼大的事，他到底與柒文是打斷骨頭連著筋的骨肉血親，若是他有事相求，她又該如何拒絕呢？

葉小玖也是聽唐昔言說才知道，在她與唐柒文離開的這半個月裡居然發生了這麼多事情。

唐堯文被人刺傷成了植物人，以現在的醫療程度，多半只能等死。唐家老爺子一時激動，中風癱在床上，恐怕也時日無多；而唐堯文的母親劉茹慶在知道兒子可能這輩子都醒不過來時，直說都是自己害的，人也變得精神恍惚，每天都神神叨叨的模樣很嚇人。

「妳的意思是，王潤雪出獄了？」葉小玖震驚，畢竟當時因著唐堯文的事，她可是被判了三年。

「嗯。」唐昔言點頭。「聽說是入獄之後發現自己懷孕了，後來孩子在獄中掉了，王潤雪就變得瘋瘋癲癲的，時常大晚上的不睡覺在那兒嘶吼，哭她的孩子，擾得獄中不得安寧。後來她娘不知是哪來的錢，將她保了出來。劉縣令也是好心，以為在她娘的照料下她能好，誰知後來弄成這個樣子。」

其實王母的錢來路很明確，就是劉茹慶給的。在得知王潤雪懷孕後，她便算計著要弄掉這個孩子，畢竟唐家的子孫，不能出現名不正、言不順的私生子。

至於說讓王潤雪入府，那是更加不可能。一個坐過牢的女人，怎能入得他們唐府？

王母在拿了劉茹慶的錢後，便去獄中狠心弄掉了自己的外孫，後來得知女兒瘋了之後，又莫名良心上過意不去，才會把她領回去。

可此時的王潤雪已經廢了，不但不能給她掙錢，還要她管著吃喝拉撒。在照顧了半月後，王母那點良心就用完了，毅然捲著錢跑路，留下傻閨女一人自生自滅。

其實在出獄後，王潤雪的精神是時好時壞，在王母走後，呂樂還曾在食樓外面見過她，當時她就那樣望著食樓人來人往，靜靜地站著，不哭也不鬧。

然後再聽到她的消息，便是她拿刀子，趁著唐堯文不注意，刺進了他的胸膛。

聽到這裡，葉小玖不勝唏噓。「曾經自己坐牢也要保唐堯文無憂，卻忽然痛下殺手，想必是看清他的為人，對他死心了吧？」

「可不是，聽說她入獄後，堂哥連一次都沒去看過。」所以王潤雪不僅對唐堯文死心了，而且恨毒了他。

那日在一家食樓，王潤雪親耳聽到客人說葉小玖現在已經發展到上京城，呂欣和金陽也跟著去了。說葉小玖現在是從六品呈飲膳使，唐柒文又是新科狀元，現在可都是涼淮縣的大人物，連帶著不少人，都想進食樓做個廚子，希望有朝一日能被葉飲膳看重，調去上京城見見世面。

如果不是唐堯文騙她，她現在也會和呂欣、金昭一樣，成為這食樓的中流砥柱，成為涼淮縣炙手可熱的人；如果不是唐堯文騙她說要娶她，她不會蒙了心智，成了這縣城人人喊打的過街老鼠；如果不是唐堯文騙她，她不會一個人扛下所有罪，最終讓自己的孩子胎死腹中。

所以，這一切的一切，都要怪唐堯文那個人渣！是他毀了她，毀了她原本美好的人生。

因此，當她再次在街上看見回來處理事情的唐堯文的時候，終是上前，親手將鋒利的匕首，插進了他的胸膛。

第六十三章

唐柒文再回來的時候已是戌時，而且因為今日坐莊的是他在涼淮縣的先生，他一時高興便多喝了幾杯，最終還是被人送回來的。

讓田小貴幫忙將人送回了村裡，晚上唐母隨便做了點飯，讓葉小玖匆匆吃了幾口便去休息了。

因著一家食樓還有一點交接工作，次日一早，唐柒文和葉小玖就趕過去處理，卻不想在門口看見了唐靖。

「柒文！」唐靖聲音顫抖著。

「唐……」

唐柒文本想喚他一聲唐老爺，可唐府的事，他在昨日的宴席上就已經聽人說了，看著唐靖此時的樣子，這聲老爺他終是喊不出口。

「二叔。」

「哎！」唐靖眼中含淚，看著唐柒文這與他父親像了五、六分的面容，心中又是激動、又是愧疚，不知該說些什麼。

「要不，進去坐坐？」此時食樓剛剛開門，裡面沒什麼客人，看著二人在門口大眼瞪小眼，葉小玖開口問。

「不了。」唐靖搖頭。「柒文，我知道你心中恨我、恨你爺爺，恨我們當時狠心將你們母子趕了出來，可現在……我們也遭報應了。」

他聲音哽咽。「堯文已經廢了，你爺爺中風臥床不起，我這老頭子也行將就木，現在整個唐家，就剩你一個獨苗了啊！」

看他一把鼻涕、一把淚的，唐柒文不由得皺了皺眉。「你到底想說什麼？」

「柒文，二叔知道這個要求有點過分，可是……可是你今日能不能回去看看你爺爺？他很想你。」見唐柒文猶豫，他又補了一句。「你也知道，以他的身子骨兒，說不定哪天就去了，你總不想他死了，還留有遺憾吧？」

唐靖這話說得懇切，唐柒文終不是一個狠心之人，稍稍思索了下，他點頭應下。

如今葉小玖還沒有過門，陪他去名不正、言不順，唐柒文摸了摸她的頭讓她乖乖在食樓等他回來，自己和唐靖一同上了唐府的馬車。

一路上，唐靖都在懺悔，說自己多麼混蛋，當時又如何對不起唐父。唐柒文微微皺眉，卻沒搭話，靠著車廂閉目養神，任由他自言自語。

「老爺，到了。」馬伕的聲音自外面響起，唐柒文睜開眼睛率先下車，可當他看見街坊鄰居和好些他不認識的人圍在唐府門口的時候，他瞬間什麼都明白了。

在唐柒文犀利的目光下，唐靖心虛地低下了頭。

「柒文，我……」唐靖想解釋，卻又無從解釋。畢竟，他是真的利用了唐柒文。

「別說了，進去吧！」唐柒文終是嘆了一口氣。

跟著唐靖去看了癱瘓在床、口歪眼斜，已然認不得人的唐老爺子唐清，也撞見了瘋瘋癲癲被傭人追著滿院子跑的劉茹慶，更看見已經瘦成皮包骨、動彈不得的唐堯文。

在大廳裡，唐柒文終於開了口。

「我知道你這次要我來，只是想讓涼淮縣的人知道，你唐府二房已與曾經的大房講和了，想讓他們看在我的面子上，對你們唐記網開一面。」

唐靖從來都不是個做生意的料，在他年輕的時候，生意都是由唐柒文父親照料，唐父死後，唐老爺子便接回去，兩年後又直接交到了唐堯文手裡。

唐堯文年輕氣盛，做事狠辣從來不考慮後果，所以這一次他倒下，曾經的對家都是卯足勁來踩。

至於他們家和邵遠的合作，想必也停止了吧？

如果他沒猜錯的話，唐靖消瘦並不是受唐府這一家子折騰的，而是被每況愈下的唐記產業給愁的。

「我可以當你明面上的後盾。」

唐記的這些產業，曾是他爹辛辛苦苦打下來的，所以他並不想看著它們易主。

「但是，」唐柒文看著唐靖。「你若是打著我的名號為非作歹，我發誓，我一定會讓唐記所有產業，成為我唐柒文的囊中之物。你可別忘了，我與你們唐府，早就斷親了。」

所以，幫你們是情分，不幫是本分！

眼前的少年是唐靖看著長大的，可此時他目光如炬地盯著他，說著這些沒有一絲溫度的話，竟讓唐靖不由得有些害怕。

「不、不會，我一定不會。」他磕磕絆絆地說。

「那便好。」他輕笑。「記住你今日說的話。」

看了眼唐堯文那僅僅兩歲，瑟縮在母親懷中的兒子，唐柒文起身欲走，卻被唐靖叫住了。

「柒文……」唐靖步履蹣跚地走到他面前，掏出一疊賣身契交給他。「這是你爹年輕時培養的人，我現在物歸原主。」

見唐柒文用意味深長的眼神看自己，唐靖急忙解釋。「這真是大哥培養的人，我沒能在裡面安插自己的人。他們賣身契雖在我手裡，可我卻從來沒有見過，召喚他們的方法，想必你爹早告訴過你了。」

將信將疑中，唐柒文終是將令牌給拿了，既然說是爹留給他的，他不想辜負。

但是，這些人的來歷和這些年在唐靖手裡幹過什麼勾當，到底可不可信，他也會一一查清楚。

回到一家食樓，唐柒文對葉小玖說了唐府利用他穩住唐記在涼淮縣的地位的事情，葉小玖雖氣憤唐靖情緒勒索，但也能理解他做出這種事。

畢竟現在唐堯文躺在床上半死不活、唐老爺子中風，家裡的頂梁柱都倒下了，而唐靖這一輩子就是混吃混喝的紈袴，這偌大的家業交給他，他確實扛不住，倒不如厚著臉皮來找唐柒文，畢竟有這新科狀元做後盾，不說拓展家業，維持本來的營生倒是沒問題。

至於邵遠，自唐堯文出事後，他們之間的合作便已經終止了。以唐靖的智慧，是不可能在邵遠那裡討到好處的。何況唐柒文怎麼說都是唐家人，唐靖了解他的性子磊落，總比邵遠這個外人要可靠，兩者一做比較，該選哪個，一目了然。

「他說的那些人是真的嗎？」葉小玖一張一張瞧著那一疊賣身契。

按理說若是真的，這些年來他們母子過得什麼日子，想必他們也是清楚的，怎會一直銷聲匿跡不見蹤影；可若是假的，這事一問唐母便會露餡，唐靖怎會在唐府已然腹背受敵的情況下，去欺騙唐柒文這唯一能靠得住的靠山，使得叔姪離心？

「不知，這得回去問問娘。」

唐父與唐母感情很好，幾乎什麼事都會告訴她，若真有此事，唐母肯定會知曉。但就怕是唐父突發急症後，有些事情還沒來得及交代。

二人處理完食樓的事便急急趕回了家，唐母和唐昔言正在收拾東西，聽見唐柒文問這件事，也感到驚訝。

「你是怎麼知道你爹當年做過這些的？」唐母問。

唐家祖上世世代代都是農民出身，只是到了唐柒文曾祖父一代，才靠開小吃攤做了生意，後來小吃攤由唐柒文的祖父唐清接手後，他不滿於小吃攤微薄的利潤，便押下唐家所有的家底開了家糧店，並把小吃攤開成了飯館。

而後產業到了唐柒文他爹手裡，更是拓展多方，生意蒸蒸日上。可產業大了，唐父也就接觸到了一些商場上的黑暗面，在裡面跌過跤，便尋思著自己培養些人出來，至少保證遇事後能有所應對，而不是束手無策。

聽唐母這麼說，唐柒文知道這事是確實有了，便從懷中掏出那一疊賣身契來遞給她。唐母看著上面熟悉的簽名字跡，抖了下手，紅了眼眶。

「是，是你爹的字，沒錯，就是他的字！」唐母撫摸著上面的字，眼中盡是眷戀。

唐柒文看了葉小玖一眼，手撫上了唐母的肩頭，心中很不是滋味。

「娘。」他喊了一句。

知道自己失了態，唐母急忙用手擦了擦眼角的淚花。

當年唐府趕他們出門時，只收拾了他們母子三人的行李，唐父的東西一件都沒留給他們，唐柒文知道母親只是想父親了，猛然看見父親的手跡，睹物思人才會如此。

「娘，走之前，我們再去看看爹吧？」唐柒文溫聲道。

「欸，好！」唐母笑著道。

唐父手下有人沒錯，只是如何聯絡，唐母也不甚清楚，萬般無奈之下，唐柒文便只好又去了一趟唐府。

「賢姪，你怎麼來了？」想不到唐柒文會自己找上門來，唐靖著實詫異。

「父親的書房還留著嗎？我想去看看。」唐柒文直接表明來意。

「你是要找你爹與他們聯繫的信物是吧？」唐靖問：「別找了，我都找了十來遍也沒找著，大哥怕是根本就沒將東西……」

一時口快，話已然出口，隨即唐靖才曉得自己說漏了嘴，忙閉了口，怕唐柒文生氣，抬眼看了看他。

「我還是想去看看。」唐柒文不死心。

「好，我帶你去。」見他並不在意，他不由得鬆了口氣。

「自大哥走後，爹便將你們的院子給鎖了起來，除了平時負責灑掃的人，是誰都不讓……」覺得自己又說錯了話，唐靖索性閉嘴。

穿過熟悉的小路，又走過了一條不長的走廊，看見那個略顯斑駁、上了鎖的月亮門，唐柒文緊了緊手指。

收到消息的管家早已經候在了門外，見唐靖給他使眼色，他急忙開門。

書房的一切還是記憶中的樣子，因為有人打掃，所以並不顯得髒亂，站在門口，唐柒文似乎還能看見他爹每日在書桌前看書的樣子。

見唐柒文怔怔地看著裡面，唐靖嘆了口氣，轉身離開。

「賢姪，你先找，我……」

走進房裡，唐柒文手指一寸一寸地摸過每一個角落，尋找著曾經與父親相處的點點滴滴。

聽見唐靖和管家的腳步聲遠了，他才來到一幅畫前的桌子旁，蹲下身，扭動了桌子底下的一根橫木。

隨著隱隱的細碎聲響，唐柒文起身，取下畫像，裡面露出一個暗格。

暗格不大，可以說是一覽無遺，所以唐柒文一眼便看見了裡面那個碎掉的木雕鷹。

他雖知道父親會將貴重東西放在這裡面，卻是第一次打開。

想不到當年被唐堯文摔碎的那隻鷹，父親竟然收起來放在了這裡面。

瞬間，唐柒文便紅了眼眶，眼中蘊滿了淚水，但只深吸了幾口氣，他又恢復如常。他將放在帕子上的木雕碎塊小心翼翼地拿了出來，然後取出它後面的那個楠木盒子。

盒子上並沒有鎖，他打開鎖釦，見裡面靜靜地躺著一塊玉珮。玉珮並不是上好的材質，而是那種滿大街隨處可見的劣質玉，上面還有缺口，烏漆漆的，仔細看似乎還能看見血漬。

玉珮下面是一張賣身契，但內容與其說是賣身契，倒不如說是盟契，因為，這是那叫做韓奇的人與父親簽的契約，上面並沒有官府的公印。

粗略地將契約看了看，裡面的內容唐柒文熟記於心，便將賣身契和玉珮藏到懷裡，起身出了門。

「柒文。」唐靖和管家在門外的涼亭裡喝茶，見唐柒文出來手中什麼東西都沒有，他起身問道：「可是找著什麼東西了？」

唐柒文沒有搭話，既不說有、也不說無，而是看了眼唐靖，溫聲道：「父親房裡的東西，我想拿幾樣走。」

這麼多年來他一直忙著考科舉，想要出人頭地，都忽略了身邊的人，若不是今日看見唐母那樣子，他幾乎都忘了當年父親的死對母親的打擊有多大。

「好，你看著辦。」唐靖不帶猶豫地點頭。

從書房拿了幾樣父親常用的物品，唐柒文又去臥室找了父親的幾件衣服。此行去上京城，逢年過節回不來，用衣服立個衣冠塚，也能盡他這個做兒子的孝心。

拿著東西回家，唐母看了看，只默默地拿回了自己的屋子，一下午都沒出來，連叫她吃晚飯都說不餓。

因為婚期在即，唐柒文一刻也不敢耽擱，第二日一早就帶著幾個侍衛去了契約上寫的地方，找到一個叫韓奇的人。

本來此次來，他只是抱著試試看的態度，畢竟父親過世這麼多年了，這人一直沒有聯繫過他們，可不想，他還沒對韓奇表明身分，他卻忽然激動地單膝跪地，雙手抱拳叫自己主子。

「少主，屬下已恭候多時了！」

唐柒文詫異，扶他起來問道：「你認識我？」

韓奇點頭。其實自唐父死了的這些年來，他時不時就會去瞅瞅他們母子，也知道他們被唐府的人欺負。

「主子有令，除非是他或者你親自找我，否則讓我不要露面，更不要主動去找你們。」

韓奇怎麼也沒有想到，這些年來他們母子過得這麼辛苦卻依然不來找他，不是他以為的要磨鍊自己，而是唐父去得急，根本就沒來得及交代。

「是屬下失察，請主子責罰。」韓奇再次下跪。

「救你的是我父親，你不用對我跪來跪去。」

父親跟他的事情，契約裡也提到了隻字片語，縱然父親於他有救命之恩，卻與他這個做兒子的沒什麼關係，他能遵守承諾在父親死後依然守著這武館他已經很感激了。

從韓奇口中，唐柒文得知父親當年想著培養一點自己的勢力，一來是為了解決生意上的麻煩，二來是他知道，唐柒文遲早要出仕，官場爭鬥風雲詭譎，總得有幾個心腹去做那些不適合自己出面的事。

父母愛子，則為之計深遠。唐柒文到現在，才真正了解了這句話。

這武館本來就是用來掩人耳目的幌子，裡面並沒有多少人，現在唐柒文一家要搬到上京城，韓奇自然沒有留在這裡的道理，便發了密信給剩下隱藏著的十七人，將武館囑託予副館主看顧，韓奇跟著他去見了唐母。

「夫人，別來無恙。」韓奇行禮。

「是你！」唐母看他面熟，隨即便想起來，唐父活著的時候，有段時間曾見過他們來往甚密。

「夫人好記性。」他笑著道。

有唐母作保，這人的可信程度就又增加了幾分。如此，唐柒文便讓他先回去收拾東西，等明日中午與他們在食樓門口會合。

唐母一家要離開，作為鄰居的田家自是捨不得，尤其是田嬸子，拉著唐母的手不鬆開，直說她走了，沒人這麼對自己胃口、陪自己說話了。又說道，葉小玖幫了他們家那麼多，還沒來得及報恩等話，語中盡是純樸的不捨。

總之，田家一路將他們送出城，田嬸子還拉著唐母的手不願鬆開。

可天下無不散之筵席，再捨不得，最終還是得捨得。

看著他們離去，田嬸子在自己兒媳的懷中哭得委屈，就連何花也是眼角泛紅。

第六十四章

因為來回折騰用了七天時間，等唐母和唐昔言在上京城安頓好，離葉小玖和唐柒文成婚的日子，只剩九天不到。

雖然在古代，喜服都該由新娘子自己做，但葉小玖忙，而且女紅還不太過關，沐婉兒便將這事主動攬了下來交給錦衣閣來做。

這最繁瑣的一項搞定了，剩餘的事情倒是不那麼緊張了。

酒席自然是由一家酒樓承攬，葉小玖親自定下菜色，從食材到餐具，金陽都做了嚴格的把關，畢竟這是皇上欽定的小神廚、自家老闆的婚宴，若是在酒席上出了問題，那就太丟人了。

葉小玖在上京城沒有自己的宅子，也沒有親人，沐婉兒本想當她娘家人，打算以結拜姊妹之禮在沐府送葉小玖出嫁。可葉小玖官拜從六品，唐柒文又是朝堂新貴，如此行徑不免讓人覺得有攀附權貴之嫌，並不利於唐柒文在朝堂自處。

知道人言可畏，沐婉兒便歇了這心思，只是以姊妹的身分，為葉小玖添了嫁妝。

「哈哈哈，這些可都是錢啊，感覺我現在是個小富婆了～～」知道這是她的好意，葉小玖自然不會推辭，只是看著又是綾羅綢緞、又是珍珠瑪瑙，頓時笑得看不見眼睛。

「喂！妳好歹也是朝廷命官，能不能不要表現得這麼庸俗啊？」沐婉兒翻了個白眼。「怎麼著也是自己有營生的人，而且看那生意，說日進斗金也不為過吧？怎麼跟沒見過錢一樣？」

「誰會嫌棄錢多啊？」葉小玖拿起另一個箱子裡的金子，很是豪邁地咬了咬。

沐婉兒看了登時無語。

不多時，小藝匆匆忙忙跑來後院叫葉小玖。

「姑娘，宮裡來人了！」

「宮裡？」葉小玖看了沐婉兒一眼，對方也是一頭霧水。

稍稍收拾了下和沐婉兒一同出去，葉小玖就看見一個穿藍色宦官袍的公公站在酒樓門前，他後面還跟著不少人，抬著大箱小箱的站在那兒。

由於時常入宮，沐婉兒對這位公公很是熟悉，便問道：「莊公公，您怎麼來了？」

「瑞王妃安，奴才是代替太皇太后、皇后娘娘和雪貴妃，來給葉飲膳添妝的。」

向沐婉兒問了安，跟在莊公公身後的小太監上前一步，給了葉小玖一張長長的禮單，隨即他拿出另一張禮單唱禮。

「太皇太后賜葉飲膳玻璃種翡翠玉白菜一只，羊脂玉寶瓶一對，孔雀石山水屏風一副，寶石鏤空紋八角盒一只，東海夜明珠一盒……為葉飲膳添妝。皇后娘娘賜吉祥如意一把，珊瑚貔貅一對……為葉飲膳添妝。雪貴妃賜金嵌珠寶摺絲鐲一對，玉……」

小太監唱的這些禮，有些葉小玖連聽都沒聽過，更別說這些圍觀的群眾了，隨著箱子一一打開，人群中的讚嘆聲不絕於耳。

「多謝公公，還望公公替我捎帶個話謝謝太皇太后她們，等我忙過這段日子，定會前去親自道謝。」

看了唐昔言一眼，後者立刻會意，拿了一袋銀子過來。

「這點心意，就當是請公公喝茶的，煩勞您跑一趟。」

「葉飲膳客氣了。」拿著錢袋子掂了掂，莊公公頓時眉開眼笑。「這都是咱家分內之事。既如此，那咱家就先回去覆命了。」

葉飲膳出嫁宮中貴人添妝之事，不到半日時間便傳得人盡皆知，有羨慕的、有嫉妒的、有真心祝福的、還有說酸話的。

當然，還有心思歹毒、恨不得葉小玖去死的。

尤其容蓉得知這事時，一口銀牙咬得「咯吱」作響，使她院子裡伺候她的人，看見她都繞著她走，深怕觸了她的霉頭，被當成出氣筒。

可惡，若不是有葉小玖這狐狸精在，這些榮耀就都是屬於她的。

「玉嬌，妳說若是葉小玖在婚禮當日消失了，會怎麼樣？」看著鏡中的自己，容蓉紅唇微挑，眼中閃過一抹算計。

在古代，結婚前三日，新郎官和新娘子是不能見面的，說是不吉利，所以縱然唐柒文很思念葉小玖，但還是不得不在唐母如同看管犯人的目光中妥協，乖乖地待在府裡。

不過，他派了韓奇他們去酒樓那邊照看葉小玖。一是這結婚禮俗確實麻煩，酒樓人手不夠，他們去了能幫幫忙；二是保護葉小玖的安全。畢竟邵遠這幾日，著實安靜得可怕，而且他最近眼皮總跳，總覺得會有什麼不好的事情發生。

「人家都說左眼跳財，右眼跳災。哥，你是左眼跳，說明是好事啊！」唐昔言看哥哥那憂心忡忡的樣子，開口勸道。

「就是啊唐兄，明晚你便可抱得美人歸了，有什麼可擔心的？我看啊，你就是杞人憂天。」胡萊拍著他的肩膀道。

「但願吧。」唐柒文端起桌上的茶，抿了一口。

才努力壓下心中的焦躁，韓奇卻突然翻牆進來，身上那一家酒樓特有的工作服上盡是血漬，而且看他臉色蒼白，定是傷得不輕。

「不好了公子，葉姑娘不見了！」

「你說什麼？」手中的茶杯掉到地上碎了一地，唐柒文怒目圓睜，上前一把抓住他的領口，怒吼道：「到底什麼情況？你給我說清楚！」

漆黑的夜給所有的骯髒都蒙上了一層遮羞布，大雨淅淅瀝瀝，洗淨了地上的血污，只留下泥濘掩飾太平。

上京城郊外的一處宅子裡，燈火通明，大紅的囍字貼滿了主院，鮮紅的綢緞在風雨的洗禮下搖搖欲墜卻又頑強抵抗。

風聲蕭蕭，電閃雷鳴，破舊的門板被風吹得時不時發出「咯吱」聲，讓人聽著心裡發怵。可縱使外面驚雷陣陣，門內，卻還是安逸美好的樣子。

喜燭已燃燒過半，桌上還堆著高高的紅棗、花生、桂圓和蓮子，寓意早生貴子，到處可見的紅在這喧鬧的夜晚，如同鮮血中的喜慶，使人不寒而慄。

布置精緻的喜床上，一女子穿著喜服躺在上面，容顏姣好卻雙眸緊閉，而她的身邊，還坐著同樣著大紅喜服的男子。

男子坐在床上，怔怔地看著女子，眼中盡是對她遲遲不醒的擔憂和對她至死不渝的深情。

「小玖，妳看，紅燭都過半了。」他起身，端了一杯茶水來。「快點醒來吧，不然，妳該錯過我們的洞房花燭夜了。」

葉小玖的潛意識一直告訴自己不要醒過來，可冰涼的茶水灑在臉上，還是將她喚醒。

「嘶……」

後背傳來的一陣刺痛讓她不由得倒抽一口氣，抬手準備揉揉，她才發現自己的雙手被反綁在了床頭上，眼前則是那張令她厭惡反胃的臉。

「邵遠，你幹麼?!」葉小玖死命地掙扎，可那繩子綁得雖不緊，卻又恰到好處地讓她掙脫不開。

「邵遠，你卑鄙！」葉小玖對他怒目而視。

「卑鄙？」邵遠似是被葉小玖的話給打擊到了，眼中盡是受傷。「小玖，妳知道嗎？今天要不是我，妳就被人帶走賣到窯子裡去了。」

他輕撫著葉小玖的臉。「妳知道窯子嗎？就是那種一條玉臂千人枕，一點朱唇萬人嚐的地方。妳說，像妳這樣的美人，在那種地方，該有多少人喜歡啊？所以，妳該感激我，而不是埋怨。」

他起身，端了兩杯酒過來。「既然妳醒了，那這合巹酒，也該喝了。」

聽他這一說，葉小玖才注意到，這件房子裡的所有布置，都是按喜房的樣子擺設的，邵遠身上還穿著喜服，而自己身上，還是在酒樓時試的那套，她和唐柒文的婚服。

葉小玖頓時慌了。「邵遠，你瘋了！」

看葉小玖奮力掙扎，連手腕被蹭傷了也顧不得，而且那眼中顯而易見的厭惡讓邵遠霎時發了怒。「葉小玖，妳就那麼不願意嫁我?!」

「沒錯，我不願意！」葉小玖大聲道。但她理智地明白此時不該惹怒他，因此大吼過隨即又軟了聲音。「邵遠，你放了我吧，我們已經結束了，嗯？」

她打算動之以情，曉之以理。「你放了我好不好？你忘了嗎？你小時候曾經說過，要一直保護我，不會傷害我，可你現在，就是在傷害我啊。」

見他神色有一絲鬆動，葉小玖乘勝追擊。「而且你是戶部侍郎，何必為了我，丟了自己好不容易才得來的榮華富貴？這不值得，你說對不對？所以，你放了我吧。」

葉小玖眼中滿是希冀地看著他，邵遠沈迷於這眼神之中，隨即發出了自嘲的笑聲。「小玖妳知道嗎？這是妳這麼久以來第一次用正眼看我，雖然我知道妳只是想讓我放了妳，可我依舊很開心。」

他將酒杯放在床頭的矮几上，再次坐到了床上。

葉小玖頓時寒毛直豎，警惕地往床裡側挪了挪。

「可是小玖……」他這故意放慢的語速，讓葉小玖覺得更是害怕。

邵遠強硬地眅過葉小玖扭到一邊的臉，大拇指輕撫著她的臉頰，含情脈脈。

「今日這一天，我等了好久，妳看……」他手指房間的每個角落。「這是我親手布置的婚房，是用正紅色，妳喜歡嗎？」

「邵遠，你快放了我，你如此大張旗鼓地綁走我，肯定會驚動京兆尹，若是瑞王殿下出手，你肯定會暴露的，綁架朝廷命官的罪，你承擔不起。」知道來軟的不行，葉小玖只能來硬的，期望邵遠還能有一點理智，楚雲青的身分還能對他有所震懾。

「妳以為我會怕瑞王嗎？」想擄走葉小玖的人並不是大鄴人，他只是見縫插針，就算留下證據，楚雲青也無法隨便定罪到他身上來。

「而且，妳是女子，為了妳的名聲，唐柒文就算想找妳，也不敢大張旗鼓，所以，妳還是乖乖做我的新娘吧！」

他的手輕輕地撫過葉小玖的臉頰，溫熱且潮濕的感覺，如同一條蛇爬過身體，留下濕漉漉的印記，黏膩且噁心。

淚水滑過臉頰掉到枕頭上，暈染出一大塊深色來，如同此時的葉小玖，心中盡是黑暗，逃無可逃，退無可退。

邵遠說得對，自己是女子就是一道束縛，唐柒文為了她的名聲，定然不會大張聲勢地找她，而且昨夜還下了雨，就算有蛛絲馬跡可尋，此時早沒有了。

而此時的邵遠，更是對她虎視眈眈，明顯就是想逼她妥協，委身於他。

看他再一次端起了酒杯，葉小玖搖著頭，儘量往床裡頭縮，眼中淚水翻湧，恐懼與絕望並存。

「乖小玖，喝了這合巹酒，我們便能長長久久。」

邵遠一飲而盡，隨即將酒杯放在矮几上，一手粗魯地掐著葉小玖的臉讓她張嘴，一手拿著酒杯，往她嘴裡灌酒。

「喝，妳給我喝！」

葉小玖牙關緊閉，使勁掙扎，抵死不從，很快酒便全部灑在了她的婚服上。

「賤人！」邵遠一巴掌甩在她的臉上。

他眼中腥紅，看著葉小玖眼神如同淬了毒。

「還妄想著唐柒文來救妳？」他冷笑。「我告訴妳，他在我眼裡，不過就是一隻苟且偷生的螻蟻。」

他將杯子摔在地上，俯身脫掉了自己的鞋子，然後上床。

「邵遠你幹麼？」葉小玖害怕了，再次往後退，可手腳都被綁住了，她只能眼睜睜地看著邵遠在床上脫掉了自己的那身喜服，露出裡面白色的裡衣。

「既然妳不想喝酒，那就跳過這一步，我們直接洞房。」

本來他在酒裡加了點助興的藥，既然她不喝，那便算了。而且，他也不喜歡那種假惺惺的求歡。

婚服是沐婉兒挑了錦衣閣最好的布料做的，油光水滑，走起路來熠熠生輝，葉小玖非常喜歡，可是聽著布料撕裂的聲音，葉小玖第一次恨這布料居然這麼不結實。

「小玖，妳是我的，是我的。」邵遠此時已近乎癲狂，手隔著葉小玖的裡衣胡作非為，眼看著就要解她裡衣的帶子了，葉小玖忽然大吼一聲。

「我已經是唐柒文的人了！」

在書中，邵遠是個對性事有潔癖的人，從他對那個初夜沒有落紅的婢女便能得知。此時，葉小玖也只能賭一把。

果然，在葉小玖第二次說了這話後，邵遠忽然停下看她。

「我已經跟唐柒文睡過了！我已經是他的人了！」葉小玖淚眼婆娑，眼中盡是堅定，讓邵遠不信都不行。

可邵遠只是愣怔了一下，隨即再次俯首在葉小玖的脖頸間。「我不在乎。」

葉小玖看出了他眼中的掙扎，繼續道：「我已經是唐柒文的女人了，我和他已經睡過了，你難道不噁心嗎？」

因為葉小玖是沐浴過才試了衣服，所以此時她身上有一股淡淡的皂香，和著她的體香是格外好聞，可邵遠此時卻覺得反胃，就如同吃了屎一般。

他抬頭，又是一巴掌。

「賤人，妳為什麼不守身如玉？為什麼要那麼下賤？妳個賤人，蕩婦！」

左右開弓地搧了葉小玖五、六個巴掌，邵遠終於停了手，看著葉小玖紅腫的臉頰，那目光如同吐著信的蛇。

「唐柒文居然敢動我的人，我一定讓他身敗名裂，生不如死！」

起身下榻，他穿上鞋子，站起身看著哭得不成人樣的葉小玖，他忽然笑了。

「小玖，妳自甘下賤為他獻身，若是唐柒文看到妳這副樣子，他會相信妳嗎？妳說，我若是告訴他，我已經睡了妳，他還會要妳嗎？」

他眼中盡是惡毒。

自己得不到的人，就算是毀掉，他也不會便宜別的男人，至於唐柒文，等著瞧吧。

打開門出去，葉小玖就聽到他對門外的守衛說：「看著點，別讓她死了，等到了今天晚上……呵，再放她到城門口。」

邵遠走了，葉小玖頓時鬆了一口氣，聽著外面的雞叫聲，她知道自己已經出了城，這也就是她為何沒有求救的原因。因為這裡除了唐柒文，沒人會來救她。

臉上是火辣辣的疼，就算是剛才邵遠對她圖謀不軌都沒有發出一絲聲響的葉小玖，此時卻忽然崩潰大哭起來。

女子的低低哭泣聲讓門外守著的兩個守衛互相看了一眼，隨即又搖了搖頭，發出無能為力的嘆息。

唐柒文那邊是一頭霧水，一籌莫展。那些人夜裡動手，又都蒙著面，韓奇他們雖交了手，卻一點都不知道他們的底細。

雖然他懷疑是邵遠幹的，可據韓奇說，當時來了兩隊人馬，他們是跟第一隊人打鬥的時候，才讓後面來的人鑽了空子，而且第二隊人武功極好，再加上第一隊人阻攔在前，他們十多人加上本就負責保護葉小玖的侍衛，便沒能打過。

唐柒文如今不但無法確定葉小玖是被誰帶走，而且為了她的名聲，他還不能大張旗鼓找人，只能暗地裡行動。所以他現在除了如同無頭蒼蠅一般，只能從韓奇他們幾人身上細細推敲，望能尋求一點有用的線索。

「大人，那劫走葉飲膳的人，好像是狄族人。」手被弄斷的侍衛忽然開口道。見眾人看他，他又道：「我與其中一人交手時，那人起劍落劍的姿勢有差，明顯是用慣刀的人為了隱藏身分刻意用了劍，可縱使兵器改了，習慣卻改不了。」

「哦，你這麼一說我也想起來了。」韓奇接著道：「我刺破了一人的袖子，依稀看見了他手臂上的刺青，似乎是隻狗。」

「不是狗，那是窮奇。」楚雲青道。看了唐柒文一眼，眼中盡是了然。看樣子，定是邵遠無疑。

「雲崢。」

「是！」不用楚雲青明說，雲崢已然會意，轉身出門，消失在黎明破曉之中。

第六十五章

此時城門剛剛大開，就有一群人騎馬出了城，見領頭的拿著瑞王府的令牌，守城的侍衛不敢多問，直接放行。

據雲崢從那處得來的消息，和雲洌一晚上的打探，唐柒文他們基本已經確定了邵遠藏葉小玖的幾個地點。

容蓉自昨夜失手後，又得知葉小玖被另一群人帶走，便一直密切注意著唐府的動靜。知曉葉小玖確實是被人綁架而且一晚上沒回來，一個惡毒的計劃在她腦海裡產生。

「玉嬌，妳現在去東街找那群乞丐，給他們幾個饅頭，告訴他們，新科狀元唐柒文的新娘子，在大婚前日，被綁匪給劫走了。」

「小姐是想……」玉嬌看著容蓉，眼中是一抹了然。

「沒錯。」容蓉點頭，搞臭了她的名聲，看她還怎麼心安理得地嫁給唐柒文。

當然，唐柒文若是找不到她，那就更好了。

這樣想著，容蓉覺得今早的白粥，喝著格外香甜。

反正不管葉小玖是被什麼人帶走了，帶她走是為了什麼，只要城中傳出她一夜未歸的消息，那她的名聲是肯定毀了，她倒要看看，到時候唐柒文是不是還會娶她一個名聲污穢的女子？

唐柒文和楚雲青兵分兩路去找葉小玖，沐婉兒便在唐府坐鎮，陪著唐母和唐昔言。

「王妃、王妃不好了！」流雲氣喘吁吁地跑進來。

「發生了何事？」沐婉兒問，唐母和唐昔言則是激動得站起了身。

「外、外面傳言，葉姑娘被……被山匪抓走了，而且一夜未歸，估計……」

不用流雲明說，眾人也都清楚。

「一派胡言，天子腳下，哪來的山匪？」

沐婉兒拍桌而起，看唐母那搖搖欲墜的樣子，連忙過去扶她。「伯母，妳先不要擔心，子淵他們已經猜到抓走玖兒的人是誰，也已經帶人去尋了，妳放心，她定會平安回來的。」

看了眼流雲，讓她照顧好唐母，沐婉兒起身讓車伕備馬，趕去了皇宮。

此次之事茲事體大，無論葉小玖是被何人帶走，這一夜發生了什麼，現在在外人眼裡，她已是失身不潔之人，就算唐柒文不在乎，娶了她，她還是會被人戳脊梁骨。所以，現在最好的辦法，就是證明她不是被賊人擄走，而是被宮裡的娘娘們叫了去。

雪貴妃那麼喜歡玖兒，喜歡玖兒做的美食，她定然會樂意幫這個忙的。

「老夫人您先別著急！」流雲端了杯茶給她，安撫著唐母的情緒，可唐母此時心中盡是自責，根本就聽不進她的話。

「都怪我……都怪我啊！」唐母拍著大腿，嗚咽著。

若不是她昨晚攔著唐柒文，以新婚前三日新人不宜見面為由不讓他見小玖，小玖可能不會被人帶走，事情也不會變成這個樣子。

「娘。」唐昔言淚眼婆娑地抱著唐母的胳膊，卻一句勸慰的話都說不出來。

哥哥已經說了眼皮跳，生怕有不好的事發生，可她卻一味的寬慰他，若是她不勸，哥哥說不定會遵從自己內心，偷偷出去見嫂嫂。

一時間，母女倆都是滿心自責。

唐柒文出城的時候，邵遠才將將回城，看他們目的性極強地朝一個方向去，他立刻猜到唐柒文應該是知道葉小玖被他藏在哪兒了，就算不知道具體地點，但也知道了大概範圍。

回書房寫了封信出來，邵遠上閣樓吹了聲口哨，倏然間，一道黑色影子便飛了過來。

將小竹筒綁好，邵遠抱起鷹猛然一拋，鷹在上空盤旋了幾圈，終是消失在府外的樹林中。

看鷹遠去，邵遠嘴角一勾，轉身下樓。此時，閣樓下一個身影，在聽到那腳步聲後，也急急地消失在花園裡。

唐柒文他們得到的消息是，葉小玖很有可能被邵遠藏在了京郊南面的那個山林裡，邵遠這幾日一直往那裡跑，說不定摸過去有線索。

可山林開闊，大霧瀰漫，又是山、又是樹的，不熟的人很容易迷路，縱使他們拿著司南在走，卻還是在山裡失了方向。

「主子您看，那邊有煙！」就在唐柒文拿著羅盤分辨方向的時候，韓奇忽然指著遠處道。

「走，朝那邊走！」

有煙的地方就有人，有人，他們便能尋著方向。

一行人牽著馬，十分警惕地走了過去，遠遠地便看見那濃煙是從一座宅院冒出來的，看樣子是著火了。

帶著人衝上前去，唐柒文一腳踹開門，就看見院中已經屍橫遍地，血流成河。

看著這些人的慘狀和他們的異族面容，以及他們握在手中的刀，唐柒文明白，這些人便是帶走葉小玖之人。

「阿玖！」他大吼一聲，衝向門前倒著兩個侍衛的屋子。

從剛進院他就發現，這院中所有的布置，都透露著一股喜氣，而此時房中的場景，更是表露出房主人明顯是把這兒當作是新房。

看著地下碎裂的酒杯，床頭上用來綁人的繩子，以及大紅枕頭上還未乾的淚痕，讓唐柒文更加紅了眼，拳頭捏得咯吱作響。

他的阿玖，到底經歷了什麼？

「主子，已經查驗過了，沒有一個活口。」韓奇進來道。

「走，回城。」唐柒文說完，便掠過他出了門。

看著他如風般地出了門，韓奇是一頭霧水，主子怎地拿著一張紙就要回去了呢？夫人不還沒找到嗎？

縱然心中有萬千疑問，韓奇作為下屬，也不得不服從。

這次出山異常順利，並不是因為前面迷路有了經驗，而是因為，主子手裡拿的圖紙，居然就是出山的輿圖。

「主子，找到了！」搜索的其中一人大聲道。

唐柒文跑過去，果然看見那石頭上的陰影處有一梅花印。

「搜，就在這方圓幾里，一個角落都不能放過！」唐柒文下令，自己也加入了搜索。

「主子，此人來路不明，給的信息也模糊不清，當心有詐。」韓奇提醒。

這人既然救走了夫人，又知道主子後腳就到，為何不留在那裡等著他們到，偏偏帶走夫人，留下一首詩呢？

主子說那詩前兩句是說輿圖的藏納地點，後兩句，則是指那代表暗號的印記形狀和標記地點。這般大費周章給予提示，著實多餘，而且疑點重重。

可唐柒文對韓奇的擔憂充耳不聞，只一門心思地找葉小玖。

那人雖行為詭異，可從對方種種作為來看，應該是友非敵，最重要的是，用來裝輿圖的錦囊，是阿玖的貼身之物，是用棉花填充製成的，而且裡面的花瓣還是完整的，這就說明這是阿玖主動留下作為線索，而非被別人強迫搶來的。因此，阿玖是安全的，甚至是相信那個人的。

此時他們所在的地方是出山口，山外是平地，藏不了人，所以阿玖應該是被他留在了山裡的某個地方。

葉小玖自從被那個黑衣蒙面人救出來，就一直被他像拎小雞一樣的拎著跑，好不容易到了出山口，他卻忽然回頭找到一處山洞，讓自己老實待著，因為邵遠的人隨時都會找過來。而且走前還說了一句，唐柒文能不能找到她，就看她的造化了。

臉頰紅腫，疼得厲害，可葉小玖此時根本顧不上痛。

這山洞裡寒涼，她只著一件裡衣，身上的婚服早已經碎得不成樣子。而且她在邵遠的房子裡時根本就不敢休息，又長時間水米未進，此時身體早已撐不住了，只覺得頭昏腦脹，昏昏欲睡，渾身發冷。

如今，她不得不掐著自己的手臂內側，強迫自己撐住，保持清醒。

好在，那人走的時候還記得給自己生了堆火，抱著肩膀往火邊挪了挪，看著黑暗中零星的火熱和光亮，葉小玖頓時覺得心酸不已，低低地哭了起來。

「阿玖！」

低沈卻富有磁性的聲音傳來，裡面還帶著幾分找到她的激動與慶幸。

葉小玖抬頭，就看見火光的另一頭，那個出塵絕世的男子，朝她一步一步地走來。

葉小玖起身，眼中滿是淚水，想起身迎上前去，卻腿腳痠麻，動彈不得。

「小心！」將人抱了個滿懷，唐柒文這才覺得，自己心臟缺的那一塊，終於被補完滿了，這種失而復得的心情，讓他將葉小玖抱得更緊。

此時此刻的唐柒文，心裡是感謝上蒼的。

韓奇知道二人定是有許多話要說，便悄悄退出了山洞，順便去提醒其他弟兄，人已經找到了。

洞裡安靜無聲，葉小玖抱著唐柒文也不說話，只是抱著，眼淚浸濕了他胸前的衣服，熨燙著他的心。

「阿玖，阿玖，對不起，是我不好，是我沒有保護好妳，妳說句話、說句話好不好？」

唐柒文慌了，葉小玖的沈默讓他害怕。他輕輕地吻著她的額頭和秀髮，用手輕撫她的後背，安撫著已經披著披風，卻依然在自己懷中瑟瑟發抖的人。

「我沒有……」

良久，葉小玖終於開口，聲音低啞，還帶著幾分小心翼翼。

縱使她一直告訴自己，唐柒文會相信自己和邵遠是清白的，可邵遠最後的那句話，終究在她心中埋下了一根刺。無論唐柒文對她有多好，有多百依百順，可他終究是個古人，是一個可能將女子貞潔看得十分重要的人，若是他……

「小玖，我不在乎，我一點都不在乎。」知道葉小玖指得是什麼，也知道葉小玖此時的忐忑不安，看著懷中的她淚眼婆娑，他低頭，吻上了她的唇。

床頭的繩子他看見了，葉小玖碎裂的婚服他也看見了，可是那又怎樣？這是他的阿玖，無論怎樣，都還是他的阿玖。

唐柒文的話和他突如其來的親吻讓葉小玖有一時的愣怔，隨即，她便雙手環上他的脖頸，深深地回吻過去，很是激烈地回應著他。

約莫一炷香的時間，唐柒文才抱著葉小玖出了山洞，外面驟然的亮讓他瞇了瞇眼，然後就看清楚了葉小玖紅腫的臉頰。

「那個畜生打妳了？」唐柒文眼中有火在燒，似是恨不得殺了邵遠。

「主子。」韓奇勸他冷靜。「我們在這裡已經耽擱了太多時間，若是邵遠的人回來……還是先將夫人送回去吧？」

唐柒文騎著馬，將葉小玖抱在懷中，一行人出發，打馬回城。

此時時間剛到酉時，城裡還是人來人往熱鬧得不行。離城門口老遠，唐柒文便停了馬，看著靠在自己懷中抱著自己的脖子已然熟睡的人，他笑了笑，再看著熙熙攘攘的城門口，皺了皺眉吩咐人先進城去買一套衣服。

雖然他知道葉小玖與邵遠什麼都沒發生，可今早他們一行人那樣顯眼，若有心人傳謠，可想而知此時城中的情景。如果他就這樣子抱著葉小玖回城，定會引起軒然大波。

如此一來，阿玖往後要如何在上京城自處？

被吩咐的人叫虎子，他領命前去，卻在城門口遇見沐婉兒。

「你的意思是，阿玖已經找著了？」看虎子點頭，沐婉兒心中一喜，隨即吩咐流月道：「流月，快去讓車伕把馬車駕過來。」

雙方會合，沐婉兒看見葉小玖臉上的傷，瞬間紅了眼，顫抖著手想去碰，最終還是作罷。

「我沒事。」葉小玖虛弱地笑了笑。「妳看，不好好的嗎？」

「妳啊，就會要人寬心。」沐婉兒終是笑不出來，點了點她的額頭，然後攙著唐柒文懷中的葉小玖上了自家馬車。

「先換衣服，我們進宮。」沐婉兒拿出一套粉色衣服遞給葉小玖，然後道。

「為什麼要進……」葉小玖一邊問，一邊在沐婉兒的幫助下換衣，可瞬間，她就懂了沐婉兒這麼做的用意。「可是城中有不好的傳言？」

沐婉兒點頭。

「呵，他還真是一點活路都不給我留啊！」葉小玖冷笑。

最終，他們兵分兩路，葉小玖跟著沐婉兒進宮，而唐柒文則是再次領著眾人大張旗鼓地回城，順便去府裡報信，讓唐母她們安心。

依舊是一群人騎著馬進城，看見又是瑞王府的令牌，那守城的問都不敢問，而城中眾人看見那領頭之人的臉，便知來人是新科狀元唐柒文。

奇怪，不是說他夫人被山匪擄走，他急急去尋了嗎？怎地空著手回來了？

眾人迷惑。

此時一輛毫不起眼的馬車駛進城中，一直往皇宮的方向駛去。

得知邵遠私自動用狄族人，並且很有可能被皇家暗衛發現，文霆章大發雷霆，直接指責他為了私事不懂得顧全大局，遲早要出事。

皇上現在對他猜忌甚多，只是一直苦於沒有證據，邵遠此舉，著實是把他的性命往皇上跟前送啊！

邵遠對岳父的怒斥充耳不聞，一點都不在乎，反而覺得他一個成大事者居然如此謹小慎微，很是小家子氣。

畢竟狄族已經揮軍南下，安王那邊也已經安排妥當，現在可謂是萬事俱備、只欠東風，就算皇上發現了什麼，想要對他們翁婿下手，也得掂量掂量。

更何況，唐柒文不過一介初出茅廬的書生，哪有那麼大的面子讓皇帝為了他而降罪於他們？再說，現在一切都在他的掌握之中，有什麼好擔憂的？

邵遠蹺著二郎腿等文霆章念叨累了，才起身告辭。

「岳父若再無其他事，小婿便先回去了。」

擰著眉看邵遠離開，文霆章終是嘆了口氣，對他無可奈何。雖然現在皇上最親近的人已經被他們策反了，可是邵遠這般狂傲，遲早要出大事。

從相府出來，邵遠便去了唐柒文回家必經之路上的一間茶樓，在二樓窗邊要了一壺雨後龍井，他一邊喝茶，一邊等唐柒文回來。

原本，他是打算今日晚些將葉小玖放回城，讓她身敗名裂，卻不想唐柒文他們動作居然這麼快，所以他便給那些人傳了鷹書，讓他們先將葉小玖給藏起來，等婚宴第二日再送回來。

如今上京城對葉小玖在大婚前夕失蹤之事已有多種揣測，可無論是哪一種，最終的導向都是她已非清白之身。

他知道此事是容蓉那個女人有意為之，也樂見其成，甚至願意去配合。他倒是要看看唐柒文是不是真的對小玖情比金堅，能不在乎流言蜚語，不在乎她是否失貞，在丟了面子的情況下還能娶她。

約莫過了兩刻鐘，唐柒文一行人果然從茶樓下打馬而過，看著他臉上的擔憂焦慮，邵遠嘲弄一笑。

雖然他和小玖的婚已是結不成了，可他橫刀奪愛，玷污他的女人之事，他還是會慢慢跟他算帳。

第六十六章

唐柒文急急地回到家中，告訴唐母與唐昔言葉小玖一切都好，安撫好她們的情緒後，便趁著夜色直接去了酒樓。

知道葉小玖平安無事，金陽他們也是鬆了口氣，雖然唐柒文今早吩咐他們酒樓的生意照常進行，不能露出半分端倪來，可他們每個人都還是提心弔膽的。

「公子，您要不要吃點東西？」呂欣的臉上難得露出了笑容。

「煮一鍋肉粥吧，記得放蝦仁，阿玖愛吃。」

今日一早出城到現在，他是一粒米都未進，這會兒聽呂欣一問，他才覺得腹中空空，十分難受。

倒了一杯溫水一飲而盡，唐柒文起身，去了後院。

沐婉兒原本想著把葉小玖送進宮，讓雪貴妃賜轎輦送她回酒樓，可奈何葉小玖的臉紅腫得厲害，明顯是被人打了，明眼人一看便知，無奈之下，只好在雪貴妃那兒先幫她處理一下。

「那畜生真不是個東西！」看見葉小玖臉上的傷，出身世家向來溫婉賢淑的雪貴妃，破天荒地說了髒話。

男子漢大丈夫對一個女人動手，著實是畜生行徑！

「小玖，妳要不要先休息一下再回去？」丫鬟一左一右地拿著剝了皮的熱雞蛋給葉小玖敷臉，雪貴妃看她那有些昏昏沈沈的樣子，開口問。

見她搖頭，又道：「那要不要吃點東西？我叫臘梅去弄些清淡的粥來？」

葉小玖再次搖頭，抬起頭看著她，虛弱道：「貴妃娘娘，我想快點回去。」

她現在只想快點回去，她知道，唐柒文一定在酒樓等她。這常曦殿她之前雖然來過，可對她來說還是很陌生，她一秒也不想待在這裡。

雪貴妃知道葉小玖受了驚嚇，自然想待在最信賴的人身邊，所以也不強求，只是看她臉上的紅腫消退了些，在夜幕下不那麼明顯後，才叫人去備了轎輦，讓丫鬟臘梅親自送她回去。

此時上京城夜市剛開始，街上還是人來人往，熱鬧非凡。

看這專屬於皇宮的豪華轎輦出現在大街上，眾人紛紛猜測是宮中的哪位貴人出宮來遊玩。

為了看這貴人是什麼模樣，一群人一直跟著轎輦走，一直跟到一家酒樓，看見下來的人竟然是葉飲膳。

「葉大人教貴妃娘娘做了一日的點心也累了，早些休息吧！」

臘梅這話明顯是說給周圍眾人聽的，為了證明葉小玖並不是謠傳的失蹤，而是去皇宮教雪貴妃廚藝。眾人皆知雪貴妃出身名門世家，所以教一個十指不沾陽春水的貴女做糕點，花了一天時間也說得過去。如此一來，今日葉小玖人在宮裡，那些亂七八糟的流言蜚語就是屁話，全都是無稽之談。

「有勞姑娘送我回來了。」做戲自然要做全套，縱使此時的葉小玖有多累，有多不想笑，卻還是強迫自己揚起笑臉。

「葉大人客氣了，既然葉大人已經送到，那奴婢便回去覆命了。」

臘梅帶著轎輦走了，酒樓裡一直等著葉小玖的小藝聽見聲音，急忙趕了出來。見外面人多，小藝忙收起臉上的擔憂，而是掛上平日裡溫和的笑。

「姑娘回來啦！」小藝小跑著過來。「怎地今日這樣晚？」

「教娘娘烤製糕點耽擱了些時間，所以便晚了。」葉小玖繼續強顏歡笑。「我有些累，先去休息了。」

「各位可要進去坐坐，我們一家推出的新菜品反響還不錯，歡迎各位前來品嚐啊！」見葉小玖離開，小藝如往常一般地招攬客人，面上不露出半分蛛絲馬跡。

朝著眾人點了點頭，葉小玖強撐著自己一步一步地走了進去，在穿過滿是客人的大堂後，她瞬間軟了腿，跌進了一個溫暖平和的懷抱中。

「阿玖。」唐柒文一把將她抱起，去了她的房間，金陽他們很是擔憂，剛想跟上去卻被呂欣給攔住了。

「別去了，比起我們，姑娘定是更想看見公子。」

酒樓外面圍著的人見今日他們熱議了一天的消息，居然都是假的，不由得暗罵放假話的人，讓自己白白耽誤時間，到頭來連個屁都沒看見。

一行人罵罵咧咧地離開，同一時間，一家酒樓對面的屋頂上，一道黑色身影一閃而過。

「葉小玖回去了？」布置奢華卻極有格調的屋子裡，一個著青色齊腰襦裙的女子背對著門，拿著一根細細的枝條，逗弄著魚缸裡的魚，在她的後方，站著一個黑衣蒙面人，看身形，似乎是個男子。

「是。」男子聲音低啞。他頓了頓又道：「她被救回來後並未直接回酒樓，而是被沐婉兒帶去了皇宮。」

「料到了。」女子紅唇微挑。「沐婉兒與她關係那樣好，今日城中流言傳成那樣，她豈會坐視不理？」

女子的聲音雖然還是平平的掀不起任何波瀾，卻不免讓人聽出了一些羨慕和傷感。

男子似乎是猜到了她為何會羨慕，黑色面罩下的嘴張了又張，終是一句安慰的話都沒說出口，最終他轉移了話題。

「主子，屬下有一事不明。」

「文輝，你是不是想問，我為何會給你一首詩作為線索，而不是直接告訴唐柒文人藏在哪裡？」女子托腮，微微一笑。
「主子英明。」被喚作文輝的黑衣男子答道。
「呵。」女子冷笑一聲，放下手中的枝條，走到軟榻上斜倚著，一手撐著腦袋，一手則是漫不經心地為自己倒茶。
文輝見杯子滿了，忙上前接過她手中的茶壺。
女子一笑，接著道：「無非是防止邵遠殺個回馬槍，比唐柒文早找到葉小玖。」
「可主子那首詩，若是被姑……被邵遠看見，葉小玖一樣也跑不了啊！」男子將茶送到她手邊。
「以他的才華，根本就破不了那兩個謎。」
想她上京城第一才女文潔，嫁的丈夫居然會猜不出她寫的詩謎，說起來，還真是諷刺。
「你說，我當初怎麼就眼瞎看上他呢？」文潔咕噥著抿了口茶。
聽到她這話，文輝看她的眼神暗了暗，隨即在文潔抬頭的瞬間垂眸。
「主子……」
文輝剛想說話，卻被門外沈重的腳步聲打斷，他眯了瞇眼，隨即一個轉身，從後面的窗戶出去，消失在夜色中。
「吱呀」一聲，門開了，文潔看見來人，眼底深處閃過一絲厭惡。

唐柒文抱著葉小玖回了房間，餵她喝了一小碗肉粥後，才讓她去洗澡。

洗澡水是後廚的夥計燒的，唐柒文試了試水溫不燙後，才對葉小玖道：「水溫正合適，妳先洗，我在門外等妳。」

「嗯。」葉小玖微微點頭。本來唐柒文的意思是讓她先睡覺的，畢竟她已經很累了，可她一想到邵遠之前撕扯過她的衣服，那雙手還碰過她，她就噁心難受。

洗澡水溫度剛好，上面還撒了玫瑰花瓣，可葉小玖此時卻無心享受，只是拿著布巾，擦拭自己的身體。

唐柒文原本在外面打蚊子，五月的蚊子多，咬人還疼，卻不想門內忽然傳來了葉小玖的驚呼聲，一時心慌，他也顧不得什麼男女大防便衝了進去，繞過屏風便看見葉小玖拿著布巾，用力地擦著自己的脖子，破皮了也不見她停手。

「阿玖，妳做什麼？」唐柒文上前，一把奪過她手中的布巾。

「髒！」葉小玖只吐出一個字。其他地方隔著裡衣，可她的脖子、她的臉都直接跟邵遠親密接觸過了。

看葉小玖那自我嫌棄，萎靡不振的樣子，唐柒文著實心疼，他扔掉手中的布巾，低頭吻上了被她擦破皮的地方。

「不髒，我的阿玖是最乾淨的。」

唐柒文突然的親吻讓葉小玖有一絲抗拒，可聞著他身上熟悉的香氣，她頓時感覺心安，雙手環上他的脖子，享受著他的吻。

二人從浴桶到床上，葉小玖就如同一個在沙漠中瀕臨死亡的旅人，努力地汲取著唐柒文帶給她的少有的心安。

「阿玖……」唐柒文看她媚眼如絲，面若桃花，嬌態畢現，一陣心蕩神馳，最終還是選擇和她一同沈淪。

一夜貪歡後，葉小玖終於在唐柒文的臂彎裡沈沈睡去。

見她睡著卻依舊緊皺著眉，唐柒文知道，邵遠此次定在她心裡留下了不小的陰影。用手輕撫著她的眉頭，唐柒文吻去她眼角的淚水，緊了緊懷抱，抱著她滿足地睡去。

邵遠雖可恨，卻也狡猾異常，在得知葉小玖被他們救回來之後，直接放火燒了那座宅院，來了個死無對證，等他通知楚雲青他們趕到時，只餘下一地灰燼。

葉小玖雖是朝廷命官，可若是他向皇帝告發邵遠的罪行，一定會鬧得人盡皆知。到頭來，葉飲膳入宮教雪貴妃做糕點的謊言會被揭穿，而那失貞的流言會卷土重來。

不得不說，邵遠的這步棋，走得著實高。可奈何道高一尺，魔高一丈，邵遠既然不顧君子之風出損招，那他唐柒文也不必做什麼君子。

他不是喜歡強人所難嗎？那就讓他這輩子都變成一個廢人，永遠都碰不了女人！

只是不知道，從楚雲青那裡拿的藥，到底管不管用。

邵遠在得知葉小玖被人救走，而且裡面的侍衛全部被滅口的時候，也很驚訝。畢竟那些侍衛都是狄族人，各個功夫了得，唐柒文的那些手下，絕對不可能是他們的對手。而且那些人都是被人一劍封喉，可想而知此人心狠手辣而且功夫高絕，這樣的人，絕對不會甘於做唐柒文一個小小修撰的手下。

縱然他心中十分不解，他從現場也看不出什麼來，索性就派人燒了那座宅子，直接毀屍滅跡，即使他並不覺得陛下會在這緊要關頭，為了個做菜的將矛頭指向他。

處理好這一切回了邵府，邵遠聽下人說文潔之前派人來請他過去用晚飯，還說讓他務必要來。雖然他現在並不想見到文潔，而且也已經過了晚飯時間，但夫妻一場，必要的敷衍還是該做。

看邵遠進了房間，文潔一下從榻上起身。

「聽說妳讓我務必過來，可是有事？」邵遠徑直走到文潔躺過的榻前，盤腿而坐。

「城中今日傳聞葉小玖被人擄走，是你做的嗎？」

文潔隨意找了個話題，看邵遠拿起榻桌上的杯子倒了一杯茶一飲而盡，她的眼神暗了暗，唇角微微一勾。

「怎麼是我？」邵遠放下茶杯。「而且妳沒聽說，葉小玖是被宮裡的雪貴妃叫去了。」

「是嗎？這事我還沒聽說。」文潔坐到他對面的榻上。

「妳找我來，就是為了問我這事？」邵遠不解。

「你是我夫君，葉小玖又是你之前的未婚妻，我總得防止你吃唐柒文的醋，做出什麼糊塗事來。」文潔語氣很是溫柔，看他的眼神就如同一汪春水，讓邵遠覺得一陣心癢難耐。

而且，他現在體內升起一股無名之火，讓他躁熱難忍。這種感覺他很熟悉，沈氏為了情趣，也曾餵他吃過那種東西，想起方才喝的那杯茶，再看文潔衣著單薄，別有一番妖嬈，他頓時明白過來。

想必是自己已經快半月沒怎麼碰她，她忍不住了，才想出了這樣的辦法，至於說有事想談，應當只是叫他過來的幌子。

既然她想要，邵遠自然不會拒絕，起身下榻，他一把將文潔抱起，走向不遠處的大床。

床笫之事，文潔一向保守，這次下藥想來也是她的極限了，可儘管她已經表現得如此乖巧，任他為所欲為，邵遠卻發現，自己居然提不起絲毫性趣，他那東西，似乎是不管用了……

倉皇起身，邵遠衝出房間。

「夫君，你去哪兒啊？」文潔在後面喊。

可回應她的，只有邵遠驚慌失措的身影，以及「咯吱」作響的大門。

嘲諷一笑，文潔起身下床，讓綠袖拿來澡盆沐浴。

邵遠出了文潔的院子就直奔沈氏那裡，沈氏正在屋裡陪兒子唸書。這會兒時間已經很晚了，看見邵遠來，她是歡喜中帶著驚訝。
「老爺，您怎麼……」
不等沈氏將話說完，邵遠二話不說地將她一把抱起，走了幾步扔到床上。
後腦勺磕在床頭上，沈氏卻顧不上呼疼。「老爺，睿兒還在……」
可邵遠此時渾身難受，而且也急於證明自己還行，哪裡還顧得上一旁的兒子？
守夜的丫鬟被老爺的孟浪給嚇壞了，回過神來，看見小少爺愣怔地看著二人，忙將他抱出了房間。
見兒子走了，沈氏也不再抗拒邵遠，取而代之的是熱情的回應。
沈氏在床笫之間很有一套，不然也不可能讓邵遠收了她做外室，可縱使她再熱情，使出渾身解數，邵遠那處卻仍是一潭死水，掀不起任何波瀾。
「老爺，這……」沈氏氣喘吁吁，眼中滿是不解。
邵遠不疾不徐地下床，穿好衣服，看了她一眼道：「我累了，今日便在書房歇了。」
在沈氏那不可置信，卻又充滿誘惑的挽留眼神中，邵遠終是轉身出了門。
縱使他表現得再無所謂，心裡終是慌亂，出了沈氏的院子，邵遠並沒有像所說的去書房，而是又去了另一個小妾那裡，但最終結果，可想而知。
在小妾那懷疑他不行的露骨目光中，邵遠狠狠地搧她一巴掌，然後氣呼呼地回了書房。
體內的慾望得不到抒解，邵遠躺在書房的軟榻上，像烙餅似的睡不著。

今日之事他並不覺得是自己的問題，而是葉小玖那個不潔的賤人給他留下了心理隱疾。可他卻沒想過，如果真是心理問題的話，為何在藥物的作用下，他還是不行。

第二日清晨，文潔在自己房裡聽說邵遠昨夜連跑三房都不成的事，笑得撲倒在自己的床上打滾。

相較於邵府裡的熱鬧，一家酒樓的後院主屋裡，就顯得格外平靜祥和。

清晨的第一縷陽光透過窗戶，越過帷幔，灑到床上熟睡的佳人臉上，唐柒文此時已經醒了，半起身，用一隻手幫葉小玖遮著刺眼的陽光，嘴角上翹，眼神溫柔得好似能滴出水來。

半晌，葉小玖才微微轉醒，睡眼惺忪間看見眼前一隻大手在自己的臉頰上方，頓時一激靈，瞌睡都嚇沒了。

微微抬起頭看見唐柒文的臉，葉小玖才安了心。

「醒了？」溫柔且富有磁性的嗓音傳來，讓葉小玖有一瞬間感覺暈乎乎的，隨即她才發現，自己窩在唐柒文懷裡，正對著的是隨著他的呼吸一起一伏的精壯胸膛，上面還有很明顯的咬痕。

想起昨晚的荒唐，葉小玖瞬間紅了臉。

「還疼嗎？」唐柒文看著她問。

若說葉小玖之前只是臉紅，現在是連耳朵帶脖子都紅得透澈。

昨晚她確實哭著喊疼來著，但他也不能大白天的問這種問題吧？

「你……你……你白日宣淫……」葉小玖羞得把自己的腦袋埋在被子裡。

「我只是問妳臉上的傷還疼不疼，妳想到哪裡去了？」將她從被子裡拉出來，唐柒文輕撫著她的臉頰，眼中盡是調侃。

「你……」葉小玖氣得說不出話來。

他那個別有深意的眼神，明顯不是這個意思。才一晚上，他就變壞了！

「你欺負人！」看他死不承認，葉小玖轉過身去不理他，卻不小心碰到了不該碰的東西，頓時臉頰燒紅。「你……」

「嗯？」唐柒文一笑，欺身而上。

左右婚禮是傍晚開始，現在時間還早，而且看阿玖的樣子，想來邵遠的事給她留下的陰影應該淡了些，趁現在多轉移她的注意力才好。

第六十七章

兩人鬧到快晌午了，唐柒文才回府，而葉小玖也開始漱洗準備。

喜婆為葉小玖開了面，上了妝，沐婉兒幫她穿喜服。

「可惜了那麼好看的婚服。」葉小玖惋惜。

那喜服上的花樣是沐婉兒親手畫的，從絲線到布料也是她精心挑選的。葉小玖是著實喜歡，才會在沐浴後再次試穿，卻不想竟然毀在了邵遠手中。

現在這套喜服是錦衣閣最好的一套，可是和那套比，還是差遠了。

「嘿這有什麼？大不了妳下次成親，我再送妳一套。」沐婉兒打趣著。

葉小玖笑睇了她一眼。

沐婉兒手搭在葉小玖肩上和她一起看著鏡子，見眾人各忙各的不注意，在她耳邊嘆息了句。「這被滋潤過的人就是不一樣，昨日妳還病懨懨的，今日卻紅光滿面，搽了脂粉著實嬌豔好看。」

沐婉兒來的時候正巧看見唐柒文出去了，所以二人之間什麼情況，她自然是清楚的。

她附在葉小玖耳邊低聲說葷話。「妳說妳家柒哥哥，莫不是什麼名方良藥？還是說……妳採陽補陰？」

「妳盡胡說！」葉小玖轉身嬌嗔著打了她一下，樂得沐婉兒直笑。

兩人嬉笑打鬧著，時間便到了傍晚，因為今日一家酒樓東家出嫁，所以不開張營業。可別人家成親，那大門都是敞開迎接新郎的，偏偏這葉飲膳成親，酒樓大門緊閉，門外除了圍觀群眾，連一個娘家人都沒有。

而且，新郎官都已經等在門外了。

莫不是，葉飲膳後悔了？不嫁了？

一時間，那些因為葉飲膳即將嫁為人婦心情低沈的貴公子紛紛又有了希望，並且期待唐柒文會黯然離去。

「開門，開門，我們來接人了！」胡萊笑嘻嘻地在門外大喊，將大門拍得砰砰作響。

之前葉小玖就說過，大婚之日新郎敲門，過五關、斬六將是她家那邊習俗，讓他們早點做好準備。雖然他活了這麼多年從未聽說過有這禮俗，但既然唐柒文願意，他照辦就好。

「沒誠意，不開！」呂欣在門內喊。

胡萊看了眼唐柒文，見他點頭，便掏出一疊用紅紙包好的「誠意」，順著門縫塞進去。

呂欣拆開紅包一看，裡面都是面值一百兩的銀票。

「姑娘們，發發善心，開開門吧？」胡萊在外面捏著嗓子喊。

誠意到了，門自然是要開的，唐柒文幾人歡天喜地看著她們打開門，結果又傻了眼。

這些姑娘排成一排堵門又是什麼花招？

圍觀的人看見這場面也是一頭霧水，直道這葉飲膳真有意思。

「第一關過了，還有第二關。」沐婉兒笑意盈盈的站在一群姑娘後面。

「這第二關，是要讓你們回答問題，答不對就要喝酒。」

她話音剛落，金陽就拎了一大罈酒來「咚」一聲放到地上，而他手裡那個大海碗，更是讓胡萊瞪大了眼睛。

那麼大個碗，一碗下去多半就被放倒了吧？

跟著前來迎親的胡萊和文悅相視一眼，朝唐柒文露出了同情的目光。

「好，第一個問題，我在想什麼？」沐婉兒道。

「這是什麼問題啊？」

「就是，無論怎麼說她都可以否定。」

「看來唐狀元的娶妻路，漫漫其修遠兮。」

不等唐柒文他們說話，圍觀人群先炸了鍋。

「妳在想中午吃什麼。」胡萊說。

沐婉兒搖頭。

「妳在想怎麼讓唐兄喝酒。」

沐婉兒又搖頭。

「難不成，妳是在想瑞王？」人群中有人起鬨，逗得大家哈哈大笑。

「還有一次機會，答不對就要喝酒哦！」沐婉兒給金陽使了個眼神。他會意，提起酒罈，嘩啦啦倒了一大碗。

胡萊這下子不敢亂接話了。

「妳在想不讓我進去。」唐柒文慢悠悠地道。

沐婉兒頓時瞪大了雙眼。

好半晌，人群中忽然有人驚呼。「妙啊！」

這話說得著實妙，若是唐狀元答對了，那瑞王妃便要讓他進去；若是他答錯了，那說明瑞王妃是想讓他進去的，所以還是要放他進去。

眾人不由得感慨，狀元就是狀元，腦子就是比他們好使。

眾人這麼想，沐婉兒自然也明白其中的陷阱，瞪了唐柒文一眼，她很是不甘願地讓堵路的姑娘讓開。

「進去接新娘子嘍！」胡萊高呼。

怕誤了吉時，沐婉兒她們不敢鬧得太歡，呂樂和金昭他們在後院堵路進行第三關，見沒什麼問題能難得住唐柒文，只嬉鬧了一番便放他進去。

「阿玖，我來娶妳了。」

唐柒文站在門外，背挺得老直，聲音溫柔，讓一旁的胡萊雞皮疙瘩直冒。

送葉小玖出門的喜娘是這條街上最受歡迎之人，因為她六福興旺，兒孫滿堂，是實實在在的全福之人。只要是尋常人家的女兒出嫁，幾乎都是請她來梳頭，送閨女出門，好讓閨女也成為全福之人。

喜娘是個熱情的，常來葉小玖的酒樓吃飯，二人也算是熟悉。聽門外的催促，喜娘便笑著幫葉小玖做出門前的最後一次梳頭，嘴裡還唸著一串祝賀詞。「一梳梳到頭，富貴不用愁；二梳梳到頭，無病又無憂；三梳梳到尾，永結同心佩，有頭又有尾，此生共富貴。」

沐婉兒在呂樂他們為難唐柒文的時候，便已經偷偷地溜了進來，看葉小玖已經上好了妝，便拿著蓋頭過來，和喜娘一人執一邊，一起給她蓋上。

蓋頭一蓋，葉小玖就只能看見自己的腳和蓋頭上晃動的流蘇，聽著喜娘似乎開了門，唐柒文一行人一擁而進，又聽喜娘給唐柒文吃了三個寓意富貴吉祥的餃子，嘴裡還念念叨叨。

然後，她便看見一人背對自己蹲在跟前，正是唐柒文。

她笑著爬到他背上。她沒有兄弟，自然只能由他揹。

唐柒文起身，揹她出門，在門外噼哩啪啦的鞭炮聲中，將她送進了花轎中。

「起轎！」

在喜娘的高聲吶喊中，唐柒文翻身上馬，一行人浩浩蕩蕩、敲鑼打鼓往唐府走去。圍觀之人便也跟著花轎，吵吵嚷嚷地往唐府走。

騎著馬在街頭走，唐柒文不是第一次，可相較於上次的騎馬遊街，這一次唐柒文更高興，從始至終臉上的笑容就沒有停過，讓街邊一眾瞧熱鬧的婦女都不禁臉紅。

對街的高樓上，容蓉看著唐柒文一身紅衣騎著高頭大馬，器宇軒昂，風度翩翩，而他身後的八抬大轎，裡面坐的，是他的新娘子。

只是可惜，新娘不是她。

趴在窗口，容蓉越看唐柒文的笑容越覺得刺眼。

明明葉小玖被神秘人帶走一夜未歸，偏偏雪貴妃站出來替她說話，而葉小玖那個賤人居然也不知羞恥，明知自己已是殘花敗柳，卻還是糾纏著人家，著實不要臉。

越看越氣，越看越是意難平，容蓉索性關上了窗戶，氣憤地喝了口茶才發現，她對桌的男子也看著底下的情景，手指捏得咯吱作響，而且臉部青筋浮起，十分猙獰。

這不是邵遠，邵侍郎嗎？

「怎麼，看著心愛之人嫁人，捨不得啊？」為了唐柒文，容蓉曾經專門了解過葉小玖這個人以及她的過往，所以也知道她曾經與邵遠算是青梅竹馬。

邵遠此時已然失了理智，他發現自己還是無法眼睜睜看著本屬於自己的女人高高興興嫁給別人為妻，要不是還有一點理智讓他不要衝動，他真的可能會衝下樓去搶親。

他死命地壓抑自己，可眼前這個看起來十分醜陋的女人居然敢嘲諷自己，他的怒氣頓時找到出口，將桌上的杯子朝她扔了過去，低吼道：「滾！」

迎親的隊伍敲敲打打地到了唐府，此時夜幕降臨，唐府內卻是燈火通明，高朋滿座。

門外有小孩子喊著。「新娘子到了，新娘子到了！」

聞聲，眾人紛紛出來觀禮。

新娘子下轎時，新郎官要踢轎門，但葉小玖曉得這是古代新郎給新娘的下馬威，就讓唐柒文給換了，要他改踢為敲。

新娘子下轎腳是不能沾地的，所以紅毯從唐府裡面的大廳一直延伸到了轎子前，在喜娘的攙扶下，葉小玖下轎，握著和唐柒文一人持一端的紅綢，跨過馬鞍和火盆，往大廳走去。

大廳裡此時是人聲鼎沸，唐母坐在高堂之上，一身暗紅的的衣裳襯得她越發年輕貴氣，見唐柒文牽著葉小玖進來，她笑得更加燦爛了。

在管家的高聲呼喊中，二人拜了天地，隨著他的一聲「送入洞房」，唐柒文牽著葉小玖離開。

新房的陳設都是按照葉小玖的喜好布置的，此時不過是把裡面原本月白和水墨色的帷幔都換成了大紅色的。

喜氣十足的喜被下，是寓意著早生貴子的花生、桂圓、紅棗，硌得葉小玖屁股疼，卻又讓她覺得歡喜。

此時唐柒文去前廳招呼客人，葉小玖的蓋頭也已經被揭開了，喜娘進來，幫她卸下妝髮，然後塞給了她一本書，囑咐了句「夫人且好生看著，等著老爺回來」便退出去。

書是古代標準的線裝本，封面就只有一張發黃捲邊的紙，有些陳舊，上面一個大字都沒有。

這大婚之日，還看什麼書啊？

葉小玖很是無聊地隨意翻了翻，然後就被裡面勁爆的內容給驚呆了。

居然是春宮圖?!

她迅速合上書，將書丟得老遠，胸口怦怦作響，就跟幹了壞事一樣。

在現代的時候不是沒有看過小黃片，而且和唐柒文也已經……可是在這向來講求言行舉止克己復禮的古代，忽然看見這露骨的圖像，她感覺太刺激了。

葉小玖撫著自己的胸口，愣怔地看著那本書。

半晌，她瞟了那書一眼。

有些東西就是有種魔力，越是抗拒，好奇心就越重，行動就越是控制不住。

最終，葉小玖還是重新撿起了那本書。

一家酒樓的酒席那是沒話說，尤其菜色還是葉小玖親自擬定的，賓客盡歡離去後，唐柒文已經稍稍有些上頭了，在小藝的攙扶下進了新房，他一眼就看見葉小玖趴在床上翻著一本書，兩隻腳赤裸著，一上一下地踢踏，看起來研究得很認真的樣子。

唐柒文也不覺得奇怪，只以為她是在看菜譜或者食療藥膳一類的書，覺得這丫頭對事業著實狂熱，大婚之夜都還在制訂她的女子美食、美容計劃。

關了門走上前去，他先走到桌前倒了杯茶一飲而盡，笑著瞥了她一眼，卻在看見她看的東西時愣了神。

葉小玖看小黃圖正看得津津有味，忽然感覺房中似乎多了一個人的氣息，一回眸，就看見唐柒文的目光在看她和看書之間來回移動。

四目相對，尷尬不已。

葉小玖瞬間如觸電般將那書丟開，掙扎著起身。「你、你聽我狡辯。」

唐柒文卻不理她，只是嘴角掛著笑，那臉也不知是喝醉了還是羞的，浮現出一抹很不正常的紅。

「喂，你、你幹麼啊？」葉小玖看見他修長的手指，一顆一顆地在解他婚服的釦子。

「幹麼？」唐柒文看著葉小玖，似是在想自己要幹麼，隨即微微一笑。「幹妳。」

幹妳？好老套的梗，葉小玖無力吐槽。

可還不等她反應過來，唐柒文已經脫下自己的喜服掛好，朝她這邊走來。「夫人既然學了那麼多新知，今晚就與為夫好好研究一番如何？」

不知是他喝醉了，還是因為已經與葉小玖成婚了，唐柒文一邊說著葷話，一邊往床邊走來。

「喂喂喂，還沒喝合卺酒呢！」葉小玖有些慌張地提醒。

「哦對！」唐柒文起身，搖搖晃晃地端了酒來。「敬夫人。」
看著葉小玖一飲而盡，唐柒文忽然又笑了，讓葉小玖一頭霧水。
「為夫記得夫人似乎喝不得酒，今日飲得如此豪爽，莫不是為了增加夫妻情趣？」
葉小玖倒抽了口氣。
這傢伙難道是喝了假酒，怎麼變得這麼騷包？還是說，得不到的永遠在騷動，得到了才能騷得動？

喜娘方才尿急上了趟茅房，結果回來就看見新房外面趴了一堆人，一問才知原來是新郎官回房了，這些人準備鬧洞房呢。
「喂，他們究竟說什麼？怎麼聽不見啊？」楚雲青的臉都要塞進門板了，卻只能隱約聽見裡面的人在說話，可詳細卻什麼也聽不清楚。
「不知道，我也聽不見。」韓奇道。
「嗯嗯，不知道說啥呢，嗡嗡的。」金陽、呂樂、小藝一眾男人趴在門上，左耳換右耳，右耳換左耳，卻還是聽不清，一個個著急得不行。而呂欣她們則是站在遠處，跟看猴似地看著他們以各種奇奇怪怪的姿勢偷聽。
沐婉兒著實受不了自己夫君這樣子，上前揪著他的耳朵把他往別院帶。
「哎哎哎，夫人、夫人，妳輕點，疼啊！」楚雲青哀號。

虎子就在前院多吃了兩口菜的工夫，等他回過神來，主子和一眾兄弟都已經跑沒影了。

「哎哎，你們幹啥呢？」虎子上前，將韓奇他們拉開。

「去去去，別擋著我們看熱鬧。」

見他們又往門上貼，虎子立刻擋在門前，張開雙臂，把門遮得嚴嚴實實的。

「主子說了，誰要是今日聽牆根打擾他，明日就罰體練。」虎子大聲道。

唐柒文的體練韓奇他們是體會過的，那一套下來，近乎半條命都沒了，聽虎子這麼一說，他們頓時跟蔫了的茄子一般。

「那是你們主子說的，我家姑娘可沒發話。」金陽他們一個個幸災樂禍地看著韓奇他們笑，又一次躍躍欲試地往門前湊。

「你們姑娘也說了，誰不聽話就罰顛大勺。」虎子氣鼓鼓地又補了一句。「一整天。」

金陽與韓奇他們相視一眼，又看了眼緊閉的大門前跟隻豚似地鼓著腮幫子的虎子，異口同聲說了句。「算他們狠！」

既然洞房鬧不成了，幾人便勾肩搭背地打算去前院繼續喝酒，韓奇走了兩步，忽然回過身來看虎子。「不對啊，這話主子怎麼只跟你說不跟我說呢？」

「可能主子看我比較乖吧！」虎子嘿嘿一笑。

在眾人懷疑和韓奇那你不說實話便打到你說實話的威脅目光中，虎子十分不願意地講了實話。「我想讓主子幫我討個媳婦，主子說若我辦好這件事，他就讓夫人幫我物色一個，嘿嘿！」

虎子說完，還撓了撓後腦勺。

金陽與韓奇臉都黑了。

臭不要臉，長這麼大都沒見過這樣臭不要臉的，去主子面前討媳婦，你怎麼不上天呢？

「你毛都沒長齊就想討媳婦？」韓奇怒吼。「我們到現在都還是老光棍一條呢！」

「我不是光棍。」金陽隨即澄清，一跳離他三步遠，然後指著不遠處的呂欣道：「我媳婦在那兒呢！」

韓奇一口氣頓時噎住。

靠，這日子沒法過了！

次日清晨，葉小玖早早起床去給唐母敬了婆婆茶，唐母看她眉間略有倦色，便笑著讓她和唐柒文再回去補個覺，左右近幾日都閒著。

唐母打什麼算盤，葉小玖能不知道嗎？就是想早抱孫子來著。

可葉小玖算著自己現在這副身子才堪堪十八歲，兒時生活條件差，身體發育並不算成熟，所以生孩子一事她能拖就拖，而且，她也不想這麼早生出個小怪獸來打擾她和唐柒文的兩人世界。

應和著唐母，四人一起吃了早飯，唐柒文便和葉小玖回了自己的院子。

因為唐柒文的婚假還有七天，所以這幾天裡，葉小玖除了上廁所，其他時間幾乎都與唐柒文膩歪在一起，看書作畫，或者彈首她新學的曲子給他聽。二人之間那氛圍，任誰看了都嫌膩。

第六十八章

快樂的時光總是短暫的，七天後，唐柒文便走馬上任，前往翰林院任職。

雖然修撰只是負責在翰林院修修國史，實錄、記載下皇帝言行，進講經史以及草擬有關典禮的文稿，可對於唐柒文一個新人來說也並不容易。

這是他人生中第一次穿著官袍出現在同僚面前，在這樣重要的日子，葉小玖也跟著他起了個大早，幫著他收拾。

他穿上這綠色、上有白底鷺鷥補子的官袍，戴上二梁冠，還挺像模像樣的，而且襯托得他有了一股不怒自威的氣勢，與平常溫文儒雅的樣子判若兩人。

看他這個樣子，葉小玖似乎明白，有些人抵抗不了制服誘惑的原因了。

「好了時間還早，妳再去睡會兒。」唐柒文整理好衣冠，在她的唇上親了親，揉了揉她如同雞窩般的頭髮，笑著出了門。

上朝氣氛嚴肅，而且在朝堂上的皇帝楚雲飛跟平日裡判若兩人，給人一種無形的威壓。

唐柒文按照官職站在後面，認真地聽著大臣與皇帝進行議論。

雖然上朝討論的事從來都不會是國家機密，可唐柒文還是從他們的一言一行中，聽出了不少有用但他卻不了解的信息。

如今的大鄴朝，遠不如表面上表現得那樣安寧祥和，狄族頻繁入侵汴州一帶，那裡戰火頻起，民不聊生；安王在雍南一帶蠢蠢欲動，似乎是有造反之心；而遼河一帶，也是匪患嚴重，百姓擔驚受怕。

一群人議論來、討論去，吵得皇帝頭疼，看他們也爭不出個結果，皇帝索性退朝，叫了幾個比較有想法的晚上到養心殿議事。

慢悠悠地從金鑾殿出來，唐柒文正尋思著兵部尚書出的主意，卻被邵遠擋住了去路。

「邵侍郎。」以唐柒文的官職，遇見邵遠是要禮拜的。

「唐修撰。」邵遠笑得溫和。「還未恭喜唐修撰抱得美人歸啊！」

「聽聞邵侍郎酒品好，是有名的鬥酒學士，那日有事不能親自前來參宴，還真是唐某的損失啊！」唐柒文這話說得頗假，可他臉上那幸福的笑和語氣中滿滿的炫耀，讓邵遠臉上的笑差一點掛不住。

「酒品好不過是別人抬舉罷了，倒不如唐大人，青年才俊，還娶得美嬌娘，著實令人羨慕。」不等唐柒文說話，他又惋惜道：「只是可惜啊，這美人雖好，卻是被人用過了。」

邵遠嗤笑。

「邵大人這話是什麼意思？」唐柒文手指捏得發白，要不是場合不對，他一定要把邵遠揍趴下，讓他的狗嘴再不能說出話。

「什麼意思？唐大人何必揣著明白裝糊塗呢？」邵遠往前走了一步。「說實話，小玖……啊不，現在是你夫人了，滋味還不錯。」

邵遠舔了舔下唇，眼中帶笑，看著很是下流猥瑣。

「你找死！」雖知葉小玖是清白的，可唐柒文還是忍不了邵遠如此羞辱她，舉起拳頭就要揍他，卻被趕到的楚雲青給拉住了。

「柒文，冷靜，冷靜！」楚雲青攔住他，看了一眼邵遠，便知這人定是嘴賤說了什麼。「邵侍郎若是不會說話，還是少說，免得哪天被人套麻袋揍了，又要拖病請假，平白丟朝廷的臉。」

楚雲青這話一箭雙雕，既提醒了邵遠讓他謹言慎行，又告訴唐柒文想揍他就把他套了麻袋，帶到沒人的地方好好出氣，此處是皇宮，言行舉止都要謹慎。

毆打朝廷命官是要吃牢飯的，唐柒文知道邵遠就是打這個主意所以刻意激怒他。

差點一時衝動，上了他的當！

整了整方才掙扎間弄縐的官袍，他笑了。

「邵大人還是別說笑了，畢竟你那方面不行的消息，已經傳遍整個上京城了，有些事情，你想得美，可不代表你行！況且……」他聲音拉得長長的。「阿玖是個什麼樣的人我清楚，你也心知肚明，在那種情況下為自保說的話，你就信了？想不到邵大人一把年紀了，還這麼天真。」

他嘲諷一笑，拍了拍邵遠的肩，同楚雲青一起離開。

唐柒文前面一句話說的聲音挺大，後一句卻是低聲說的，路過的官員都只聽到了邵遠不行那一段，紛紛議論著這幾日在上京城家喻戶曉的邵侍郎不舉的傳聞。

「喂，這事是不是你幹的？」楚雲青用胳膊撞了撞他。

「不是。」唐柒文搖頭。他只是從楚雲青那裡拿了藥，讓雲崢給了那人。他只知道藥起了作用，至於邵遠為何流連花街柳巷，第二日又怎會接連爆出他不舉，這他就不得而知了。

「真不是你？」楚雲青疑惑。

這事可是丟面子的大事，聽說那幾日，不少邵遠的政敵紛紛提著大補湯去安慰他，弄得他直接閉門謝客誰也不見。他原想著這事是唐柒文幹的。

兩人相視一眼，忽然心中有了答案。

在得知葉小玖當日其實是完璧，為了保住清白才不惜自毀名聲騙他，而自己不舉這事，很有可能是唐柒文宣揚出去，甚至就是他暗中下手的那一刻，邵遠又一次對他起了殺心。

唐柒文，我們走著瞧！

自那日與邵遠徹底攤牌之後，唐柒文便讓韓奇派人暗中跟著葉小玖保護她，深怕自己一個不留神，邵遠心有不甘再次對她動手。

好在這幾日戶部有事要忙，邵遠作為戶部侍郎，暫時沒有時間弄什麼么蛾子。

「什麼，你要去沂州？」葉小玖震驚，他的工作不是主要是修史嗎？怎麼還要去出差？

「最近修地方輿圖，沉州這一塊標注得亂七八糟的，皇上命我與兵部侍郎一同前往沉州勘探地形。」唐柒文解釋罷，摸了摸她的腦袋，接著又說：「這對我來說也是一次不錯的考驗，總不能讓我一直窩在翰林院修史吧？」

邵遠還對葉小玖虎視眈眈，他想做到與他勢均力敵，就要努力往上爬，這次去沉州或許會有危險，但對他來說也是個不錯的機會。

「哥，你去沉州，會不會有危險啊？」唐昔言問。

「沉州雖有前朝餘孽在那一帶橫行，但我們只是去勘察，不涉及到他們的利益是不會有危險的。」抿了一口茶，他緩緩道來。

葉小玖之前就覺得沉州這個地名熟悉，此時唐柒文這句前朝餘孽徹底點醒了她。

在原書中，邵遠不就是去沉州，然後因為保護與他同去的兵部尚書，被人刺傷差點掛了？難道說，劇情走向因為她的加入，把原本屬於邵遠這個男主的劇情，轉嫁到唐柒文這個男配身上了？

雖然邵遠最終沒事，還因為這件事加官進爵，從此平步青雲。可是，她著實不願看到唐柒文冒險，而且原本應該是兵部尚書前往，如今卻忽然換成了兵部侍郎，雖說是為了修史前去勘探，可誰知最終的結局會走向哪裡？

「不能不去嗎？」葉小玖不安地問。

「皇命不可違，我非去不可。」況且這一次他去沉州，明面上是勘探地形，但暗地裡，是皇上讓他前去跟進調查左相文霆章開私礦、打造兵器一事。

皇上之所以選他，一是因為他與楚雲青交好，與邵遠有仇，立場明確；二是他身上有些功夫，比其他手無縛雞之力的文臣更有優勢；三則是他是個新人，派他去不會太引人注目。

縱使葉小玖有再多不捨、再多不放心，唐柒文還是在第二日中午與兵部侍郎一同啟程了。

雖然已經反覆囑咐過唐柒文萬事小心，不可逞強，可自他走後，葉小玖還是很心慌。而且這幾日，城中的守衛與巡邏明顯增多了，似乎要有大事發生。

「妳不知道嗎？安王殿下將要入京，來給皇上賀壽了。」沐婉兒道。

安王是皇上同父異母的弟弟，成年後便被皇上發配去了雍南，做了個閒散王爺，守著自己的一方城池，只是聽說近幾年，安王招兵買馬，蠢蠢欲動，似乎有謀逆之心。

「阿玖，似乎這上京城要變天了。」最近楚雲青總是早出晚歸，而且總是愁眉不展，宮中守衛也一下子增加了不少，看樣子，似乎是在提前防禦安王。

畢竟安王已經快六年沒回京了，為何此次回京，偏偏選在了皇城大部分軍隊遠赴戰場的時候，這讓人不得不懷疑他目的不純。

聽她這一說，葉小玖頓時更慌了。

唐柒文去汃州一事，她還能根據書中情節做些預判，可這皇城風雨的事，書中可是一個字都沒提到啊！而且，既然已是這種時候了，皇上卻還是派人去汃州勘察，那是不是說明，他們……其實是帶著別的任務去的？

沐婉兒其實也是因為楚雲青的異常舉動讓自己心慌所以才來向葉小玖訴訴苦，卻不想她這一來把葉小玖弄得更加混亂了。

她的到來，究竟還改變了什麼？

本來，葉小玖是打算婚禮過後便將籌備許久的新酒樓開起來的，可現在局勢不穩，她又擔心唐柒文，根本就沒有心情去弄那個。

「嫂子，妳別擔心了，哥哥不會有事的。」唐昔言見葉小玖整日悶悶不樂、日漸消瘦所以安慰道。

「昔言，我想去汴州找妳哥。」時間已經過去快一個月了，她和唐柒文就只通了兩封信。

信中能說的內容有限，雖然唐柒文說一切都好，可她還是不放心。若說安王真的有謀反之心，邵遠現在應該也無暇顧及自己，她著實做不到在這裡摸不清、看不著地等著。

「嫂子，哥哥說了讓妳……」

不等唐昔言將話說完，管家忽然歡歡喜喜地小跑著進來，手中還拿著一封信。

「夫人，老爺來信了！」

葉小玖一把接過，直接拆開來看，唐柒文說他們的事情已經完成得差不多，這幾日就要啟程回來了。

看見回來兩個字，葉小玖忽然咧開嘴笑了。

「嫂子，哥哥到底說什麼了？」唐昔言給急壞了，搶過信來看，她歡呼道：「太好了，哥哥要回來了！我去告訴娘這個好消息。」

時隔一個月再見唐柒文，葉小玖終於明白什麼叫小別勝新婚，要不是現在門外一堆人，她定要跑過去好好抱抱他。

「唐大人就好好休息吧，剩下的事等後日再說。」兵部侍郎周大人為人忠厚老實，雖然唐柒文於他是晚輩，但他還是以禮相待。

「有勞周大人了！」唐柒文雙手合於胸前行了拜禮。

目送著周大人遠去，唐柒文才看向了和唐母她們一起站在門口的葉小玖。

張開雙臂看向她，唐柒文朝著她微微抬了抬下巴，葉小玖便直接撲進了他的懷裡。

抱著她轉了好幾圈，他才放她下來。

看她目光灼灼地盯著自己看，唐柒文挑了挑眉。「怎麼，不認識妳夫君了？」

葉小玖搖頭，眼中含淚。「瘦了，好像還黑了！」

「黑是真黑，瘦倒是沒有。」唐柒文替她擦眼淚。「倒是妳，怎麼一月不見，瘦得跟竹竿一樣？」

「哥你是不知道，嫂子自你走後，想你想得飯都吃不下，要不是你來信說要回來了，她都要去汴州找你了！」唐昔言衝上來告狀。

「什麼叫想他想的？我就是不想吃飯罷了！」葉小玖狡辯。

看她那無賴的樣子，唐柒文笑著捏了捏她的臉頰。「好，只是不想吃，現在我回來了，夫人總要給點面子多吃一點啊！」

牽著葉小玖走到門前，唐柒文看著一直望著自己的母親，笑著道：「娘，我回來了。」

「回來就好，回來就好啊！」唐母也很是激動，往日唐柒文出遠門總是去學堂，她不害怕他受欺負，可這次卻是有要務在身，會遇到什麼人還不一定，她著實怕他受委屈、遇危險。

還好他平安回來，雖然黑了，但也看著更健康了。

一行人都進了門，內廳裡，唐母和葉小玖早就已經準備好一大桌香噴噴的飯菜。

「先吃飯，有什麼事吃完慢慢說。」

飯桌上氛圍還不錯，唐柒文一邊吃，一邊給她們講自己在汴州時的奇遇，逗得唐母哈哈大笑。

吃過午飯，他抱著葉小玖小憩了一會兒，這一路上舟車勞頓，他確實是累壞了。

二人睡到了未時過才起床，吃了碗清甜涼滑的冰粉解暑，唐母又洗了水果來，幾人正吃著有說有笑，管家卻拿著一封信進來了。

「誰的信？」唐柒文問。

「是瑞王府送來的，估計是瑞王的。」管家將信拿給了唐柒文。

「發生什麼事了？」葉小玖見唐柒文看個信還皺眉，走過來問他。

「瑞王殿下約我明日醉仙樓一聚，有要事相商。」唐柒文將信攤給她看。

楚雲青約他不奇怪，畢竟明日是休沐之日，可怪就怪在，一個平日裡老往一家酒樓跑的人，這次居然會選醉仙樓這種地方，而且還是這種時候。

「難道這封信不是他寫的？」唐柒文能注意到的事，葉小玖亦然。「這信是誰送來的？」

管家道：「瞧著是個眼生的，但是拿著瑞王府的令牌。」

「是他的字跡。」唐柒文十分篤定道：「之前在書院時總幫他抄書，他的字跡我認識。」

「那他這是……」葉小玖不解。

究竟是什麼事，讓他捨近求遠，甚至連唐府都不能來，而是直接選了別的酒樓？

「或許是有重要的事。」從今日唐柒文一入城，就察覺到了城中微妙的氣息，或許楚雲青這次找他，是跟安王還有左相謀反一事有關。

「柒哥哥，我總覺得心裡不踏實。」葉小玖總覺得會有大事發生。

「沒事，只是去赴個約而已，難不成他還能吃了我不成？」唐柒文失笑搖頭，覺得是她多想了。

找他的是楚雲青，而且大白天在酒樓，人來人往的，就算真是有人圖謀不軌，也不敢在那種地方動手。

第六十九章

第二日清晨，唐柒文和葉小玖吃過了早飯，才帶著虎子等人去醉仙樓赴約。

醉仙樓所處位置算比較偏僻，但因具有濃厚的京城底蘊，在上京城一眾酒樓、食樓裡面算是歷史悠久的，讓它縱使遠離繁華地帶食客依舊絡繹不絕。

唐柒文到那兒的時候，他們才剛開門不久，尋了個雅間坐下，要了壺好茶，他邊喝茶邊等楚雲青過來。

後街是條小巷子，平日裡沒什麼人來往，醉仙樓的掌櫃想著若是二樓東面雅間裡的貴客開窗，看見這小巷子光禿禿的也掃興，便找了不少稀有的花卉樹木來栽種。

因此下面是柳綠花紅，彩蝶紛飛。唐柒文靠窗站著，看著下面的風景，心情舒暢很多。抿了口茶，他笑著正想坐回去，卻看見下面有一群男人抬著一個麻袋，賊兮兮地進了巷子的最裡面，見四下無人便解開了袋口。

袋子裡面是一個十六、七歲的小姑娘，雙眼緊閉，似乎是被打暈了。

幾人互相望了一眼，眼中的精光和看著女子那垂涎欲滴的眼神讓唐柒文微微皺了皺眉。

果不其然，那些人派了一個小嘍囉去巷口放哨，其他人嬉笑著，手十分不安分地在那女子的身上遊走，打算脫她的衣服。

「大哥，這娘兒們長得真俊，白白嫩嫩的！」其中一個男人說。

「這還用你說？這娘兒們我可是盯了好久的，今天總算把她搞到手了。」領頭的絡腮鬍粗聲粗氣，語氣中是毫不掩飾的自豪與驕傲。「都滾開，老子千辛萬苦抓來的，讓老子先開個葷。」

人渣！

絡腮鬍將其他人推開。那些小嘍囉笑著讓開，圍成一圈準備看老大辦事。

唐柒文看不下去了，一拳砸在窗檯上，準備下去營救，卻見一個白色身影從他眼前一閃而過。

「放開那個姑娘！」白衣男子一腳踢翻正在試圖解女子衣裳的絡腮鬍後，在他們前方負手而立。

「哪來的狗雜種？居然敢管大哥的事。」小嘍囉們站起身來叫囂。

「狗雜種？」男子冷笑，隨即轉過身來，俊美如玉的臉龐顯露在眾人面前。

「喲，原來還是個小白臉，就你也想英雄救美？」嘍囉們笑得前仰後合，絡腮鬍則是摸著下巴看著白衣男子。

男子長身玉立，立在巷子中央，看他們的眼神中盡是凌厲，一襲白衣、一把摺扇，襯得他氣質儒雅卻又高貴冷豔，生人勿近。

「不知公子何處人士，竟長得如此俊美。」絡腮鬍似是忘了方才被他踢倒在地的事，笑嘻嘻地上前來套近乎。

「滾！」男子冷冷開口，似是看他一眼都覺得噁心。

「嘿，敬酒不吃，想吃罰酒？兄弟們，給我上。」絡腮鬍生氣了。

絡腮鬍叫牛大，自小生活在上京城，是這一帶有名的惡霸，手下小嘍囉眾多，日日眾星捧月，而男子的這一個「滾」字，自然是惹得他不快。

小嘍囉們怪叫著一哄而上，拳頭一個個朝著男子的臉上揍去，男子後退一步躲過，一個下腰旋轉移到他們後邊，以扇為劍，敲得那些小嘍囉嗷嗷直叫。

「媽的，真沒用！」看手下四散，絡腮鬍咒罵一聲，握著拳頭，準備親自會會他。

那原本負責放哨的眼看著老大有危險，早就迅速地消失在巷口，不一會兒，他便帶著足足十五、六人，帶著傢伙氣勢洶洶的前來。

絡腮鬍此時已經被男子踩在了腳下，那領頭的似乎是這群人中的二把手，見狀眼睛都氣紅了。

「你個小雜種，居然敢欺負我們老大?!」說著便提著大刀向他砍去。

若說方才男子勇武，那是因為對方人少，又都是赤手空拳，現在雙拳難敵四手，更何況對方都拿著傢伙，不一會兒，他就落了下風。

幾個嘍囉用木棍將男子死死地困在裡面，而那絡腮鬍，已經起身撿了地上的刀朝他走去。

「你不是很能打嗎?來,打呀!」
絡腮鬍偏著頭,拿著刀在男子面前叫囂,一副小人得志的樣子,然後……他就被唐柒文一腳踹在了頭上。
「誰?!」絡腮鬍被踹了個踉蹌,手中的刀也掉在地上,這次徹底發飆了。
待看清唐柒文也著白衣,一副斯斯文文的樣子,立刻就斷定他與這白衣男子是一夥的。
「好啊居然還有同伴,兄弟們,給我打,往死裡打!」
眼看架著白衣男子的人有一半朝自己襲來,唐柒文撿起絡腮鬍掉在地上的刀,「喀嚓」一聲便砍下旁邊的一根竹子,接著又是兩下砍出兩根竹竿來。
再一看那刀,已經卷了刃。
真不經用,比他從前的砍柴刀還不如。
將破刀扔到竹林裡扔得遠遠的,唐柒文揚起一根竹竿給那男子。
「接著。」
男子避開那幾人的招式,旋轉幾圈接過,道了聲「多謝」,便將注意力放在了那幾人身上。有了趁手的武器,又有唐柒文在一旁相助,不一會兒,那些嘍囉便都躺在了地上,各自捂著身體部位哀號。
「滾!再讓我看見你們行凶作惡,欺壓鄉鄰,定要你們狗命。」
聞言,那些人嘴裡說著不會,屁滾尿流的瞬間跑沒影了。

見他們走遠，男子轉身去看那個姑娘，卻發現人早已不見了。

「她早就走了。」唐柒文道。在他下樓之前，那姑娘看男子被制住，便乘亂偷偷跑了。

「嘖，沒意思！」男子喟嘆一聲，轉身欲走，卻發現手臂不知何時被劃傷了，鮮血直流，他倒抽一口氣。「嘶……」

「我在上面訂了雅間，不如上去喝口茶，順便包紮一下？」唐柒文指了指二樓。

「如此，那便叨擾了！」

二人依舊從窗戶進去，唐柒文喚來小二，央他去醫館買一瓶上好的金創藥，再順便準備些乾淨的白布一同送來。

「公子可是哪裡受傷了？」此時並不是用飯時間，酒樓裡面人是極少的，他並未看見有人往他所在的雅間來啊？

小二看了唐柒文一眼，見他一切都好，好奇心驅使下，他又伸著脖子瞅了瞅雅間裡面，見到裡面的另一張臉，他瞬間睜大了雙眼。

「有什麼問題嗎？」唐柒文不解。

「沒有，沒有。」小二連說：「小的這就去。」

接過他手中的銀子，店小二急忙下樓，唐柒文關上房門，走到桌前倒了一杯茶遞給那白衣男子。

「在下唐柒文，不知閣下如何稱呼？」

「段謀容。」男子答，接著他瞧了唐柒文一眼，然後道：「想不到閣下看著文質彬彬，竟然有一副俠義心腸，當真令段某佩服。」

「閣下不也一樣？」唐柒文笑了。「路見不平、拔刀相助乃是我大鄴男兒當做之事。」

唐柒文這話讓段謀容的眼神暗了暗，他捏了捏手指正欲說話，那店小二居然已經拿了東西進來了。

「客官，這是您要的金創藥和白布。」店小二敲門，將東西小心謹慎地遞給唐柒文。

「怎地這般快？」唐柒文問。

最近的醫館離醉仙樓也有一段距離，小二下去都還沒半炷香的時間。

「哦，我們掌櫃知道客官有朋友受傷了，便讓小的先拿了他的來用。」

「原來如此，那多謝店家了。」

關了門將藥瓶放在桌上，唐柒文拿著一塊布巾用水浸濕，然後道：「你胳膊受傷不方便處理傷口，不如我來幫你吧！」

「有勞了！」似乎是因為失血過多，段謀容臉色越發慘白，連臉上的笑容，都給人一種強顏歡笑的感覺。

淡定地解開鈕子脫下外衣，段謀容才將手放到裡衣的帶子上，門外卻忽然響起混亂的腳步聲，聽著像是來了不少人。

一把將衣服拿起套在身上，段諶容轉身欲走，外面卻已經響起來人說話聲。
「把上面和下面給我圍起來，一隻蒼蠅都不許放過。」
這是……邵遠的聲音？
唐柒文還在疑惑。隨即，門便被強硬地踹開，來人果然是邵遠，而他身後還站著九門提督步驚鴻。
士兵們「呼啦啦」地進來，將整間雅室圍了個水洩不通。
「唐柒文，你身為朝廷命官居然私通屠龍會，意圖謀反，來人啊，給我拿下！」邵遠大聲道，眼中盡是得意。
而唐柒文則是一臉迷惑，似是不明白他的意思，不過看邵遠那樣子……難道，自己真的中計了？
「段諶容，你私立屠龍會意圖謀反，天理不容，我勸你速速束手就擒，否則，別怪我們不客氣！」
九門提督話音未落，一群士兵便已拔出長劍對著他。
段諶容不疾不徐地環顧四周，忽然冷笑。「就憑你們這些爛番薯、臭鳥蛋？」
忽然，一陣銀光閃過讓唐柒文覺得刺眼，接著他就看見段諶容不知從何處抽出一柄軟劍來。
軟劍寒芒閃爍，看著鋒利無比。

「給我上！」九門提督一揮手，那些士兵便奮勇往前，可他們的劍還未碰到段謀容的衣服，自己就被抹了脖子，躺在地上沒了氣息。

雅間空間狹窄，這麼多人長劍根本就施展不開。

看著一眾人倒地，血流成河，段謀容微微一笑道：「果然不堪一擊。」

其他士兵還想上前，卻在看見同伴那死狀後怯懦了。九門提督此時已氣炸了，見他殺了人還想走，忙上前阻止，但終是不敵，被他的軟劍穿過盔甲劃傷了胸口，鮮血直流。

「垃圾，小爺懶得陪你們玩。」他轉身欲走，卻又回身拿走了桌上的金創藥。「多謝救命之恩。」

他對唐柒文道。說完便從窗口飛身而下，傷了幾個守在樓下的侍衛後，瀟灑離去。

此時，九門提督已經被侍衛抬下去治傷了，邵遠看著唐柒文，揚起一抹奸計得逞的笑。

「唐柒文，你終究還是落在了我手上！來人，帶走。」

自唐柒文今早出門，葉小玖就一直覺得心神不寧，在打翻了一個茶碗後，她還是決定讓韓奇前去看看，若是出事了還能順便保護他。

唐府離醉仙樓挺遠的，韓奇騎馬趕到時，只看見唐柒文連同與他一起來的虎子他們都被九門提督的人帶走了。

快馬趕回唐府，韓奇立刻派人去查今日唐柒文在醉仙樓究竟發生了什麼事，順便悄悄地將此事告訴了葉小玖。

「那他現在人在哪裡？」葉小玖問。

「應該是在統領衙門。」現在連虎子他們也被帶走了，所以他並不知道主子到底是以什麼罪名被帶走的，便只能猜測。

「老爺被帶走之事要保密，無論是老夫人還是昔言，半點風聲都不能透露，否則唯你們是問。」

「柱子，備馬去統領衙門，慧心，妳去照顧老夫人，想法子讓她這幾日少出門。韓奇，你去查今日老爺在醉仙樓究竟發生了何事，要快！」

一眾人領命下去，葉小玖頓時覺得腿軟得不行，但此時唐柒文不在，她就是這個家的支柱，深吸一口氣，起身出門。

柱子快馬加鞭地駕著馬車到了統領衙門，結果葉小玖抵達後，卻被告知唐柒文根本就不在這裡，他被送去了大理寺。

「大理寺？」葉小玖不相信。

被大理寺帶走的人，一般都是需要審查的人，唐柒文只是去赴約，怎會到如此地步？

「妳不知道？唐修撰勾結屠龍會意圖謀反，被邵大人和提督大人當場抓住，現在正在大理寺等皇上提審呢！」

「邵大人，邵遠？」葉小玖問。

「嗯。」那衙役點頭。「就連把他送去大理寺，都是邵大人親自送的。」

衙役把知道的都說完，掂了掂手中的銀兩，笑嘻嘻地揣到懷中，又恢復了冷漠。

葉小玖再趕去了大理寺的監牢，可任憑她如何說好話、如何賄賂，大理寺的官差都不為所動，別說見唐柒文一面了，連他的一點消息都打聽不到。

無奈之下，葉小玖只能去瑞王府找楚雲青幫忙。

楚雲青今日一早便被皇帝叫回了宮，沐婉兒一個人吃了早飯，便和流雲、流月她們去花園閒逛。

「王妃您看，那邊的花開得真好看！」流雲笑著指向遠方那一簇簇奼紫嫣紅的花。

楚雲青知道沐婉兒喜歡花，便從宮裡花房搬了好些花回來。自開春以來，花園裡的花就競相吐豔，沐婉兒每日都要來這邊蹓躂一圈，既能消食又能讓心情好一點。

「王妃，不如我們叫唐夫人來王府賞花吧？」

唐夫人自然指的是葉小玖。

流雲發現近幾日王妃總是悶悶不樂的，似乎是有什麼心事，可她們終究是丫鬟，也沒辦法為主子排憂解難，所以她便想著請葉小玖前來，畢竟她哄沐婉兒還是很有一套的。

「不用了。」沐婉兒走累了，在一處涼亭邊歇了下來。「昨日聽子淵說唐柒文剛回來，我就不打擾她了。」

而且有些事情，也不方便說給她聽。

坐在長椅上，沐婉兒一手撐著腦袋，一手拿著一根長枝，百無聊賴地撥水玩，引得湖中的鯉魚競相游過來嬉戲。

「王妃，小廚房做了銀耳蓮子羹，您喝一點。」流月端著一個白瓷湯盅放到桌上，然後走到她身邊道：「您今日早飯用得少，好歹喝一點吧？」

葉姑娘說銀耳蓮子羹有養心安神之效，王妃這幾日人看上去總是懶懶的，卻又失眠多夢，想必喝這個正好。

今日天氣不錯，沐婉兒逛了這麼久也有些口渴，聞著那湯羹甜絲絲的味道，她破天荒地起身坐在了亭子裡的石凳上。

見她要喝，流月高興極了，連忙跑過去，舀出一小碗遞給她。

蓮子羹顏色清亮清香撲鼻，因為煮的時間恰到好處，稍稍有些黏稠滑潤。用勺子攪拌了下，沐婉兒舀了一勺入口，甘甜的味道立刻溢滿了整個口腔，蓮子的清香更是讓人在炎炎夏日感受到了一絲清涼。

這原本該是一道解暑養顏的聖品，可沐婉兒在入口後，便覺得一股甜膩直衝喉間，讓她覺得噁心。

她急忙側過頭，用手帕捂著嘴乾嘔了幾聲。

「王妃，您怎麼了？」流雲扶住她，很是擔心。

「無事。」沐婉兒搖搖頭。「可能是天太熱中了暑氣，所……」

沐婉兒話未說完，又是一陣乾嘔，看得出來她確實難受，眼中都有淚花在轉。

「王妃！」流雲嚇了一跳，讓流月趕緊去請大夫，自己則是攙著沐婉兒回了房間。

「程大夫，王妃到底怎麼了？」

見程大夫診完了脈，拿走沐婉兒手上的絲帕和墊腕的脈枕收入自己的藥箱中，流雲焦急地衝上來問。

「恭喜王妃，賀喜王妃！」程大夫後退一步俯身道。見沐婉兒疑惑地看他，他笑了笑。

「恭喜王妃，已經有一個月的身孕了。」

「當真？」沐婉兒驚喜地睜大了眼，嘴角不住上揚。

「王妃脈象往來流利，如珠走盤，應是懷孕有一個多月了。」

「太好了，王妃！」流雲高興地都快要跳起來了。「要不要派人將此事告訴王爺？」

「不了，等他回來我親自和他說。」沐婉兒看著自己依舊平坦的小腹，不由得伸手去撫了撫。

這裡面，住著她和子淵的孩子，是她和子淵的孩子，是他們愛情的結晶。

第七十章

見沐婉兒笑得燦爛，流雲也替她高興，流月則送程大夫出去。

「小姐、小姐，您在累不累？餓不餓？有沒有什麼想吃的？我去給您做！」流月還在興奮中，連好不容易改過來的稱呼都忘了，彷彿沐婉兒還待字閨中時。

「好了，我現在既不累也不餓，妳消停一會兒。」沐婉兒溫柔地說。

這丫頭自從送走了程大夫後就跟個陀螺一樣在她眼前轉來轉去，直晃得她頭暈。

流月失望地癟了癟嘴，然後又跪在沐婉兒腿邊，耳朵貼在她的小腹上。「小姐，這裡面真的有一個小寶寶嗎？」

流月只覺得神奇。她與流雲是和沐婉兒一同長大的，名義上是主僕，實則情同姊妹。因為夫人早亡，老爺又再未續弦，雖然府裡的老嬤嬤有時候會告訴她們一些關於懷孕方面的事情，但親眼所見還是第一遭。

沐婉兒正欲搭話，卻聽見一陣急促的腳步聲傳來，流月連忙起身，整了整衣服，安安靜靜地站在一旁。

「王妃。」阿忠行禮。

「何事如此慌慌張張的？」

「稟王妃，是葉飲膳求見。」
葉小玖與沐婉兒關係好，可該守的規矩還是要守，來王府也是要等人通傳才能進去。
「快請她進來！」對於葉小玖的到來，沐婉兒是十分疑惑的。
唐柒文昨日剛回來，那丫頭又是個重色輕友的，怎會捨得拋下夫君前來看她？
沐婉兒笑著迎了出去，結果在看清葉小玖那狀態的時候瞬間笑不出來了。
往日裡總是古靈精怪，笑靨如花的人兒，現在居然面容憔悴，蒼白無華，目光暗淡，看上去眼眶好像還是紅的，似乎是哭過了。
「玖兒，發生什麼事了？」沐婉兒一把扶住她，很是擔憂地問。
「柒哥哥被關進大理寺了，他們不讓我進去。瑞王殿下呢？能不能讓他想想辦法讓我見他一面。」葉小玖語氣中的祈求讓沐婉兒聽得心酸，她扶著葉小玖進屋，倒了杯熱茶給她。
「王爺今早就入宮了，看時辰馬上就回來了，妳先別急，究竟發生了什麼事？妳慢慢說。」
葉小玖此時哪裡能不急，只能選了重點告訴沐婉兒。
「妳的意思是，唐柒文是收到子淵的信，所以才去醉仙樓？」沐婉兒抓住了重點確認，見葉小玖點頭，她的臉色變了又變，然後對一旁候著的流雲道：「去王爺的書房取王爺的令牌來。」
「王妃，這……」流雲為難。王爺的令牌不比王府的令牌，若是王爺回來知道王妃私自動他的東西生氣，那……

「無事，妳取來就是。」若是楚雲青真生氣，那就衝她來好了。

「婉兒，謝謝妳！」葉小玖拿到令牌，喜極而泣。「等我見了柒哥哥，我一定會原物奉還。」

葉小玖拿著令牌走了，沐婉兒卻一屁股坐在了椅子上，心中一陣悲傷。

「王妃，您怎麼了？」莫不是在為葉飲膳的事發愁？

「流雲，我想靜一靜。」沐婉兒覺得自己此時心中很亂，亂到讓她想怒吼一聲。

她發現，自己一直以來懷疑的其實就是事實。她覺得她應該相信楚雲青，可從發生的種種事來看，她的枕邊人似乎有事瞞著她，而且這事，若是出了一點差錯，恐怕是要掉腦袋的。

楚雲青回來就看見流雲、流月守在門外。「王妃呢？」

「回王爺，王妃在屋裡。」流月道。

推開門進去，楚雲青就看見沐婉兒坐在椅子上，愁眉苦臉，一副苦大仇深的樣子。

「怎麼了，愁眉不展的，也不怕長皺紋。」他笑著道。

「我把你的令牌給玖兒了。」沐婉兒道。

聞言，楚雲青嘴角的笑僵了，倒茶的手頓了頓，隨即不鹹不淡地說了句。「哦。」

「你不問她要你的令牌所為何事？」沐婉兒深吸一口氣。「子淵，這件事，你是不是早就知情，抑或者說，這就是你的一個圈套？」

其實，昨日她有看見楚雲青讓人送信給唐柒文，原想著可能是楚雲青有什麼話要傳達給唐柒文，自己又沒時間，畢竟皇上早就宣他今日進宮陪安王。可聽葉小玖那麼說，她知道，事情或許並不是她想的那樣。

見他不說話，她又問：「為什麼？你們不是知己，不是好友嗎？」

沐婉兒怎麼也不願意相信他的默認。

「知己？朋友？不過是一廂情願的想法罷了，在人家眼裡，我不過就是個人家平步青雲的踏板。」楚雲青冷笑幾聲，看向沐婉兒，眼中滿是溫柔。「婉兒，這是我們男人之間的事，妳還是別管了。若是妳平日裡無事，就讓流雲她們陪妳去岳父家坐坐。」

楚雲青急著轉移話題的樣子讓沐婉兒心涼了一大截。「子淵，你告訴我，你現在，是不是和安王他們是一夥的？」

見他既不承認，也不否認，明顯就是默認了。

「這又是為什麼？皇兄待你那樣好，你知道，安王野心勃勃，欲取陛下而代之，你跟著他就是謀逆，是要殺頭的！」

沐婉兒以為楚雲青這次又要沈默，可他在聽完沐婉兒的質問後，卻忽然問她。「婉兒，妳當真覺得皇兄待我好嗎？妳當真不曾聽過外面的一絲傳言嗎？」

楚雲青這一番話問得沐婉兒啞口無言。京城關於楚雲青的傳聞不計其數，有說他花天酒地、有說他不學無術，可她聽得最多的，則是楚雲青變成現在這個樣子，乃是當今皇上有意為之。

皇上表面上是寵愛瑞王，但其實就是用縱容將他養成一個廢人，還說皇上之所以會答應瑞王娶商人之女，不是因為瑞王殿下堅持，而是因為沐婉兒背後沒有勢力，於瑞王無助，於皇帝無憂。

至於之前的阻撓，不過做做樣子罷了。

可沐婉兒知道，這些只是傳言，根本不可信。畢竟皇上可是把一半皇家暗衛的指揮權都給了楚雲青，怎麼能算是不信任他？

「可那終究只是傳聞，皇兄待你如何，你當真不知嗎？」沐婉兒淚流滿面。她不知道，她的愛人何時變成了這樣一個人，冷酷無情，六親不認。

「是，他是待我好！」楚雲青起身，走到沐婉兒面前，捧著她的臉道：「可是婉兒妳知道嗎？我的母妃，是死於太后之手，他之所以對我好，不過是替他母后贖罪罷了！」

楚雲青這話說得很是傷情，沐婉兒瞪大眼盯著他的臉，頓了頓，才溫聲勸道：「子淵，這事究竟是真是假還未可知，你千萬不要衝動行事，讓自己後悔。」

「不會有假，此事是五哥親自查出來的，而且他還找到了當年服侍母妃的嬤嬤，怎會有假？」楚雲青怒吼。

「若這只是安王為了策反你使的離間計呢？」

「夠了！」楚雲青發了怒，一把掐住了沐婉兒的脖子，將她按在了桌子上。「那狗皇帝到底給了妳多少好處？讓妳事事都向著他說話！」

沐婉兒掙扎著，顯然是受到了驚嚇，桌上的杯子落地，發出清脆的碎裂聲。

在外面守著的流雲、流月聽見聲音闖進來，就看見楚雲青眼睛赤紅地掐著沐婉兒的脖子。

「王爺！」

「王妃！」

二人的驚叫聲喚回了楚雲青的理智，看見沐婉兒那痛苦的樣子，他急忙放手。

「王妃！」流雲衝上來撫著沐婉兒的胸口，語帶哭腔地說：「王爺，您不應該這樣對王妃的，您知不知道，她已經……」

「流雲！」沐婉兒嬌喝一聲，打斷了她的話。

見沐婉兒朝著自己搖頭，流雲閉上了嘴。

楚雲青沒有什麼耐心去問她們主僕在打什麼啞謎，他氣憤地拂袖而出，然後道：「來人啊，王妃言行無狀，頂撞夫君，從即日起，禁足汀蘭院，沒有我的命令，誰都不許放她出來，否則家法伺候。」

楚雲青說完便出了院子，隨即一群侍衛便將汀蘭院圍了個嚴實，而大門，也被人從外面鎖上了。

沐婉兒哀戚道：「世人皆道皇室情愛多涼薄，如今看來，竟是真的。」

楚雲青出了汀蘭院，似乎心中還是氣憤難平，一個人坐在花園裡喝茶平復心情，雲洌卻忽然出現在他身邊，俯身在他耳邊低語了幾句。

「當真？」楚雲青問。

雲洌點頭。他怎麼也沒想到，文相那夥人，居然還與段謀容有勾結。

想當年段謀容在雍南一帶成立屠龍會，散播謠言，毀辱皇室名譽，甚至幾次三番煽動人心意圖起義。當初皇上下令圍剿，文相可是舉雙手贊成，那一番慷慨陳詞，說得一眾主和的文臣啞口無言，武將則是熱血沸騰。

想不到，僅僅五年時間，他就變成這樣，那個曾經最看不得謀反之人居然成了領頭謀逆之人。說起來，很是諷刺。

當然，這些都只是其他得知文相與安王勾結的人對文相的看法，也是文相精心營造出來的假象。真相如何，楚雲青和雲洌卻是一清二楚，文相早在郁北府擔任府令時就與臨近的狄族人勾結，利用其剷除異己，至於說後來他到上京城後多次的的慷慨肺腑之言，也不過是他為了穩住地位做的一番戲罷了。

既然雲洌能在此處現身，楚雲青便知道此地暫時安全，於是他也不裝了，冷笑一聲，隨即起身。

「既如此，那我便再去會會他們。」整了整衣服，他信步走出了涼亭，隨即回頭，對雲冽道：「保護好王妃，若是她出了什麼差錯，我唯你是問。」

唉……就是不知道他方才言語中的暗示那丫頭聽懂了沒，若是她沒懂，真的傷了心，那可怎麼辦？

而且可以想見，等這事塵埃落定後，自己怕是要在她手裡脫一層皮了。

笑著搖了搖頭，他騎馬去了邵府。

汀蘭院上了鎖，沐婉兒盯著緊閉的大門發呆，流月和流雲互看一眼，上前安慰道：「王妃，您別傷心了，小心肚子裡的孩子。」

「王爺肯定是氣壞了才會失了分寸，等過兩日想通便會解了您的禁足，您當心氣壞了身子。」

「生氣，我為什麼要生氣？」沐婉兒冷笑。

這麼大的事那傢伙居然瞞著她，若不是他曾經帶她去華安寺見過慎太嬪，也就是她的婆母，知道他說的那些話是假的，她差一點就被騙了。

摸了摸自己脖子，沐婉兒裝作不經意地向門外看去，隨即皺了皺眉。

那是不是說，她現在的一舉一動，是在別人的監視之下？

沐婉兒明白，門外的侍衛，其實是楚雲青用來保護她的，應當是直接安排過於扎眼，若是邵遠發現異常，說不定還會用她來威脅楚雲青，到時候不但楚雲青被動，她也危險。於是他便用了這種辦法，雖然很考驗演技，但至少達到了目的。

就這樣，楚雲青後來幾次三番去汀蘭院，都是以一場爭吵結束，沐婉兒的禁足想要解除也遙遙無期。

「啪！」清脆的打耳光聲音響起。

「沐婉兒，妳最好識相一點，否則我不介意將妳送回沐府。」

楚雲青怒氣衝衝地拂袖而出，房內的沐婉兒哭得傷心，不久，便是瓷器打砸的聲音傳出，清脆異常。

那可是前朝上好的青花瓷，有市無價啊！

楚雲青聽了只覺得心疼，腳下卻沒有半分停頓地出了院子。

不行，等這件事結束，他定要去岳父的庫房裡找些好的補回來。

思及此，楚雲青心情又好了，只有臉上還是臭臭的，佯裝生氣。

半晌，沐婉兒的號哭聲終於小了，流雲見狀，忙倒了杯茶遞給她。

「王妃，您沒事吧？」她低聲道，臉上全是擔憂。

沐婉兒搖了搖頭，演戲罷了，只是有些費嗓子。

她看向自己還隱隱發麻的掌心，方才為了演逼真一點，她打楚雲青的那一巴掌可是卯足了勁，此時他的小腿上應該有個巴掌印。

想著他去哪兒，都得帶著自己留下的印記，沐婉兒還隱隱有些小竊喜，只不過，這巴掌印是留不長久的。唉……早知道就再咬他一口了！

就這樣，兩人吵吵嚷嚷之下掩藏著甜蜜的過日子，順便迷惑門外監視的人。畢竟在他們聽來，瑞王與瑞王妃吵架是真的，見什物的碎片被清理出來，顯然砸東西是真的。至於打人，聽那狠勁想必也是真的。

回到當日，葉小玖拿了楚雲青的令牌趕去大理寺後，那衙役見是瑞王的私人令牌，臉色是變了又變，不知是不是因為沒想到葉小玖一個小小飲膳，居然能拿到瑞王的私人令牌。

即便邵侍郎打過招呼不許葉飲膳見唐修撰，可這瑞王私令如同親臨，他們又豈敢不從。

衙役帶著葉小玖七拐八拐才到了唐柒文的牢房。

唐柒文出門時穿的錦衣華服已經換成了灰撲撲的囚衣，此時正坐在一張鋪了些稻草的光床板上。

牢房裡盡是惡臭，讓葉小玖聞了想吐。

「柒哥哥！」

葉小玖隔著柵欄喊他，回身從袖裡掏出銀子來塞給牢頭。「煩勞牢頭行個方便，讓我與我家夫君說幾句話。」

牢頭拿到銀子後咬了咬，隨即看了她一眼。「罷了罷了，既然葉飲膳如此癡心癡情，我便做回好人。」

拿出一大串鑰匙來開了門，葉小玖急急忙忙地開門進去。

「煩請葉飲膳快些，別讓我不好做。」他說完，便掂著葉小玖給的那塊銀子走遠。

「玖兒。」唐柒文將葉小玖抱了個滿懷。「妳怎麼來了？」

葉小玖在他懷中泣不成聲，好半晌才抬起頭來。「到底發生了什麼事，為何好好地會說你勾結屠龍會？」

勾結屠龍會是什麼罪名葉小玖很清楚，若是一旦查明屬實，那唐柒文輕則流放，重則殺頭，家產沒收，家眷貶身為奴。

唐柒文向她細細地說了今日之事，葉小玖也聽出來了，這一切的一切其實都是一個圈套。

那女子乃是第一環，他們篤定唐柒文定會路見不平出手相助，而那段諶容則是第二環，營造危機假象吸引唐柒文下去幫忙，從而與他一同上樓。最後便是邵遠帶著人來，環環相扣，但凡唐柒文有一點不上鉤，他們的計劃都不會成功。

「妳是怎麼進來的？」唐柒文問。

以邵遠的個性，不會不吩咐衙役禁止葉小玖探視。

「是婉兒給了我瑞王的私令。」葉小玖將其拿給唐柒文看。

「私令？」唐柒文疑惑。楚雲青的私令他一直帶在身邊，生怕被人偷盜後拿著胡作非為，怎會忽然放在家裡？而且他現在已經可以篤定，今日之事，楚雲青肯定是裡面的策劃者之一。畢竟信裡字跡上的小細節，還是他親手教的，絕對出不了錯。

唐柒文不知道到底發生了什麼事讓他與邵遠他們狼狽為奸，也不知道楚雲青為何忽然會選擇與皇上兄弟反目，心底也不怎麼相信他會如此。

可這私令……莫不是楚雲青故意放在家裡的，為的就是讓葉小玖可以見他一面？可他這麼做的目的又是什麼？

唐柒文拿著私令在手中摩挲，玉珮上嵌了金做的虎頭，和代表身分的瑞字，這令牌唐柒文之前見過，確實與現在這塊無異。

「柒哥哥，你在想什麼？」葉小玖見他不說話，一把抓住了他握玉珮的手，剛巧，唐柒文的指甲居然在她突如其來的搖晃下磕到了金和玉銜接處的縫隙裡。

這是……

唐柒文又用指甲試了試，發現那原本該緊緊銜接的地方確實是有縫隙的，而且這虎頭裡面似乎是空的。連忙使巧力掰開虎頭，他在裡頭看見了一張小紙條。

「哎哎哎，時間到了！」牢頭拿著劍鞘敲著圍欄，動作粗魯，語氣很是不耐煩。

「牢頭可否再通融一下？」葉小玖祈求。

「我通融妳，誰通融我？快點快點！」牢頭說著還打了一個哈欠，明顯就是困了。

第七十一章

夜裡寒涼，葉小玖怕唐柒文冷著，來的時候還特意買了一件披風，將披風遞給他，唐柒文則將已經恢復原狀的令牌還給了她。

「放心吧，皇上是明君，會查明真相還我清白的。」唐柒文揉了揉她的頭髮，安慰著葉小玖。「妳在家裡乖乖等我，順便照護好娘和昔言，還有自己。」

「嗯。」葉小玖含淚點頭。

從唐柒文之前的那番話裡，她已經察覺到這事似乎楚雲青也參與了，至少那封信的確是他親自寫的。

看他費盡心思在私令裡藏東西，雖然不知是什麼，但至少可以說明，他這麼做是有苦衷的，抑或者說，這一切，都是皇上與他設的局。而她和唐柒文，只不過是這場局裡，用來穩住邵遠讓他對楚雲青放鬆警惕的一步棋罷了。

「快走，快走！」牢頭沒興趣看他二人親暱，扯著葉小玖的胳膊就要將她拉出去。

「柒哥哥！」葉小玖甩開牢頭的手，回身環住唐柒文的脖子，獻上了自己的紅唇。

唐柒文先是驚愣，隨即便環上她的腰，狠狠地回應著她。

二人在髒亂的牢房吻得難捨難分，似乎一分開便是永隔。

這牢頭雖是個糙漢子，可還是有時下人的矜持，臉皮比較薄，見二人如此深覺有礙觀瞻，於是便憤憤地轉過身去。

唐柒文見狀，立刻拍了拍葉小玖，她眼疾手快地接過他手中的紙條，瞅了一眼後又還給了他，兩個動作之間相差不過四秒。

半晌，二人唇舌分開，拉出了曖昧的銀絲。

唐柒文用手指撫了撫葉小玖紅腫的唇，隨即再次情不自禁地親了親。

出了牢房，葉小玖先是回了唐府。

她現在的首要任務，便是先回家告訴唐母這件事好讓她安心。既然楚雲青說一切盡在掌握之中，唐柒文也沒有性命之憂，那她得順著演戲，接下來的一步，便是趕去宮裡替唐柒文喊冤。

柱子駕著馬車到了唐府門口，葉小玖下了車，就看見邵遠站在門口。

「你來幹麼？」葉小玖一看見他，不禁想起那個晚上，她捏了捏拳，佯裝鎮定地問。

「去見唐柒文了？」邵遠看著葉小玖紅腫的唇，眼神暗了暗。

「是又怎樣？」葉小玖嗆聲。「邵遠，你就是個卑鄙小人。」

「卑鄙？」邵遠笑著往前走了兩步，舔了舔嘴唇。「小玖妳知道嗎？妳現在應該做的，該是求我，而不是激怒我，畢竟，妳夫君唐柒文的命，現在可是捏在我的手裡，妳說是吧？」

邵遠這話十分囂張，而且目中無人。

「呵，邵侍郎好大的官威啊！難道你不怕皇上嗎？」葉小玖譏諷。「還是說，邵大人現在已經不把皇上放在眼裡了？」

對於葉小玖的嘲諷與試探，邵遠並未說什麼，只是笑了笑，似乎是在嘲弄葉小玖拿皇上壓他的天真。

皇上現在自己都自顧不暇，哪有時間來搭理唐柒文？

現在皇上身邊站的，已經沒有幾個忠心之人了，就連瑞王，都加入了他們的陣營，皇上現在孤立無援，只要安王想動手，這天下易主是遲早的事。

「小玖，不如……我們來做筆交易吧？」他伸手去碰葉小玖的臉頰，卻被葉小玖給躲開了。看著自己落空的手笑了笑，他自顧自地說：「妳與唐柒文和離，和我在一起，我便放他一條生路。」

「邵大人還是一如既往地不要臉啊！」葉小玖還未搭話，楚雲青卻忽然拍著手從暗處出來。「趁火打劫，乘人之危的計，用得著實嫻熟。」

「你少在這裡假惺惺。」看見來人，邵遠只是皺了皺眉，反倒是葉小玖戲精上身，對楚雲青不假辭色。「令牌還你！」

她將令牌扔進他懷裡。

看她這樣子，似乎是已經知道他前頭做的事了，就是不知道唐兄有沒有找到這令牌裡的貓膩。可現在有邵遠在，他不好打開來看，便將令牌放回自己懷中。

「小玖妳不能怪我，畢竟人不為己，天誅地滅，我這麼做，也是有苦衷的，不過妳放心，唐兄的安危，我還是能保證的。」

「苦衷？」葉小玖冷笑。「什麼苦衷讓你與這樣的人狼狽為奸，什麼樣的苦衷讓你陷害柒哥哥，難不成你不想做，他們還能逼你？事情既然已經做了，就少在這裡裝好人！」

葉小玖說到氣頭上，一腳向著楚雲青踢過去，而這傢伙也不知道躲，居然硬生生扛了下來，險些讓她出戲。

眼角餘光瞥到邵遠時，她瞬間了然。在上京城的傳聞中，瑞王楚雲青就是一個不會武功，整日花天酒地，不學無術的紈袴子弟。

見他抱著腿嗷嗷叫，葉小玖眼角抽了抽，看向冷眼旁觀的邵遠。

「我告訴你，你的任何條件我都不會答應的，你趁早死了那條心。還有，別以為你拉攏了瑞王我就只能任你宰割，你作夢！還有你……」她指向楚雲青。「有些事情既然做了，希望你別後悔，還有，以後少來我眼前晃，否則，我見一次、打一次！」

葉小玖說完便直接回了府，邵遠看著府門一點一點關上，她的身影也漸漸消失，勾了勾唇。

既然妳不答應，那便等著守寡吧！

葉小玖走後，楚雲青又把邵遠罵了個狗血淋頭，畢竟之前邵遠只說讓他叫唐柒文出來，讓其吃點苦頭。誰知他居然陽奉陰違，找了段諶容來演了一場戲給九門提督看，直接誣陷唐柒文與屠龍會勾結意圖謀逆。

楚雲青會來質問他，邵遠早就料到了。畢竟他跟唐柒文之間並沒有仇，只是因為他因慎太嬪之死與皇上反目，而唐柒文雖與他交好，但明顯是一個忠君之人，不過這小矛盾，待天下易主時還能轉圜。

可他構陷唐柒文與屠龍會勾結，搞不好會造成唐柒文在這關頭被殺頭，所以他才會憤憤不平。

縱使知道他會生氣，可邵遠還是這麼做了，畢竟他們現在是一條繩子上的螞蚱，就算楚雲青知道事情真相後會氣他當面一套、背後一套，卻也無可奈何。反正事情已經發生了，他總不會自投羅網，跑去皇帝那裡告發他誣陷吧？

所以，讓楚雲青不痛不癢罵了幾句，他便悠哉悠哉地回了家。

葉小玖在家安撫了唐母和唐昔言後，便準備去宮裡，抬頭才發現天已經黑了，就算這時她趕過去，宮門也已經落鑰了。

唐母雖然擔心兒子但也心疼葉小玖，特地做了她愛吃的雞蛋麵，可她擔心邵遠今日負氣，背地裡下黑手傷害唐柒文，只是隨便吃兩口便放下了筷子。

不得不說邵遠這個時間選得是真好，一點都沒給葉小玖把唐柒文從牢裡撈出的機會。邊關戰事吃緊，狄族來勢洶洶，皇帝已經多次換將，派兵增援，可還是抵擋不了狄族鐵騎。虞城已然被侵占，所以現在皇帝每日都焦頭爛額地泡在養心殿裡，根本沒有時間去理葉小玖。同樣地，大理寺少卿狀告唐柒文的摺子，也被分在了不重要的那一疊摺子裡，擱在案上每日落灰。

所以縱然葉小玖去了皇宮，也根本見不到皇帝，更別說替唐柒文陳情了。

儘管葉小玖知道，這些都是皇帝和楚雲青騙邵遠的謀略，可唐柒文人不在跟前，她便無法完全放心，所以每日去皇宮，那是一半做戲，一半憂慮，忐忑不已。

楚雲青在那日回去後，就將唐柒文從大理寺牢房裡提了出來，送往了刑部大牢，而且還派了人專門守著，深怕邵遠背地裡下黑手。

「瑞王殿下這是何意，莫不是信不過邵某？」聽聞這個消息的時候，邵遠正跟楚雲青在一家十分偏僻的茶館喝茶。

「那是自然。」楚雲青把玩著手中的茶杯，笑著道：「你的陽奉陰違，我已經領教過了，自然要防患未然。畢竟再怎麼說，唐柒文也是我這寥寥數年中，唯一一個不是因為我的地位才對我假意奉承之人，現在殺了他，我還真捨不得。」

「想不到，瑞王殿下竟然還是個重情之人。」邵遠嗤笑，對自己好了許多年的親皇兄都不相信的人，居然會對一個認識不過一年的外人真情流露？還真是讓人不知道說什麼好。
「那是自然，他於我又沒有殺母之仇，再說，畜生相處久了都有情意，何況是人呢？你說是不是啊，邵侍郎。」
楚雲青眼中的譏諷讓邵遠捏了捏手指，他知道他指得是自己在中了進士以後便與原來的邵府，也就是他舅舅一家劃清界限之事，可當年之事錯綜複雜，若是他不早日明哲保身，說不定現在，他已經是亂葬崗上的一堆白骨了。
「瑞王殿下此話狹隘了，人是要有情意，可也要看那些人值不值。」他笑了。「也是，瑞王殿下一直生活於蜜糖之中，又何曾嘗試過毒藥的苦楚呢？」
「是嗎？」對於邵遠的裝慘，楚雲青毫無感覺。「那我不管，總之我想保的人，你休想動他，否則，就別怪我翻臉不認人。」
楚雲青這話很無賴，卻與他紈袴子弟的傳言毫無違和，隨即他起身欲出門，卻又突然轉身看向邵遠。「還有，把你安排監視我的人提早撤了，小爺不喜歡有人在屁股後面跟著，我王府裡的也一樣。」
將杯中的茶一飲而盡，他「砰」的一聲放在桌上，威脅之意甚濃。
看他離去，邵遠嘲弄地勾了勾嘴角。
以為將唐柒文納入自己的領域內就能確保萬無一失，可惜，殺人，永遠比護人容易。
「主子……」

「撤了吧！」羅宇話未盡，邵遠便擺擺手，很是無所謂地說。

反正再過五日便是皇帝的生辰，那日一過，無論瑞王是敵是友，就都不重要了。

楚雲青回府後，果然發現盯著府裡的那幾雙眼睛不見了，興高采烈地跑去見沐婉兒，結果還沒等他到汀蘭院，雲崢便前來尋他，說是皇帝召他入宮。

「唐柒文如何了？」皇帝坐在案前，手指捏著眉心，在他的前面，還疊著高高的幾沓奏摺，看得出來，最近的事弄得他很疲憊。

「一切如舊，但是為了防止邵遠下黑手，我把他送去刑部大牢了。」楚雲青百無聊賴地拿著案上一本彈劾唐柒文的奏摺翻看。

「你如此行事，邵遠可有懷疑你？這可是一場硬仗，若是出了差錯，你我兄弟二人必將死無全屍。」皇帝點了點頭後，又問。

「這跟我有什麼關係，就算出事，那也是你，我都已經是文相那邊的人了。」楚雲青調笑罷，看楚雲飛著實沒有心情開玩笑，他正色解釋。「我這一切都做得合情合理，與你反目，並不代表著我要和唐柒文絕交。」

有些事情物極必反，事情做太絕，前後差異太大，反倒會招人懷疑。不如像現在這樣，與唐柒文離心是真的，看不得唐柒文遭人毒手也是真的，如此一來，倒更是容易讓人相信。

「那倒也是。」楚雲飛點頭。「只是文相此人狡猾奸詐，你切勿露出一絲馬腳。」

這事楚雲青認同，最近他時常與文霆章那個老傢伙接觸，才發現那個老狐狸能混到現在這個位置，除了心狠手辣地排除異己，他自己本身還是有兩把刷子的。

「哦對了，你叫我來是何事？」楚雲青終於想到了正題。

「看看這個。」楚雲飛遞給他一份奏摺。

「這是？」翻開奏摺來看，頓時震驚地睜大了眼睛。

「如你所見，狄族贊普要進京了。」

狄族部落位於西北，民風豪放，族內之人各個馬術極好，驍勇善戰，這次和大鄴的戰爭，幾乎都是他們占上風。誰知昨日他居然接到奏摺，說是狄族求和，不但歸還已占城池，還要前來投誠，說以後願與大鄴為兄弟之交。

要知道，大鄴與狄族不和已經不是一天、兩天了，狄族在這種時候投誠，著實令人不得不多想。而暗衛去查探，得到的消息居然一切都如投誠書所言，狄族贊普裕達，居然真的親自押送投誠之禮前來了。

「裕達此人心機深沈，不可小覷，他忽然願意休戰投誠，甚至遠赴上京城，那就說明，他已經有了萬全的準備。」

而且他選擇的時間也很微妙，剛好是他生辰那日。

本來，他在如此戰亂時期舉辦三十歲的生辰宴就是謀劃請君入甕之計，可裕達忽然在這個時間投誠……

「可你不是說，狄族此次來的就只有裕達和兩支護送生辰之禮的護衛隊，寥寥幾十人能做什麼？」楚雲青疑惑。

「這正是讓人匪夷所思的地方。」楚雲飛回道。

越是如此，才越讓人覺得不安。文相的計劃他一清二楚，讓狄族引戰，把皇城大部分將士調離上京城，然後策反楚雲青，讓他在他生辰宴那日給他下毒，隨即以他無皇子為由，扶持安王掌控朝政。

這是文相意圖讓安王篡位的局，也是他想將文相一行人一網打盡的局，而且，他已經整整謀劃了三年了。可無論怎樣，他的計劃裡都沒有裕達這個人，所以裕達的到來不但打亂了他的計劃，讓文相一派如虎添翼，還讓他不得不防。

「皇兄，現在我們該怎麼辦？」坐以待斃，從來都不是他們的風格。

楚雲飛細細地說了自己的計劃，並且和楚雲青商量了如何應付文相他們，在說辭不被他們懷疑的情況下，還能從他們那裡套到消息。

兩人商量好對策，楚雲青回去便直接給文相寫了封信，質問他為何不信任自己，為何狄族要來一事半字都不與他透露，害他差點在皇上面前露了馬腳。

文霆章知道，現在皇帝手中已經握有不少他陷害忠良，勾結外敵的證據，不然他也不會狗急跳牆地謀反。現在安王雖然是他明面上的靠山，可其實狄族才是他真正的倚仗，雖然安王與狄族也有聯繫，但他知道無論是哪位君王，心中都容不下有二心的臣子，所以為防止他勾結狄族之事洩漏，傳到安王耳中破壞他的計劃，他只好親自約了楚雲青解釋。

至於最後狄族攻城成功後會如何處置安王，他也管不了了。

如今，皇帝設了局想把文相一派連根拔除，而文相則是設了局，想在安王事成之後殺安王，讓狄族之人或者自己取而代之。

但楚雲青這種「小白兔」，哪裡是文霆章這種老狐狸的對手？幾句話便被人家糊弄過去，還被套走了不少有用的消息，包括皇帝想要尋求救援的計劃，派誰去，什麼時候去，去哪裡都打聽得一清二楚。

而楚雲青對自己「不小心」洩漏了秘密卻毫不知情，見文霆章對狄族一事確實是不了解而不是瞞著他，才終於不再胡鬧。

文霆章其實對楚雲青的話是半信半疑的，可當他晚上派人截住了皇帝派去晏地尋求幫助的外使時，他才終於打消了疑慮，相信了楚雲青。

殺了外使後，文霆章讓自己的人喬裝打扮取而代之，騎馬趕往晏地，然後傳鷹書給皇帝，以此來迷惑皇帝使其放鬆警惕。

可文霆章不知道，當他殺死外使以及隨從拋屍荒野時，一道黑色的身影騎著馬，消失在去往晏地的路上。而他派去冒充的人，在第二日清晨，也被人發現在距上京城數里之外的樹林裡。

所謂螳螂捕蟬、黃雀在後，不過如此。

就在布局幾乎完成時，一個消息打了楚雲青一個措手不及。

葉小玖不見了，而關押在刑部大牢裡的唐柒文也出事了。

當唐昔言哭著前來找他的時候，他整個人都傻了。他怎麼也沒想到，邵遠在這個節骨眼上，不僅還有餘力對唐柒文下了死手，甚至直接劫走了葉小玖。

明日便是皇帝的三十歲生辰宴，而今日狄族贊普要攜禮進京，他這個做王爺的是怎麼都不能缺席的。

可若是出了差錯，自己到時候又該如何向唐柒文交代？

所有的暗衛都已經被他安排的妥妥當當，若是貿然讓他們離開各自的崗位，怕是會鬧出亂子。

「讓雲洌帶人去找吧！」沐婉兒開口。

雲洌是他安排保護她的暗衛，雖然他現在是文霆章那邊的人，未免那個老傢伙留後手用沐婉兒威脅他，讓沐婉兒受傷，可是現在……

楚雲青第一次體會到了什麼叫進退兩難。

「沒關係，從現在起我不出門，不會有事的。」沐婉兒的手拉著他冰涼的手。「邵遠現在已經瘋了，若是不早點找到玖兒，我怕她有危險。」

楚雲青看著她堅定的眼神，終是為自己的無能嘆了口氣，讓雲洌帶人去找葉小玖，又派了侍衛死守沐婉兒。

沐婉兒安撫好了唐昔言，讓楚雲青將她送回唐府後，又叫胡萊和文悅二人前去唐府暫住，為的就是讓唐母放心。

雲洌之前就已經翻過邵遠的所有宅子，所以這次算是輕車熟路，可他找遍所有有可能的地方，都未尋見邵遠的身影，而他也暗中聯繫了文潔，她也是完全不知情。

第七十二章

葉小玖怎麼都沒想到，邵遠居然會在這宮變一觸即發的時候，還有空將自己綁來這荒僻的村莊。

「邵遠，你究竟想幹麼？」被帶進房裡解了綁之後，葉小玖怒吼道。

邵遠穿著錦衣華服，坐在這樸實無華甚至有點寒酸的農舍裡，面對葉小玖的質問，他微微一笑，抿了口茶才道：「這茶不錯，坐下嚐嚐。」

「有話就說、有屁就放，我沒興趣和你喝什麼茶。」

「可是我有。」邵遠放下茶杯，朝門口守著的羅宇使了個眼色，後者會意，上前來直接將葉小玖按倒在凳子上，然後倒了杯茶，「砰」的一聲放到她面前後，又轉回門口守著。

葉小玖知道，這是邵遠在警告她別敬酒不吃吃罰酒。

可縱然如此，她依舊不願看見他那張令人作嘔的臉。

轉過頭去，葉小玖靜靜地盯著窗外光禿禿的院子。

而邵遠則是喝著茶，眼中帶笑地看著她精緻的側臉。

好半晌，他才開口。「妳知道嗎？這個地方，總會讓我忍不住想起我們以前，那時候雖日子過得苦，卻每天都過得很充實也很開心。

他長嘆一口氣，接著道：「小玖妳知道嗎？現在想來，那幾年竟然是我過得最輕鬆、最自在的幾年。」

葉小玖對邵遠這煽情憶往昔的行為絲毫無感，只是靜靜地坐在那裡，如同一個木偶一般，不發一語。

「難道妳就不想知道唐柒文的消息嗎？」

見自己說什麼葉小玖都一副不感興趣的樣子，邵遠只得換了話題，可看到葉小玖眼中焦急的樣子，毫無疑問的讓他眼神暗了暗，一抹妒意湧上心頭。

「看來，還是只有他能吸引妳的注意，哪怕只是他的名字。」邵遠苦笑。

「你到底想幹麼？」葉小玖已經忍無可忍。

邵遠上次給她留下的陰影還在，只要是和他共處一室，她還是會不由自主地手心冒汗，心尖打顫。若不是知道他已經不行了，她連現在的鎮定自若都裝不出來。

「也沒什麼。」邵遠很是不在意地說：「只是告訴妳，從現在開始，妳將會是我的禁臠。」

「你什麼意思？」邵遠的話讓葉小玖又怒又怕。什麼叫禁臠？

葉小玖的怒氣讓邵遠失笑，他起身，走到葉小玖面前緩緩道：「就是說，唐柒文，已經死了，從今往後，妳再也不用為了他守身如玉了。」

「你胡說！」葉小玖瞬間爆炸，站起身一把將他推到一邊，瞳孔緊縮的瞪著他。「邵遠你胡說！」
「嘖，果然是不信啊？」邵遠被葉小玖推了一個趔趄撞在牆上，非但沒有生氣，反而笑得更加肆意。「可惜這是真的。」
邵遠說著，手朝著自己的內衫裡掏去，隨即拿出一個荷包。「妳知道嗎？他到死都緊緊握著這個荷包，說裡面有你們的定情之物，可惜啊，僅僅三刀而已，他就軟得跟灘泥一樣。」
看見那個荷包，葉小玖的心就跟撕碎了一般，呼吸困難，眼淚更是不爭氣地流了下來。而邵遠的話，更是將她的心一寸一寸地凌遲。
這荷包，是她那日去大理寺看他的時候，從自己身上取下了給他的，就怕他在獄中被蚊蟲之類的東西叮咬。
可是現在……
葉小玖在邵遠得意的笑中，顫抖著接過了荷包，荷包上面的血漬似乎有些燙手，更有些誅心，她努力地睜著已被淚水模糊的眼睛，拆開了荷包，裡面除了草藥，還放著唐柒文寫給她的第一封情書。
只願君心似我心，定不負相思意。

「騙子。」

葉小玖看著紙條上那句甜蜜的情話，糯糯地出了聲。接著她怔怔地看著那荷包，半晌說不出第二句話來，那種窒息的感覺，抓著她的心一抽一抽的。

而她這個樣子，讓邵遠忽然有了快感，一種報復的快感。

唐柒文讓他這輩子做不成男人，那他就要了他的命，強占他的女人，說來說去，終究是他邵遠贏了。

約莫過了半炷香的時間，葉小玖忽然不顧身邊還站著邵遠，將荷包連同那封情書揣到了自己心口的位置，隨即她抬起頭來，笑意盈盈地看著邵遠。

「遠哥哥！」

邵遠一直凝視著葉小玖，這個笑燦爛溫情，使他頓時被吸引，一瞬間似乎回到了最初，鬼使神差地伸手去抹她眼角的淚痕。

「小玖。」

就在他張開懷抱的瞬間，葉小玖麻利地從頭上摘下唐柒文送她的那根簪子，用力地插在了邵遠的胸口，在他驚愕的眼神中，她惡狠狠地瞪著他。

「你去死吧，你去死吧！」

門外的羅宇聽見裡面的聲音異常，踹開門就看見邵遠倒在地上，而葉小玖舉著一把簪子準備刺第二下。

「主子！」

羅宇一腳踹在了葉小玖的胳膊上，簪子應聲落地，葉小玖也被他踹得倒在地上。抱起已然昏迷過去的邵遠，羅宇看了眼在地上傻笑的葉小玖，終是無奈地搖了搖頭。

以他之見，當直接把這女子殺了，可……他不敢揣測主子的心思。

「看好裡面的人，若是出了問題，唯你們是問！」說完，他駕著馬車將邵遠送回邵府。

一眾被留下來的小廝看著屋裡那個抱著個荷包時而哭、時而笑的瘋女人，眼神複雜，最終幾人商議決定，還是將她綁起來最安全，免得她想不開尋短見，到時他們可能都要因她陪葬。

羅宇駕著馬車並未第一時間回上京城，而是在就近的鎮子上找了個醫館給邵遠治傷。醫館的大夫見他抱著一個華服男子進來，當即就說自己治不了，生怕自己惹上什麼大人物。最後還是羅宇拿出劍來威脅他，他才哆哆嗦嗦地替邵遠治傷。

好在葉小玖那根簪子是木頭做的，所以並不鋒利，縱然她使足了力氣，邵遠也只是皮外傷，失血過多，並未傷到心肺等要害。

拿了大夫給的金創藥，羅宇並未和邵遠回上京城，而是直接在鎮上找了家客棧住下，準備明日清晨直接動身去皇宮赴宴。

雲冽在附近找不到葉小玖的蹤跡，楚雲青便讓他擴大搜索範圍，順便找人盯著邵遠之前養了外室的那處宅子，一有風吹草動就來告訴他。

「你是覺得邵遠不會直接回邵府，而是先去哪邊躲著？」沐婉兒看他近幾日確實辛苦，起身倒了杯茶遞給他，然後站在他身後幫他揉著他的額角。

楚雲青點頭。

明日便是皇帝的生辰，滿朝文武皆要出席，邵遠自然不例外。況且明日之事是他們盼望已久的，邵遠又怎會缺席？

隨即，他又想到今日和皇帝接見狄族贊普時的情形，誰能想到，那人竟然真的會在這種時候單槍匹馬地來上京城，而且為表誠意，他還帶來了一匹巨大的木馬作為禮物贈與皇帝，要知道，馬在狄族乃是聖物。

難不成，他真是來投誠的？是他們想多了？

「王爺，有鷹書！」就在楚雲青糾結的時候，管家抱著一隻巨大的鷹進來。

見楚雲青解下竹筒，管家連忙抱著鷹迴避，而楚雲青看著信中的內容，臉上盡是難以置信。

「不會吧……」

咕噥完，他便立刻起身帶著信去找皇帝，都忘了給沐婉兒打聲招呼。

晨曦徐徐拉開了生辰宴的帷幕，布了三年的局，成王敗寇在此一舉。

皇帝的生辰宴又叫萬壽節，往年都是舉國同慶的節日，今年卻因為戰亂原因取消了。

萬壽節的宴席分國宴和家宴，白日舉行的是國宴，是皇帝與幾位王公大臣一同取樂，晚上則是家宴，參宴者大都是後宮女眷、親王貝勒等皇室中人。

皇帝楚雲飛在皇后宮中與雪貴妃一同吃了早膳，又去養心殿批了會兒摺子，才到了設宴的乾清宮。

楚雲青自接了鷹書去了皇宮，回來後便親自與雲冽去找葉小玖，只可惜一夜無果。而且他直到今天早上才在宮門外看見了邵遠，更可恨的是那廝看見他非但沒有一點羞愧，反而笑著想迎上前來打招呼。

一晚上沒睡，楚雲青現在是焦躁異常，看見他的那張臉就覺得一陣惱火，他走上去，一把拎起了邵遠的領口。「邵遠，是不是你？是不是你做的？」

看他眼中腥紅，神情激動，邵遠知道他指得是唐柒文獄中遇刺喪生和葉小玖失蹤。看著楚雲青的手，邵遠努力忍住想要揚起的唇角，隨即抬頭，一臉無辜。「瑞王殿下在說什麼？臣聽不懂。」

「你還裝蒜？我問你，刑部大牢之事是不是你幹的？」

楚雲青沒說葉小玖，怕被人聽見敗壞她的名聲。

此時時間尚早，前來赴宴的人也零零散散的，一個個在轎子裡看見二人在一旁拉扯，紛紛放下簾子假裝沒看見，催促著轎伕匆匆地往裡面走。

「瑞王殿下誤會了，臣昨日一直待在府中，從未出過門，況且刑部大牢，也不是臣想進便能進的。」

邵遠一臉的問心無愧，反手去拉楚雲青揪著他領子的手。「不知發生了什麼大事讓瑞王如此不顧大局？不如說出來，看臣能不能為殿下分憂解難。」

「你……」楚雲青剛要再說話，安王楚雲辭騎著馬，身後跟著隨從姍姍而來。

「八弟，大庭廣眾下，你這樣子成何體統？」他拉著一張臉，似是很看不慣楚雲青這種做派。

「五哥，他那日明明答應過我，我寫信……」

「閉嘴！」楚雲辭呵斥。「有什麼事情宴後再說，毛毛躁躁像什麼樣子。鬆手，與我一同進宮，先去見皇兄。」

在他凌厲的眼神中，楚雲青不情不願地鬆了手，還咬牙切齒地幫邵遠理了理衣服，才跟著楚雲辭騎馬離去。

邵遠一直笑著，直到看不見他們的身影了才斂了笑，一手扶牆、一手捂著胸口，彎下身來喘著粗氣。

「主子，您怎麼樣？」羅宇上前來扶著他。

「無……無事！」胸口的劇痛讓他說話都不連貫，羅宇見他額頭上已出了冷汗，但好在今日他已在傷口處多包紮了幾圈，所以瑞王使了這麼大勁兒，血都沒有浸透那紫色朝袍。

「時間還早，我們是否要先找個地方休息一下？」

「不了。」邵遠搖頭。今日之事至關重要，不能出一絲一毫的差錯，更不允許他有一點怠慢。

看著這巍峨莊嚴的皇城，他擺了擺手，在羅宇耳邊低語了幾句。

「主子，這……」他震驚地睜大了眼睛。

瑞王殿下不是盟友嗎？為何要將瑞王妃給帶來？

「去吧！」情況緊急，邵遠也沒有時間做說明。「多帶點人，必須要將沐婉兒抓來。」

見羅宇離去，他才再次坐上轎子，進了宮。

宮宴是香玨一手操辦的，可裡面的菜品卻大多是葉小玖的主意，只是後來唐柒文出事，他見那丫頭整日心不在焉的，才讓她回家休息，由他來做宮宴最後的安排。

豪華精緻的大殿上，一排排桌子自上而下擺得整整齊齊，各位官員坐在自己相應的位置，相談甚歡。

楚雲青和楚雲辭坐在中首的左面，而他們對面，則是昨日才到京的狄族贊普裕達。

「這中原的酒雖沒我狄族的那般烈，倒也是清香可口別有一番滋味。」裕達看了眼楚雲青二人，隨即一飲而盡。

「此酒名為竹葉青，贊普若是喜歡，回去的時候，倒是可以多帶上幾罈。」楚雲辭笑道。

「哎！帶得再多也終有喝完的一刻，我個人還是比較喜歡將一切都據為己有，慢慢品，慢慢嚐。」

裕達這話說得頗有挑釁意味，楚雲辭卻假裝沒有聽出他的言外之意，而是笑著道：「贊普的意思，可是要竹葉青的釀造配方？沒問題，我大鄴地大物博，寶藏眾多，一個釀酒配方而已，根本不值一提。不過我怎麼記得狄族地處西北極寒之地，似乎種不出什麼好的穀物，就是怕到時候糟蹋了這好物。」

貪心不足蛇吞象聽過沒，還敢想要大鄴的江山？怎麼不撐死你。

楚雲辭曾與裕達打過交道，知道他是個極其自私貪心之人，這次讓他將皇城大多數將士引到邊關是他默許文相做的，可這並不代表，這最後一杯羹，會分給他。

楚雲青在一旁裝傻看二人唇槍舌劍，心中對裕達卻頗多鄙夷。要不是現在皇兄將主要任務都放在安內，他區區狄族又豈能如此囂張？定是連大鄴的邊地都踏不進，更別說拿下一座城了。

「皇上駕到！」內侍尖細卻又綿長的聲音傳來，隨即便看見皇帝一身黃袍在內侍的攙扶下進來。

「吾皇萬歲萬歲萬萬歲！」眾人齊齊拜下，然後在皇帝的示意下平身。

「眾位愛卿隨意點，就跟在自己家一樣。」皇帝喜氣洋洋地說道，隨即轉頭看向一旁的裕達。「贊普昨日剛到，一路舟車勞頓確實辛苦，若有不周之處，還望多多包涵。」

他指著楚雲辭道：「這是我五弟安王楚雲辭，是專程從雍南趕來給我過生辰的，昨日他去西山遊玩回來喝得酩酊大醉，故而沒去迎接贊普。」

「這是狄族的神話，裕達贊普。」

皇帝介紹完，二人相互施禮，假裝是第一次認識，還寒暄恭維了一番。

宴會正式開始，送菜的侍女穿梭在人群中，助興的歌舞也表演了起來。

歌舞是為了皇帝的生辰編排的，裡面有幾個舞姬長得十分嬌俏美麗，那腰肢一扭，眾人的魂都快被勾走了。

文相看著楚雲青盯著那紅衣女子流口水，連正事都給忘了，不由得眼神暗了暗，隨即看向右側後方柱子前立著的侍女，侍女會意，點了點頭後消失在側門。

一舞畢，那紅衣歌姬退場，朝在座之人拋了個媚眼，楚雲青假意受了她的吸引，急吼吼地便要出去，卻被皇帝給叫住了。

眾人都知道瑞王楚雲青是個花天酒地、不學無術的紈袴，本以為婚後他能老實些，誰知都是一時新鮮。這不？看見個美人，連自個兒皇兄的生辰宴都不顧了，非要追出去。

只有文相一行人明白，這不過是楚雲青的一場戲罷了，為的就是離皇帝近一點，讓他身上香囊的氣味引發皇帝體內的毒。

其實香囊裡的藥草楚雲青早已經換過了，而這件事皇帝也是一清二楚，所以此時他只須假裝頭暈眼花、四肢無力，最終趴在桌子上睡覺就好。

可如今他發覺，自己身上的力氣正在一點一點的消失，眼前也越發模糊。

他好像……真的中毒了……

楚雲青覺得自己皇兄的演技是著實好，將那種察覺到自己中毒後的恐懼與無力演得維妙維肖，可當他看見楚雲飛嘴角流下黑色的血的時候，他一下子慌了。

「小心！」

忽然，一聲驚叫吸引了他的注意力，他驚慌失措地回頭，就看見那原本在殿中央舞劍的舞姬忽然飛身衝向高臺，嘴裡還吼著。「狗皇帝去死吧！」

正當此時，文相居然徑直衝了上來，擋了這一劍，而楚雲辭更是一腳踢暈了舞姬，順勢扶住了站不穩的文相。

「砰」一聲，皇帝趴在了案上一動不動。

安王瞅了一眼，然後厲聲道：「楚雲青，你居然毒害皇上！」

「我沒有！」楚雲青看向不遠處的邵遠，露出了一個憤怒的眼神。

他知道，自己是被這些人當成了棋子，他們早知道自己是假意叛變，所以一邊配合自己演戲，一邊暗中謀劃。至少，刺殺一事，文相擋劍一事從不在計劃之中，而自己的香囊，恐怕也是今早進宮時安王偷偷換的。

此時下面已經炸開了鍋，皇帝身邊的太監見他暈過去，第一時間就去叫了御醫。

經御醫診斷，皇帝確實是中了毒，而這毒，正藏在楚雲青身上。

看著香囊被找出來，楚雲青百口莫辯。

「來人啊，守住前後偏門，有賊人意圖弒君，今日不查出來，一隻蒼蠅都不能放過。瑞王楚雲青毒害皇上，即刻押入宗人府，擇日問斬。」將文相交給侍女小心地扶到一旁，楚雲辭站在皇帝所在的位置，高聲道。

接著，一群拿著長矛的兵士立刻將大殿圍了個水洩不通。眾人這才發現，原本該聽皇上話的御林軍，居然一個個都對安王唯命是從。

「安王，你這是什麼意思？」其中有看不過眼的大臣怒斥道：「皇上此時生死未卜，你非但不讓御醫醫治，反而讓御林軍控住我們，這是何意？」

「就是，刺殺皇上之人已經抓到了，你像犯人一樣拘著我們是什麼道理？現在的當務之急，不應該是先醫治皇上嗎？」另一個大臣直接指出了他的目的。「莫不是，這一切都是你計劃好的，你想謀反？」

第七十三章

「呵。」楚雲辭冷笑，走到一旁的柱子邊，抽出上頭皇帝的御龍寶劍，手中使勁，劍上如帶了疾風，隔著老遠便一下插入了那人的心臟。

那人瞬間血濺三尺，倒地不起。

「怎麼，你們還有異議嗎？」他將劍從那人身上抽出來，指著眾人，一個個看了過去。此時殿上之人都是赤手空拳，而且方才楚雲辭的狠戾他們不是沒看見，所以此時除了邵遠他們這一派的人，其他人都噤若寒蟬，連目光都不敢與他對視。

楚雲青原本還在為自己誤傷了楚雲飛自責，可現在的情況卻不允許他有一絲的挫敗。他目光如炬地環視現場的醜惡嘴臉，隨即一聲口哨，那原本隱藏在暗處的護龍衛和其他御林軍蜂擁而出，片刻就將楚雲辭的人殺了個乾淨。

「五哥，收手吧，你輸了！」

護龍衛乃是楚雲飛這三年暗中培養出來的暗衛，為的就是今日。以他們的身手，說是以一敵十也毫不誇張。

「是嗎？」楚雲辭笑得溫和無害。「原來你和皇兄謀劃了這麼久，也才這麼點伎倆？」

他話音剛落，楚雲青就聽見門外傳來一陣刀槍劍戟的打鬥聲，隨即，他看見文睿穿著盔甲踏入大殿，而他身後，跟著的則是原本該鎮守邊關的威遠將軍周武玄。

「瑞王可料到會在這裡見到臣？」周武玄一臉小人得志的樣子看著楚雲青。「當年殿下在花樓當著那麼多人的面侮辱我，我就發誓，有生之年一定要親手取下你的首級，想不到這一天居然這麼快就來了。」

「你的臉皮可真厚。」楚雲青嗤笑。「當年的一點小事，你就記到現在。為自己的謀逆披上這樣一層外衣，顯得自己合情合理，真是當了妓子還要立牌坊啊！」

二人的口水戰眾人著實沒興趣聽，他們現在震驚的是，這件事，文相居然也有參與。所以說，他方才冒死擋劍不是因為忠君，而是為了拉開這場謀逆的序幕。

那是不是可以肯定，方才那個刺客其實就是他們安排的，而文相，其實根本沒有大礙？果然，見自己的兒子來了，文相立刻活蹦亂跳，一點兒都不見方才的虛弱與痛苦。

這時，那些皇帝派的人頓時懷疑瑞王下毒弒君，是不是也是被他們算計的。

「還有誰？」楚雲青的眼中蘊滿了傷痛和不可置信。「還有誰？與這二臣賊子是一夥的，站出來，叫本王看個清楚！」

這話一出，眾人皆面面相覷，原本與文相一夥的便站到了一側，而那些既不是皇帝一派，也不是文相一派保持中立的，則是思慮了又思慮，考量了又考量，最終選了位置。

有些人一如容景，覺得現在明顯皇帝處於下風，安王一家獨大，所以站在了安王那一派；還有些人一如楊仁，終是覺得自己身為朝臣，自是要效忠皇帝，豈能屈服在安王的淫威之下？所以便堅定不移地站在了皇帝這一派中。

「還有誰？」楚雲青再次大吼。

這次，沒有人再移動腳步。

「很好。」不等楚雲青說，安王率先開了口，然後三步併作兩步地走到皇帝身邊，用手指敲了敲桌子。「皇兄，該醒醒了！」

在文相錯愕，眾人驚愕的目光中，皇帝緩緩抬起頭，眸中一片清明，根本就不像中毒昏迷的樣子。

一直充當旁觀者的裕達勾了勾唇，表情並不是很驚訝。

「安王，你……」文霆章與邵遠怎麼也沒想到，自己和他謀劃了整整三年，最後關頭，安王居然會反水。

「很奇怪嗎？」楚雲辭攤手笑了笑。「我原本好好當個閒散王爺就好，是你們非要扶我上皇位來著，我原本只是玩玩而已，誰知你們還當真了！」

他那一副無所謂的嘴臉可把文霆章給氣壞了，合著是他們皇上不急、太監急了。

「再說了，當皇帝多累啊，我……」

「皇兄啊！」楚雲辭話還沒說完，就被回過神來知道皇帝沒事的楚雲青一嗓子給吼沒了，看著那廝幾乎要爬進皇帝懷中求抱抱、求撫摸了，他不由得皺了皺眉。

著實不想承認那是我弟，太丟人了！

「安王，你別高興得太早了！」自進殿便沒說過一句話的文睿忽然開口。「你是不是忘了，這皇宮裡，有我忠於左相府的兩萬士兵，拿下你們那些護龍衛和御林軍，絕對綽綽有餘。」

他笑著抽出了自己腰間的劍。「所以，你們兄弟孤立無援，到底有什麼可橫的？」

「誰說我們孤立無援？」皇帝反問。

「皇上莫不是還在等你派去晏地的外使搬來救兵？呵，別想了，我們早……」邵遠說著說著卻忽然噤了口，與文相對視，眼中盡是自己大意了。

若是當時楚雲青告訴他們的事，就是皇帝提前安排好的呢？

「想清楚了？」楚雲青笑得歡樂。「你們難道真的覺得小爺我傻，看不出你們那些套話的小伎倆？」

文霆章和邵遠心中盡是疑惑，皇帝到底派了誰前去？

要知道，能作為外使前去求救的人，必然是正三品的官員，還得是皇帝信得過的人，可朝中正三品以上的人除了自己之前殺的，一個都沒少啊！

可不等邵遠想清楚，文睿手下的副將便被人一腳踹到了殿上，隨即，一個著盔甲的男子立於正門外，那副銀色盔甲在他身上熠熠生輝，而他那張臉剛毅俊朗，眉宇之間盡是睿智。

他向前走了幾步，朝著皇帝行禮。「臣唐柒文救駕來遲，請皇上責罰。」

邵遠見來人是唐柒文的第一瞬間是錯愕。他怎麼都沒想到原本該在獄中慘死的人居然會起死回生，突然出現在大殿上，而且還是以如此高高在上的姿態。

可隨即，他便是惱怒。惱怒楚雲青從中作梗，擅自將唐柒文提去刑部大牢；惱怒皇帝任人唯親，居然將唐柒文這個與屠龍會有勾結的亂臣賊子任命為外使，偷偷送去晏地求助；可他最惱怒的，卻還是唐柒文還活著的這件事。

他為什麼還活著？為什麼沒有死在去晏地的路上？那死去的又是誰？

「愛卿一路辛苦了，快快請起。」皇帝道。

唐柒文站起來後，第一眼便是去看身後那眼睛恨不得將他盯出個洞來的邵遠。

「我沒死，你似乎很失望啊？」唐柒文嗤笑。

他無論如何也想不到，這邵遠已經恨他恨到這種程度，不但陷害他勾結屠龍會意圖謀反，還直接派人去刑部大牢殺他。

要不是皇帝有秘密任務安排給他，要不是楚雲青提前找了個和他身形差不多的死囚，答應了幫他照顧家裡，讓他戴著人皮面具偽裝，自己現在怕不是已經成了一縷冤魂。

邵遠冷笑一聲，盯著唐柒文的眼睛很是陰鷙。「你很得意啊？為了他們放下小玖一人在家。是，你是贏了，你是從此可以平步青雲，扶搖直上了，可是啊……」

他如同從地獄爬出來的惡鬼一般，在唐柒文耳邊道：「你這輩子都見不到小玖了！你看看，這就是你誓死要效忠的人，可到頭來，他們連你的女人都護不住。」

他指著楚雲青他們，笑得腸子都要打結了，隨即又冷靜下來，拍了拍唐柒文的肩膀道：「真是可悲至極啊！」

唐柒文以詢問的目光看向楚雲青，而後者那明顯躲避的承認，讓他的心肝顫了幾顫。

「是你將阿玖帶走了？」唐柒文這話雖是問句，但語氣中盡是肯定，他一拳將邵遠砸到在地，揪著他的領子怒吼。「說！你究竟將小玖帶到哪兒去了？」

可邵遠卻是躺在地上笑得囂張。「你這輩子都找不到了，你就等著遺憾終身吧！這是對你重權勢的懲罰，是對你的懲罰，哈哈哈哈哈！」

最後這兩句話，也不知邵遠是在嘲諷唐柒文，還是遺恨自己當年的所作所為。

唐柒文不斷毆打著邵遠，拳頭砸在肉上發出的聲音讓人聽得毛骨悚然，可邵遠就是一句話都不說葉小玖在哪兒，就在楚雲青打算勸他暫時收手別把人打死了，一道俏麗清脆的聲音忽然響起。「她在這兒！」

眾人尋聲望去，見來人是一身紅衣的左相之女文潔，而她身後跟著的，則是葉飲膳。

「阿玖！」看著葉小玖愣怔地看著他，唐柒文率先喊了聲。

葉小玖瞅著不遠處那熟悉的面孔，一身戎裝，活生生的站在那兒喚著她的名字，眼中的淚再次不由自主地溢了出來。

雖然昨夜那人將她救出來時，就告訴過她唐柒文沒死，可她一直半信半疑。畢竟那個荷包是真的，荷包上的血也是真的。後來即便文潔也告訴她唐柒文還活著，可她還是怕，怕最後只是一場夢，是他們為了安慰她編的謊。

直到現在看見唐柒文好好地站在她面前。

「柒哥哥！」她帶著哭腔跑進了他的懷中，隔著厚厚的冰冷盔甲試圖感受他的體溫和心跳。而唐柒文則是緊緊擁著她，下巴抵著她的額頭，不住地吻著她的髮絲。

兩人在這場合擁抱著實有些不合時宜，可他們卻都顧不了這麼多了。

文潔看了眼地上被唐柒文打得鼻青臉腫的邵遠，又看了看不遠處被壓制住的文霆章和文睿，露出了一抹嘲諷的笑。

接著，原本寂靜的大殿裡忽然響起了拍手鼓掌的聲音，只見裕達起身，拍著手道：「還真是一場好戲啊！」

他笑著，眼中盡是貪婪和對大鄴江山的志在必得。「既然你們表演完了，那接下來，就該輪到我了！」

他說完，從自己寬大的袖子裡掏出一個用獸骨做成的哨子，放在嘴上一吹。

怪異的聲音透過大殿飄向遠方。隨即，他便嘴角噙笑等著，即使有侍衛拿著劍指著他，將他包圍，他都沒有絲毫畏懼。

而文霆章和文睿，也是露出了得意的笑。

只要狄族的精甲兵一出，什麼晏地援兵？什麼護龍衛？全都不堪一擊。到時候，他定要將皇帝與他一派的人殺個片甲不留。

可他們等啊等，卻依舊沒等來想見的人。

裕達不由得伸著脖子向外面望去。

「贊普可是在等你的精甲兵？」皇帝呵呵一笑，故作抱歉道：「實在抱歉，我昨夜前去觀看贊普帶來的投誠禮以及我的生辰禮，結果聽見裡面有『窸窸窣窣』的聲音，我還以為是木馬裡面有老鼠，便派人在裡面點了熏香。雖然那裡面的老鼠挺大的，我聽著他們的聲音，怕是一個個都垂死求生，卻又無可奈何。」

他嘆了口氣，似是很遺憾。

「你……」一聽到自己的精甲兵已經全軍覆沒，而且還是以這種屈辱的方式，裕達頓時氣炸了，不知從那兒掏出來一把短匕首，一刀將拿劍指著他卻沒反應過來的侍衛抹了脖子，接著便朝著皇帝刺了過去。

「皇上小心！」唐柒文喊道。

皇帝功夫還不錯，至少在楚雲青之上，可裕達這會兒就跟瘋狗一般地亂砍，完全沒有章法可言，他赤手空拳，很難做到不受傷，在躲避防守間，他不小心被劃破了手臂。

「皇兄接著！」楚雲辭找準時機，將手中的御龍寶劍隔空扔給了皇帝。

有了寶劍，皇帝如虎添翼，劍法行雲流水，得心應手，兩三下便挑斷了裕達的手筋，讓他雙手動彈不得，最終被侍衛制住。

「你是怎麼知道的？你是怎麼知道的?!」

縱使刀已經架在了脖子上，裕達還是不甘心。他的精甲兵無論是在酷熱還是嚴寒中都能做到不動如山，不發出一點聲音，怎會這麼巧有人發出了聲音，又剛好被皇帝聽見？

「既然你如此迫切想知道原因，那我便告訴你。」皇帝將寶劍擦乾淨插回劍鞘。「其實這事，也是唐修撰，哦，如今當叫做唐詹事了。多虧他傳鷹書予我，我才能早加防備。」

「否則，現在這皇城已經是狄族的地方了，畢竟誰也想不到，那數丈高的木馬居然是空心的，裡面藏著狄族的鐵騎精甲兵。」

見裕達將目光投向了自己，唐柒文微微一笑。「其實這是阿玖曾告訴我的一個故事，而我也只是猜測罷了。」

他認真道。可這話聽在大鄴官員耳裡十分有可信度，畢竟葉飲膳向來是個神奇的人，有許多奇思妙想。

可裕達卻是一點都不信。

不過是託詞罷了，一個女人，能懂什麼家國大計？

「嗯？」窩在他懷中的葉小玖聽見唐柒文提她，吸了吸鼻子，懵懵懂懂地抬頭，軟糯的小奶音如同沾了糖粉的糯米糰子一般，聽得唐柒文呼吸一窒。

怎麼能這麼可愛？要不是有皇帝在要顧及君臣之禮，他一定要狠狠地吻她。

「無事。」他摸了摸葉小玖的頭髮。「誇妳呢！」

「哦。」葉小玖應聲，再次將腦袋埋在了他的懷裡。

眾人皆是心中一梗。

方才算妳哭累了沒回過神來，那現在這又算什麼？大庭廣眾，有辱斯文！那些老古板已經決定，等此事平息了，定要好好參上這二人一本。

無論事實究竟如何，裕達終是輸了，而且輸得徹底。

精甲兵乃是狄族的命脈，現在這命脈沒了，狄族，便只能任人宰割。

裕達，最終成了令狄族滅族的罪人。

邵遠方才被唐柒文一拳接著一拳直接打暈了，這會兒醒來，便看見裕達一副頹喪的樣子，而他的岳父和大舅子，也已經被別人制住了，他知道，一切都結束了。

絕望地將目光轉向門外，他突然看見羅宇一身傷地挾持沐婉兒朝著邊來。

「主子。」羅宇看他躺在地上，急急地喊了一句，似是在看他是否還活著。

他明白自家主子並非什麼好人，可主子待他有救命之恩，有知遇之恩，他不能讓主子死在這兒。

「羅、羅宇……」

見邵遠動了，他開心地笑了，隨即將手中的匕首又往沐婉兒脖子上靠近了幾分，威脅著一直圍著他的士兵。「滾開，否則我要了她的命。」

「婉兒！」看見這一幕，楚雲青心肝俱裂，一時沒了主意。

「羅宇你放開她，我給你做人質。」楚雲青雙手有些發抖，眼睛直直地盯著他手中的匕首，深怕他傷害到沐婉兒。

「瑞王殿下，你當我傻嗎？」羅宇微微一笑。

瑞王妃不會武功，還是個女的，怎麼都要比瑞王這個會武功還魁梧的男子要好挾持。

「你想做什麼？」皇帝厲聲問。

「放我主子離開。」羅宇言簡意賅地說。

「好，你先放開瑞王妃，我放你們離開。」唐柒文在一旁周旋。

「你讓我們先走，等到了安全的地方，我自會放了她。」他眼中滿是防備。防侍衛、防楚雲青，甚至是防大殿裡其他會武功的武將。

「快點，別過來！」看那些士兵又向前了幾步，羅宇再次被刺激到了。匕首冰涼地貼在了沐婉兒雪白的脖頸上，讓她瞬間一哆嗦。

「瑞王殿下怕是不知道吧？你的王妃已經懷孕了，你當真要看著她一屍兩命？」見他們猶豫，羅宇使出了殺手鐧。

「你說什麼?!」楚雲青震驚。

為何這事婉兒從來沒告訴過他？不過看她近幾日比較嗜睡，而且吃的也比往常多了，難道真的……

楚雲青歡喜地看向沐婉兒依舊平坦、什麼都看不出的小腹，可再看見那閃著寒光的匕首架在她脖子上，瞬間回了神。

「怎麼，瑞王殿下是不知道？還是不相信？」羅宇不斷移動著位置，避免讓他身後的邵遠暴露在眾人面前，以防他們找機會下手。

「皇兄！皇兄你放他們離開，我發誓，我發誓我會逮到他們的。」楚雲不斷青祈求著皇帝。

可皇帝卻是皺著眉，不發一語。

且不論放邵遠離開後還能不能找到，被一個侍衛威脅成功，傳出去，皇室顏面何存？

「皇兄……」楚雲青急得都要給他跪下來。

「快點，我已經沒有耐心了！」匕首鋒利，切金斷玉，羅宇只是手抖的瞬間，沐婉兒的脖子已經泛紅，隱隱似乎流出血來。

羅宇此時已經是窮途末路，滿心只想帶邵遠出去，被脅持著的沐婉兒突然崩潰大喊。

「雲青救我！」

楚雲青本來腦子跟漿糊似的，亂得不行，只想讓皇兄下令放邵遠離開，救下沐婉兒。可當他聽見沐婉兒對他的稱呼後，忽然清醒了。

怔怔地瞧著眼前著粉色襦裙的沐婉兒，他才發現，這人雖然被羅宇挾持了，可眼中卻沒有絲毫畏懼，反倒是促狹更多。他隨即勾唇一笑，在羅宇又一次的催促下，很是無所謂地說了句。

「那你隨便。」

第七十四章

一瞬間，不但大臣們驚呆了，就連楚雲辭都被驚到了。

隨即楚雲辭又瞅了一眼沐婉兒，見對方還朝自己眨了眨眼，瞬間黑了臉，狠狠地瞪了楚雲青一眼。

瞧瞧這說的是人話嗎？怎麼？你媳婦是媳婦，我媳婦就不是媳婦?!

他看向「沐婉兒」問道：「妳怎麼來了？」

假扮沐婉兒的黎沐見自己露餡了，無所謂地聳了聳肩。「呿！這麼快就被認出來了。」她看著楚雲辭，笑得開懷。「你都下山一個多月，我想你了，便找來了！」

誰知她剛去找沐婉兒，就遇上羅宇前去抓人，想著他應該現在也在宮裡，她便穿了一套沐婉兒的衣服，又稍稍化了妝，這樣一來與沐婉兒也有個八、九分像，所以她便直接被抓來了。

兩人之間的對話讓眾人再一次吃了一驚，看向楚雲青的眼神都帶上了同情，覺得他頭上綠油油的。

自己的媳婦居然和自己的哥哥有一腿，果真又是皇室的辛辣秘聞啊！

「我說了，我已經沒有耐心，放我們離開！」羅宇已經看出自己抓錯了人，不過看樣子這女人跟安王還是一有些交情的。

說不定，還能用。

「喂，你除了這句話就沒有別的能說了嗎？」黎沐斜眼瞅了他一眼。「翻來覆去就這一句，著實無趣。還有……」

她捏著他拿匕首的右手手腕往外一推一翻，然後一個過肩摔將他摔在地上，而那匕首則是飛出去幾公尺遠。

「你口水噴到我耳朵裡了。」一套動作行雲流水，一氣呵成，看得楚雲青目瞪口呆。

幸虧這不是他的婉兒，不然他以後的日子可就難過嘍！

「玖玖，好久不見啊？」黎沐拍了拍手，轉身看著唐柒文身邊的葉小玖笑逐顏開。

葉小玖自進了大殿就一直窩在唐柒文懷中，對身邊事一無所覺，所以她現在才發現，所謂的安王，可不是當時在涼淮縣救沐婉兒的那個藥王谷小神醫付辭嗎？

這樣一來，黎沐為什麼忽然出現在這裡，似乎也有了合理的解釋。

「好久不見。」葉小玖笑答。

一場烏龍，使邵遠想離開的心思徹底幻滅，文霆章見自己大勢已去，忙是又哭又嚎地求皇上開恩。

「皇上，老臣只是一時鬼迷心竅，才被裕達蠱惑，皇上饒命啊！」他的頭磕在地上砰砰直響。「還請皇上看在方才臣為您擋刀的分上，繞臣一命吧！皇上。」

文霆章抬頭，額頭已經磕破了，血流了滿臉與他的眼淚混在一起，瞧著倒是有些可憐。

文潔見皇帝久久不說話，以為他心軟了，當即跪倒在地。

「皇上，臣女有冤！」她一個頭磕到地上。「還請皇上做主。」

此時文相一派的人見自己已是日暮途窮，一個個如同霜打了的茄子一樣萎靡，這時見文潔要申冤，又有了精神，好似此時還能有轉機。

可他們怎麼都沒想到，文潔不是為文相申冤，而是為自己申冤，抑或者說，是為汴洲蕭氏喊冤。

文潔起先看見雲崢放在她桌上的種種證據的時候，其實並不相信，縱使裡面所有的東西都有理有據，甚至還有她爹文霆章的私印，她都以為是有人想要離間他們父女的感情。

可懷疑的種子一旦在心裡種下，必定會逐漸發芽，接著因事實長成參天大樹。

為了求證，她去左相府試探了她的母親，從她的表現可以看出，自己確實不是他們親生的。這也就解釋了對她看似事事順從，關懷備至的文相夫妻，實則將她當作一顆籠絡人心的棋子的原因。

後來，她也派人去郁北一帶打聽過，確實有蕭氏滅門慘案和蕭氏通敵賣國一說。

「皇上，當年兩北總督蕭毅一家慘遭滅門，而後又被誣陷與副將宋禮通敵賣國，這些實乃文相文霆章所為。是他買通血鳶樓殺手殺害蕭家一百二十八口人，後嫁禍於副將宋禮，而且他還勾搭宋禮的夫人，讓她作偽證……」

「妳胡說！」文潔話未說完，便被文相急急打斷，他跪著爬到皇帝腳下，戰戰兢兢地說：「皇上、皇上，當年之事乃是岳太師親自定案，確實是……」

「先聽她說完。」皇帝皺著眉後退了幾步，然後看向文潔。「妳接著說。」

「是。」文潔看了一眼怒瞪著她的文相，繼續道：「不僅如此，文相多年來為剷除異己，多次買凶殺人，嫁禍他人，與戶部侍郎邵遠一同殘害忠良，甚至勾結狄族，意圖謀反。」

「妳說了這麼多，可有證據？」皇帝嚴肅地問。

這顆埋藏許久的棋子，總算是起了作用。

文相所做的種種他都知道，可是一直苦於沒有直接證據，而且也是怕打草驚蛇，亂了他的大計，他便一直忍著沒讓暗衛去找。

文潔點頭，從袖中取出一疊紙來，恭敬地雙手呈上。

「這是臣女在他書房的暗格中發現的，裡面有他與狄族互通的書信還有之前與血鳶樓交易的紀錄。」

楚雲青接過來遞給了皇帝，皇帝一看，隨即大怒道：「文霆章，你還有什麼好說的？你還要說朕冤枉了你嗎？」

文相在看見文潔掏出那些東西的時候，就已經軟成了一灘泥，面對皇帝的質問，他更是說不出一句話來，反倒是文睿，看見文潔出賣父親的時候那是怒火中燒，也不知他是哪來的力氣，一把甩開了押著他的兩個侍衛，朝著文潔衝過去，就要掐她的脖子。

「妳個賤人！妳竟敢陷害父親?!」

一直在文潔身後跪著的文輝見狀，撿起地上的一把長劍，眼疾手快地將文潔拉到身後，直直地刺了上去。

「啊！」一聲慘叫過後，文睿左手握著他的右胳膊，血滴滴答答地流到地上，鮮紅一片。

耳邊的聲音何其悽慘，可文潔卻沒有任何感覺，她冷冷地看著他，開口道：「他是你父親，卻不是我父親，而是我的殺父仇人，想必讓我認賊作父這事，你也是清楚的吧？」

文睿比她大六歲，當時也有八歲了，想必記事了。

面對文潔這話，文睿沒有回答。

他不但知道，而且還知道來龍去脈，知道父親早就勾結了狄族，而且與當時的月氏國也有聯繫，知道是父親把蕭毅的所有計劃都傳書給了狄族，才有了蕭家軍差點全軍覆沒，郁北府差點失守的事。

而父親之所以這麼做，也是因為當年在郁北府時，蕭毅處處壓了他一頭，無論他做什麼，民眾只會說是蕭總督領導有方，根本看不見當時作為府令的文霆章的努力。

這些年來他與文潔不親，並不是因為有愧於她，而是恨她。他恨她的父親蕭毅，是蕭毅毀掉了原本的文霆章，害他的父親成了一個惡人，一個為達目的不擇手段的惡人！

最終，文潔以蕭家孤女「蕭靜文」的身分，請求皇帝徹查當年郁北府蕭氏一案，還蕭家以及宋家滿門忠烈一個清白。

蕭靜文交給皇帝的那些證據，是雲冽當初在血鳶樓找出來的，裡面詳細地記載了當時的郁北府令文霆章雇凶殺人又嫁禍於人的過程。

而裡面最可笑的，就是文霆章當時雇傭他們的錢，是從總督府借的，而當時的蕭夫人因為信任他，並未問他銀子的去向。

也就是說，文霆章是拿著蕭家的錢，雇凶殺了蕭家滿門。

何其可笑？

皇帝答應了蕭靜文的請求，派唐桀文徹查當年之事。

文霆章、文睿、邵遠三人通敵賣國，判斬立決。文家與邵家所有成年男子處死，婦孺流放燕山，財產充公。蕭靜文因協助查辦有功，又為受害者，免除了流放之刑，奪去一品夫人稱號，判其與邵遠和離。

至於其他涉及人員，該撤職查辦的撤職查辦，該貶官的貶官，而那些牆頭草，有前科的貶，沒前科的就敲打，以儆效尤。

「皇上，臣冤枉啊！」皇帝下了聖旨後，容景跪下來喊冤。

「冤？」皇帝笑了。「你倒是說說你哪裡冤？是你沒有貪贓枉法？還是你沒有收受賄賂？抑或者……是你沒有看著文霆章大勢已去，便又偷偷站到另一邊去？」

皇帝此話一落，在場之人，尤其是看不慣他平日做派的老臣紛紛發出了嘲笑的聲音。難道他真的以為當時皇帝暈倒了，所以就不知道他一開始選擇了文霆章嗎？更何況，皇上能準確地說出他所犯罪行，說明早就盯上他了，貶他為庶民已算好的了，還不知足，莫不是也想嚐嚐流放的滋味？

容景被嘲諷得滿臉通紅，只能摘去頂戴，脫去朝服，帶著一家老小，回老家種田。

在一場腥風血雨中，皇帝算是過完了三十歲的生辰，徹底肅清了朝堂亂黨，也乘機敲打了一些心懷不軌之人。

唐柒文擁著葉小玖出宮，就見唐府的馬車已經等在了宮外，聽車伕說是雲崢去唐府傳了話，報了平安，所以胡萊才安排了他來接人。

看著唐柒文他們離開，黎沐拉著楚雲辭去了沐府，而楚雲青則是騎著馬回了他的瑞王府。

沐婉兒最近懷孕了總是嗜睡，可今日情況特殊，她便一直撐著，直到雲崢來報過平安後，流雲才扶著她去小憩了一會兒。

「王爺還沒回來嗎？」她坐起身，打了一個秀氣的哈欠，然後下床，對著鏡子理了理自己凌亂的妝容。

「沒有。」流雲過來替她綰髮。

「可能是宮中有事耽擱了。」沐婉兒點頭，百無聊賴地看見桌子上放著之前鎖過汀蘭院大門的大鎖，微微一笑。

「流月，妳去小廚房拿擀麵杖來。」

「王妃要擀麵杖做什麼？是要給王爺做好吃的嗎？」流月問。

可就算是要做吃的，也應該去廚房做，而且，王妃現在懷著寶寶，有什麼事不能吩咐她們來做的？

「我自然有用，妳去拿來就是。」她賣著關子。

楚雲青快馬加鞭，心急如焚地回了瑞王府，一進汀蘭院就看見沐婉兒坐在廊下的躺椅上，手中還拿著根擀麵杖，在另一手的手掌裡敲來敲去，敲得他心裡發怵。

得了，該來的總是逃不過。

他十分躊躇地上前。

聽見腳步聲的沐婉兒睜開一隻眼瞅了瞅，然後坐正，看著他冷道：「回來啦？」

楚雲青很沒有底氣的「嗯」了一聲。

「事情都結束了？」沐婉兒又問。

他再次點頭，然後弱弱地問了一句。「能輕點嗎？」

「你說呢？你給我站那兒別動！」沐婉兒說著，起身提著擀麵杖朝他走來，楚雲青見狀，急忙躲避。

「夫人，妳聽我說啊！我那是有苦衷的。」楚雲青哀嚎，暗恨自己為啥沒接受五哥來府裡坐坐的要求。

「苦衷？有什麼苦衷你不能提早告訴我？非要以那種方式，啊？還敢讓我禁足，反了你了！」沐婉兒揪著他的衣服，擀麵杖一下一下地打在他身上，而楚雲青則是在她手下轉圈圈，明明能躲過去，卻偏偏不躲，慘叫是一聲一聲。

「還想休妻？說，你說想娶一房小的，是不是真心的？」

「哪能啊，我都是胡編亂造的，只是為了迷惑敵人，哎哎哎，夫人妳輕點啊！」

王妃的笑聲以及王爺的哀號聲讓一眾奴僕喜笑顏開，籠罩了瑞王府多日的陰霾，總算是徹底散開了。

流雲和流月端著補品出來，就看見沐婉兒追著楚雲青打，嚇得魂都要掉了。

「王妃您仔細些，小心傷著寶寶啊！」流雲立即將湯盅放在桌上，就要來扶沐婉兒。

楚雲青一聽這話，才想起來今日羅宇所說，忽然停下躲避，轉身看她，沐婉兒一個不防，直接衝到了他的懷裡。

他攬著她的腰，目光灼灼地看著她，直看得沐婉兒面紅耳赤，他才忽然咧開嘴傻笑。

「怎麼了？聽見自己要當爹了，高興傻了？」沐婉兒笑著推了他一把。

「夫人……」楚雲青幽幽地叫了她一聲。「妳掐我一下。」

沐婉兒看他這個傻樣子，無奈地搖了搖頭，然後拉著他的手放到了自己的小腹上，碎碎唸道：「寶寶啊！你以後可千萬不能學你爹，看著怪傻的……」

沐婉兒話還沒說完，便被楚雲青攔腰抱起，轉了好幾個圈。

「太好了，我要當爹了！我要當爹了！」

「王爺，您當心寶寶啊！」看著他們這危險的動作，流雲心肝都是顫的。

聞言，楚雲青才回過神來，忙把她放下，一臉焦急地噓寒問暖，那傻樣子讓沐婉兒哭笑不得。

看著楚雲青問沐婉兒難不難受，頭暈不暈，要不要去歇著，要不要吃東西，那關懷備至的樣子讓流雲和流月笑得開懷。

王爺就是這樣，平日裡大剌剌的，一遇上王妃的事，就是如此的謹小慎微，恨不得連心都扒出來給她，而王妃雖然喜歡逗王爺，但怎麼也都是為他好。

就像今日，說是找王爺算帳，卻拿了擀麵杖胡鬧，明顯就是為王爺驅趕晦氣呢！

唐母知道楚雲青和葉小玖都沒事，高興地做了一桌子好菜為他們祛邪壓晦。

飯間，唐柒文自是少不了感謝胡萊他們這幾日對唐母的照拂。

胡萊直說兄弟之間不言謝，讓他不必放在心上，還不禁瞄了眼唐昔言，在心底說：反正，他們遲早要成一家人。

幾人歡歡喜喜地吃了飯，胡萊和文悅告辭，而唐柒文則是坐在廳裡，與唐母閒話家常。

「你說你也是，有啥事也不跟阿玖說，讓她平白擔心了許久。」唐母指得是唐柒文作為外使出去搬救兵，卻未想辦法告訴葉小玖一聲。

但這事乃是朝廷機密，事關全局，唐柒文自是不能說。認真地聽著唐母數落完，他一邊點頭稱是，一邊附和著唐母，而那眼神，卻時不時地飄向一旁抿著嘴笑的葉小玖。

唐母知道他們小夫妻經歷劫難，自是有體己話要說，見唐柒文認錯態度良好，便讓他們早些去休息。

唐昔言扶著唐母去休息，唐柒文和葉小玖起身相送，誰知葉小玖一起身，眼前便一陣黑暗，隨即便天旋地轉地暈了過去。

「阿玖！」唐柒文眼疾手快地抱住她，看她雙眸緊閉，心中頓時慌了，一邊喚她，一邊讓管家去叫大夫。

可此時天已經黑了，管家在路上耽擱了些時間，等大夫趕到的時候，葉小玖已經醒了。

「恭喜大人，賀喜大人，尊夫人這是懷孕了，已經有一個多月了。」大夫笑呵呵地說。

「你說什麼？」唐柒文滿眼開心，不可置信地抓著大夫。「你說的可是真的？」

「老朽行醫多年，這點把握還是有的。」大夫似乎是見慣了這種場合，所以對於唐柒文的失態，他並不覺得驚訝。

「那她怎麼會昏倒了呢？」唐母問。

「哦，那是血虧體虛所致，只要好好調養，並無大礙。」

「阿玖妳聽見了嗎？我們有寶寶了！」管家送大夫出去，唐柒文激動得想抱她，卻又怕傷著孩子，便只能手足無措地坐在旁邊，焦急地看著葉小玖。

「真是個呆瓜！」葉小玖笑罵了一句，然後環住他的脖頸，窩進他懷裡。

「放心吧，抱一下不會怎麼樣的。」

「阿玖謝謝妳，謝謝妳！」唐柒文小心翼翼地抱著她，埋首在她的頸窩裡，低聲嘟囔著。

葉小玖感覺到了一陣濕意，她知道唐柒文哭了，是喜極而泣。

也是，這一個小生命，是他們愛情的結晶，生命的延續，是這天地間，他與她不可分割的聯繫。

聽見唐母和唐昔言關上門出去了，唐柒文抹了抹眼角的淚，忽然抬起頭來，看著葉小玖正色道：「阿玖，我有沒有和妳說過？我愛妳，比自己的性命都愛！」

葉小玖微微一笑，道：「說過。」

在唐柒文懷疑的眼神中，她微微支起身吻上了他的唇，眼角轉著名為幸福的淚花。「寶寶替你說了！哎，小女子還未恭喜唐大人，你要做爹啦！」

「那小生也要恭喜葉大人，要當娘了！」

「那我們互相恭喜恭喜啊～～」

兩人嬉戲調笑的聲音透過窗戶傳到了外面，此時月光皎潔，星稀雲散。

一陣清風把酒相送，一對璧人情意正濃。

番外

文霆章原籍是昌州府延平縣人，後來因中了進士，才被派到郁北府做了府令。當時他一個初出茅廬的新人，到一個自己不熟悉的地方上任自然是有諸多不便，但好在當時的兩北總督蕭毅看他少不更事，帶著妻兒背井離鄉十分不容易，便在政事上給了他諸多幫助。

郁北府地處大鄴東北方，是大鄴邊境，是朝廷極其重視的邊塞要地。蕭氏家族作為這一地區的守衛者，在此地已是頗有威信，再加上總督雖年紀輕輕，卻有鐵血手腕，足智多謀，在他鎮守的這幾年裡，郁北、臨北兩府再也沒有受到過月氏國的侵擾。

有蕭毅護著，眾人就是再看不得這做事唯唯諾諾的新府令，卻依舊要給他三分面子。好在文霆章也算爭氣，在蕭毅的引領下，用半年時間將郁北府的風土人情了解了透澈，又用半年時間讓自己成長，讓當初那一個個看不起他的人都刮目相看。

平靜了三年後，緩過神來的月氏國再次侵犯臨北，而且來勢洶洶，蕭毅臨危受命，便只能將剛出生的小女兒和自己的妻兒託付給文霆章照料，自己則毫無後顧之憂的去了戰場。

經過一年多的辛苦作戰，月氏終於兵敗退兵，並且寫下降書，答應永不侵犯大鄴邊境。

蕭毅原以為可以過幾天安穩日子，誰知不到一年，一個小部落——狄族迅速壯大又不安分了。

狄族人善馬好鬥，民風剽悍，與蕭家軍對上算是硬碰硬。

按說雙方第一次交手，應該屬於試探階段，可偏偏狄族不是，他們了解蕭毅和蕭家軍，就如同了解自己的左右手，無論蕭毅下達什麼樣的命令，他們都能提前預料，然後做好防備，巧妙化解。

而且由於時值冬日，大雪封山、封城，皇帝派的援軍遲遲到不了郁北。

在苦苦堅守了三個月後，蕭家軍落敗，郁北府差點失守，好在太師岳正南帶著援軍冒著嚴寒趕來，打得狄族一個措手不及。

狄族之事畢，太師岳正南欲班師回朝，蕭家卻忽然遭滿門屠殺，上到五十老嫗、下到三歲小童皆慘死，而家主蕭毅的屍體甚至是在糞桶裡找到的，一代英雄以這樣屈辱的方式隕落，不勝唏噓。

這場屠殺裡，唯一的倖存者，就是年僅兩歲的蕭靜文，被自己的母親塞到床下才逃過一劫。

此事震驚了郁北、臨北兩府，民眾紛紛請命，要求岳太師找到凶手，還總督府一百二十八口老小一個公道。

可奈何這次凶手著實謹慎，現場除了一個黑色面罩，什麼都沒留下，正當岳太師焦頭爛額的時候，文霆章卻忽然冒出來指認蕭毅身邊的副將宋禮買凶殺人，原因是他曾看見蕭毅和宋禮在事發之前有過激烈的爭吵。

雖然認為這個原因有些薄弱，可岳正南著實沒有頭緒，便只好下令去查了。

這不查不知道，一查嚇一跳，宋禮不但買凶殺人，而且還勾結外敵。搜查隊在他書房的暗格裡搜出了不少他與狄族、月氏國互相勾結的書信證據，而且更可怕的是，這些書信上還有蕭總督的私印，無不指出蕭毅才是那個主謀人。

搜出這個證據文霆章怎麼都不願意相信，極力表示相信蕭毅不是那樣的人，可證據就在眼前，是抵賴不得的。

岳正南震怒，連夜提審了宋禮。

宋禮自是不承認，無論在怎樣的酷刑下，他都堅持蕭毅沒有通敵賣國，自己也是冤枉的，還大罵文霆章忘恩負義，不是東西。

就在岳正南幾乎要相信他的時候，宋禮的妻子卻忽然跳出來，承認他在蕭毅的授意下通敵賣國，求岳太師看在他們是從犯的分上放他們一家老小一條生路。

當時這事鬧得沸沸揚揚，根本不是岳正南一人說了算的，而且通敵賣國乃是大罪，根本就沒有主犯、從犯一說。

最終，宋家宗親滿門抄斬，財產充公，蕭家人只剩一個兩歲的蕭靜文。岳正南在文霆章的苦苦哀求下網開一面，但要求文霆章為其改名換姓，終身不得提起她的身世。

而文霆章，也因為監察有功，被當時的皇帝下令調到了上京城。

郿北民眾沒想到，自己一直敬畏、敬佩之人居然是個賣國賊，氣憤得挖了蕭毅的墳，還把那塊為他家立的忠義牌坊砸了個稀巴爛。

最後，還是宋家的僕人，在事情稍稍平息之後，再次將蕭毅的屍首找了個不起眼的地方埋了。

一代忠烈，最終在郿北府銷聲匿跡。

唐柒文授命去查探當年實情，發現當年之事，全部都是文霆章因為嫉妒蕭毅位高權重，受人敬仰，所以一手策劃的。

他與狄族勾結，本是有意讓蕭毅死在戰場上，誰知他命大，竟然撐到了岳太師前來救援。後來他趁著岳太師還在郿北，便買凶殺人，嫁禍副將宋禮。至於為什麼是宋禮，則是因為宋禮發現了他意圖不軌，在警告了他之後，還特意去提醒了蕭毅。

未料，宋禮的夫人看上的只是宋禮的錢財，並無真情，又因為宋禮常年在外訓練，皮膚黝黑，與細皮嫩肉、儀表堂堂的文霆章一比自是沒得比，所以在文霆章的引誘下，那個女人失了身、做了偽證。可最終，她還是死了，文霆章不但沒有救她，而且還提前用藥毒啞了她。

唐柒文將真相稟明了皇帝，皇帝自然是要替郿北蕭氏和宋氏翻案洗刷冤屈。

所以他任命唐柒文為特使，去郿北為蕭氏一族修建祠堂，為蕭氏和宋氏正名，而蕭毅的屍骨，也由蕭靜文遷回蕭家祖墳。

「謝皇上隆恩。」蕭靜文和宋煜齊齊拜下。

這宋煜不是別人，正是蕭靜文身邊的那個黑衣男子文輝。他是那場宋氏宗親滿門抄斬中，被乳娘用自己的孩子給換下來的宋家遺孤，而後臥薪嚐膽潛入文家，只為守在蕭靜文身邊。

蕭靜文發現，這宋煜自從恢復身分不叫文輝之後，冷漠的模樣頓時變得油嘴滑舌，判若兩人。

皇上憐他宋氏一族枉死，為了補償他便在上京城給他尋了個給事中的閒職。他倒好，每日一下值，便跑來她的胭脂鋪找她。現在整個上京城傳得滿城風雨，宋給事中正在追求蕭靜文這個結過婚的女人。

「哎，妳到底有什麼打算？」一日葉小玖尋她出來喝茶，宋煜正好休沐便也跟來了，結果見二人來的是葉小玖新開的專接待女子的柒玖齋，只好去對面的茶樓選了個與她們對窗的位置。

「我也不知道。」蕭靜文搖頭。

邵遠磨掉了她對愛情、對婚姻的所有熱情，所以現在，她著實不敢再輕易嘗試了。

「拜託我的大小姐，我懷著孕的時候妳就說不知道，我都卸貨這麼久了，妳還告訴我不知道？」葉小玖無奈。

她這明顯就是一朝被蛇咬，十年怕井繩啊！

「哎，妳就這樣一直拒絕他，不怕他死心了，跟別的女子在一起？」

「在一起就在一起唄，我樂得清閒。」她端著茶碗，遮住了半邊臉。

「當真？」葉小玖看出了她的口是心非。「到那時候，他所有的柔情，便會對著其他女子展現。下雨打傘，天涼添衣，每日噓寒問暖，呵護備至，妳也不生氣？」

這一次，蕭靜文沒有再點頭。因為一想到這些，她居然有了一種微微窒息的感覺，讓她覺得難受，那句不在乎、不生氣是怎麼都說不出口。

「勇敢一點，嗯？」葉小玖拍了拍她的肩膀。「總得有個新的開始不是？」

蕭靜文終是滿懷心事地回了家，她實在不知道自己究竟要怎麼辦。

答應吧，她怕；不答應吧，她又捨不得放他離開。

第一次，她覺得自己是個徹徹底底的壞女人。

第二日胭脂鋪開門，蕭靜文又毫無疑問地看見宋煜老早就站在門外。

她昨夜想了一晚上，還是覺得他未來可期，自己一個結過婚的女子，著實與他不合適。

她走上前去剛要叫他，卻見一穿綠色衫子的女子纏著他，說要他幫她挑選口脂，而且那女子就跟沒骨頭似地一個勁兒往他身上蹭，他都明顯退了一步了，她還是跟著。

「姑娘，大庭廣眾的，可否矜持一點？」她走上前道。

「矜持？」那女子上下打量了她一眼，譏諷道：「我和他怎樣，關妳一個大娘何事？」

「喲，沒看出來小姑娘年級輕輕就眼瞎了，我認識醫術不錯的大夫，想必能治妳的瞎病，要不要我推薦給妳？」蕭靜文感覺自己被冒犯，冷著臉說。

「呵，大夫就不用了，本姑娘眼睛好著呢！倒是妳，我好好在這裡看我的東西，妳跑上來指責我不夠矜持，那妳倒是說說，我那裡不夠矜持？」女子嗆聲。

「光天化日，朗朗乾坤，與男子舉止親密，難道算矜持嗎？」蕭靜文說著，還瞪了宋煜一眼。

後者見狀，面上雖不顯，卻心中一喜。看來葉飲膳的辦法奏效了！

「我與他如何，與妳何干？狗拿耗子，多管閒事！」女子說著便又向宋煜靠過去，還欲伸手摸他的臉，一看就不是正經人家的女子。

蕭靜文一把將宋煜拉到自己身邊，開口道：「他是我夫君，妳說關不關我的事？」

此時鋪子裡人多，聽了這話紛紛轉過頭來看他們。

這宋給事中，終於把蕭小姐這塊石頭給捂熱了？

那女子聞言也是傻眼了，她看了宋煜一眼，見他點頭，羞恥得立刻放下手中的口脂跑了出去。

見宋煜還看著那女子離去的身影，蕭靜文頓時氣不打一處來。

「你跟我上來。」

跟著她上去，宋煜隨即換了一副面孔，咧著嘴道：「靜文，妳方才是不是說真的啊？」

不等她說話，他又接著道：「妳都毀了我的名聲了，以後也沒有女子肯嫁我了，反正我不管，我這輩子是賴定妳，妳逃也逃不掉了！」

說著，他還將她攬進了懷中，似乎是在宣誓主權，也似是在撒嬌。

良久，他懷中的人才吐出一句。「是真的。」

他一愣，隨即將人摟得更緊了，笑得像個傻子。「當真？」

感覺到她點頭，他開心地笑出了聲，然後抱起蕭靜文轉了好幾個圈。「太好了，真是太好了！阿靜，真是太好了！」

「你叫我什麼？」蕭靜文問。從小到大，還沒人叫過她這麼親暱的稱呼呢。

「阿靜啊！」他認真道：「妳小時候我就是這麼叫妳的，不過妳那時歲數小，應當是不記得了。哎，妳小時候黑黑醜醜的，蕭伯伯還說要把妳許配給我做媳婦，可把我嚇壞了！」

「你說什麼?!」蕭靜文回過神來，揪著他的耳朵道：「你再說一遍！」

世人皆道，青梅竹馬最終還是輸給了門當戶對。還好，他們是青梅竹馬，也是門當戶對。更重要的是，他不在乎她是否結過婚，這輩子是否還能夠懷孕生子。他只是認定了她，便一直是她，從幼年到現在，從未變過。

——全書完

2021年4月出版

文創風 945~946

落難千金翻身記

若有人問，安隆街上誰賣的豆花最好吃？
幾乎人人都會說：「那個邊唱曲邊賣豆花的小姑娘呀！」
不是陶如意在說，她賣的豆花好吃，
全都多虧當初她死裡逃生，收留她的丫鬟一家的手藝，
但人家只是普通農戶，她不能白吃白住，
既不會砍柴種田，當然得拿出她擅長的本事幫一把啦！

市井中的浪漫，舌尖上的幸福／溪拂

陶如意貴為官家千金，又名為「如意」，
照理說該大富大貴，可她的人生一點都不如她意！
父親一代良將，卻被奸人誣衊下獄，害她家破人亡，
未婚夫在此時伸出援手，她以為終於雨過天晴，
誰知竟是上演渣男與閨密聯手置她於死地的老戲碼。
她在瀕死之際僥倖被人救活，那人還留了一筆銀子給她，
雖然她沒看清那人的模樣，但這份感激她不會忘！
逃過一劫後，她一邊賣豆花，一邊伺機要救出尚在獄中的父母，
沒想到豆花意外暢銷，還因緣際會得到一本食譜，財富隨之而來，
這期間她偶然發現到，有一位男顧客與救命恩人的背影十分相像，
可據說這男子是遠近馳名的惡漢李承元，
這樣的人會大發善心來救她，她莫不是認錯了人？

2021年4月出版

迎妻納福

文創風 942~944

齊家之道在於和，小庶女也能有大福氣！
嘴甜心善，好運自然上門來~~

人好家圓，喜慶滿堂／月舞

出身相府卻軟弱好欺，成親後遭外室毒死，腦子進水才會活得這麼慘吧？
她穆婉寧雖是小小庶女，也明白錯一次是苦命，再錯一次就是犯蠢的道理，
如今重生可不能任誰搓揉，她決定改改脾氣，當個討人喜歡的小姑娘，
除了跟兄弟姊妹和樂相處，亦要承歡長輩膝下，靠山總是不嫌多嘛～～
原以為歲月就此靜好，孰料考驗又至，她上街買串臭豆腐竟捲入刺殺案件，
被路見不平的大將軍蕭長恭救下後，得他青眼，低調日子從此一去不回頭啊……
蕭長恭的示好讓她心動又失笑，送把刀給她防身，居然想請戒殺的和尚開光！
夜探閨房更是理所當然，難道戴著獠牙面具、霸氣無雙的他真是個二愣子不成？
不過要權有權、要錢有錢的蕭長恭乃貴女們的佳婿人選，現在沒了機會豈能甘休，
但她已非昔日的軟柿子，還有宰相府和將軍府撐腰，誰敢算計她，定加倍奉還！

2021年3月出版

福運莽妻

文創風 940～941

她覺得自己還是挺有福氣的，
這不？本來今天只有一小把韭菜能煮，
突然有條傻蛇送上門來加菜了～～

真情至純，不拘繁文縟節／山有木兮

「與其逆來順受，被欺負到死，倒不如同歸於盡！」
舒燕對著苛刻的二叔一家放狠話，儘管她不願走到這步。
原主父母雙亡，只剩個需要保護的弟弟，卻被親人搓磨致死，
這才輪到她面對要被賣進窯子、替堂哥抵債的境地。
幸而村裡的封景安，在最後關頭伸出援手，
那可是他要前去考童生的盤纏呀?!
分明封家前幾年也遭逢巨變，他家就只剩他一人了……
不管怎麼樣，現在他們已經是一家人，
無論是為報恩情、為盡妻子的義務，她都得好好擔起責任。
可、可同床共枕這件事，她還沒做好心理準備呀！
結果人家沒碰她，反倒是她睡覺不老實，一直靠著他，
尷尬下，她提出自己睡地上的提議，結果他居然說：「可。」
這傢伙，到底懂不懂什麼叫憐香惜玉呀？
算了，這書生如玉，她皮糙肉厚的，就睡地上吧！

文創風
963

炊妞巧手改運 3 完

國家圖書館出版品預行編目資料

炊妞巧手改運 / 白折枝著. --
初版. -- 臺北市 : 狗屋出版社有限公司, 2021.06
冊 ; 公分. --（文創風 ; 961-963）
ISBN 978-986-509-220-7（第3冊 : 平裝）. --

857.7　　110007281

著作者　白折枝
編輯　林俐君
校對　沈毓萍
發行所　狗屋出版社有限公司
地址　台北市104中山區龍江路71巷15號1樓
電話　02-2776-5889～0
發行字號　局版台業字845號
法律顧問　蕭雄淋律師
總經銷　知遠文化事業有限公司
電話　02-2664-8800
初版　2021年6月
國際書碼　ISBN-13　978-986-509-220-7

本著作物由北京晉江原創網絡科技有限公司授權出版

定價260元
狗屋劃撥帳號：19001626
網址：love.doghouse.com.tw　E-mail：love@doghouse.com.tw